KB021529

# 보통여자 보통운동

# 보통여자
# 보통운동

이민희 지음

산디

# 열 명의 열정가가 들려주는
# 운동의 지속 가능성, 불가능성

6년 전 나는 깊이 5m 웅덩이에서 구조되었다. 심각한 사고라고 말할 수는 없었다. 튜브를 끼고 들어갔으나 그러고도 제대로 몸을 가누지 못하는 나를 친구가 질질 끌고 나온 것이다. 그 창피에서 벗어나고자 수영을 배우기로 했다. 이제는 바닥에 발이 닿지 않는 물을 두려워하지 않는다. 물 밖으로 고개를 들고 하는 개헤엄도 능숙해졌다. 나를 살려준 친구와 만날 때면 우리는 아직도 그날 이야기를 한다. 그날은 지난 30여 년간 맥주병으로 살았던 내가 다시 태어난 날이다.

지난 5년간 비가 오고 눈이 와도 수영장에 갔다. 한 달에 한 번 수영장이 문을 닫는 날이면 다른 지역으로 갔다. 프리랜서 시절은 물론 회사 다니던 기간에도 꼬박꼬박 갔다. 손가락을 꿰매는 바람에 한 달간 붕대를 감고 있었을 때, 수영장이 공사한다고 문을 닫았을 때 정도만 쉬었다. 혼인신고 기념일을 까먹은 어느 주말 오후, 수영장에 가겠다고 했다가 배우자와 다퉜다. 이미 아침 일찍 수영장에 다녀온 날이었다.

처음부터 이러지는 않았다. 나는 첫 강습을 3일 만에 중단한 답 없는 사람이었다. 어린이도 하고 강아지도 하는 '음파음파'를, 그러니까 수영에 필요한 가장 기초적인 호흡을 전혀 못 했다. 어찌어찌 음파음파를 겨우 익히고 다시 물로 돌아왔을 때, 먼저 다녀간 친구가 "3천 번쯤 발차기를 해봐야 물이 발에 감기는 느낌을 안다"고 했던 평영을 배우면서 욕이 나왔다. 그 밖에도 우여곡절이 많았지만 욕까지 하면서 배운 끝에 평영은 물론 접영까지 익혔고, 20분 이상 쉬지 않고 레인을 돌 수 있는 끈기도 함께 얻었다. 언제부턴가는 수영을 안 하면 오히려 피로를 느끼는 상태가 되었다.

1년쯤 지나자 미세한 복근이 잡혔다. 거울 앞에서 팔을 머리 높이로 올릴 때면 달걀만 한 알통이 보였다. 내가 사는 집은 꽤 높은 언덕에 있고 엘리베이터 없는 5층인데, 언제부턴가 이 언덕과 계단을 무던한 호흡으로 올랐다. 사실 이런 건 나만 알아챌 수준의 변화라서 자랑이 좀 우습고, 진짜 확실한 변화는 수면을 포함한 일과의 리듬이었다. 열시면 휴대폰을 내려놓고 잤다. 깊게 자고 새벽에 눈을 떴다. 저녁에 마시는 술을 거부하지는 않았지만 과음을 피했다. 그래야 수영장에 가서 어제와 같은 호흡으로 달릴 수 있다는 것을 머리보다 몸이 먼저 알았다.

집에서 수영장까지 셔틀버스로 10분쯤 걸렸다. 집에서 일하던 시절에는 정오 무렵에, 회사에 다니기 시작하고는 오전 여덟시에 수영장에 갔다. 수영을 마치고 아침을 먹은 뒤 일하러 갔는데, 그러고도 시간이 남아 나는 가장 먼저 출근하는 직원이었다. 일터와 집과 수영장 모두가 가까웠고, 출근 시간이 오전 열시라서 가능했던 일과다. 생활권은 서울이다. 구립 수영장 사용료로 월 5~6만원을 썼고, 매일매일 수영하면 6개월에 한 번씩 새 수영복이 필요해지기 때문에 그때그때 5만원쯤 하는 걸 '직구'로 샀다. 당장 필요하지 않아도 예쁜 것이 눈에 들어오면 샀고 세일한다고 또 샀다. 아주 열심히 운동하지는 않지만 주 2회 정도 체육관에 나가는 배우자와 함께 살고 있으며, 둘 다 가사노동에 철저하지 않은 편이다.

수영은 거의 매일 즐거웠고 수영장에서 만난 따뜻한 인연과 지금까지 연락을 이어가고 있지만, 모든 사람이 유쾌하지는 않았다. 통성명 없이 나의 자세를 관찰하고 지적하고 가르치려는 사람은 어김없이 나보다 나이 많은 남자였다. 수영복 하나 사줄 테니 사이즈를 알려달라던 남자가 있었다고, 유난

히 잘 웃고 모두에게 친절했던 한 친구가 말했을 때는 짜증이
나 분노 같은 감정 표현 이상으로 압도적인 반격이 필요하다
고 느꼈다. 나는 강습에 따르는 신체 접촉을 늘 두려워했다. 매
번 수영복을 갖춰 입고 제모할 때마다 기분이 별로였다. 그런
걸 하고 입수하는 남자를 본 적이 없어서 더 별로였다. 새벽
수영에는 직장인 여성이 많은데, 아홉시에서 정오 사이에 이
루어지는 오전 강습은 직장생활을 하지 않는 기혼 유자녀 여
성 위주로 운영된다는 것도 머리를 복잡하게 만들었다.

어쩌다 수영장에 못 가는 날이면 매우 불안했다. 삼십 대
초반에 수영을 시작한 나는 이전까지 운동이라는 것을 전혀
모르고 살았다. 이런 바람직한 습관이 내게는 믿기 어려운 일
이라는 것, 나라는 인간은 이렇게 힘들게 만든 걸 다 엎고 언
제든 과거로 돌아갈 수 있다는 것을 아주 잘 알았다. 그리고
예상했던 불안을 곧 마주했다. 나는 최근 1년간 운동을 하지
못했다. 몸은 수영을 모르던 시절로 돌아갔지만 마음은 그때
와 같지 않았다.

●

지난 몇 년을 요약해보았다. 이 경험을 한도 끝도 없이 길
게 쓸 정신이 이제는 있지만, 이 책은 내가 아닌 다른 사람들
의 운동을 다루고 있어 조절한 것이다. 한때는 이런 걸 글로

정리하겠다는 생각조차 못 했다. 그래야 할 이유가 머릿속에 전혀 없었을 만큼 운동에만 몰입했던 이상한 시절이다.

동시에 이 요약은 내가 '운동 열정가'라고 부르는, 각각의 운동을 지속했던 열 명의 친구들로부터 확인하고 길게 기록한 내용의 표본이기도 하다. 나는 친구로 시작해 친구의 친구를 만나 운동의 동기, 기초 체력, 과거 운동 경험, 운동에 투자하는 시간, 소화하는 프로그램, 시행착오, 포기의 충동, 성취의 기쁨, 운동으로 인한 육체 및 의식의 변화, 운동하면서 여성이기 때문에 겪는 것, 그리고 이 모든 활동이 가능했던 조건과 방해하는 요인을 나누고자 했다. 실명, 나이, 기타 정보 공개에 대한 동의를 구하고 출퇴근 시간을 포함한 직장 정보, 가구 형태와 동반자의 성향까지 다 물었다. 이 모든 것이 지속적인 운동에 영향을 준다고 생각했기 때문이다.

내가 내 운동을 돌아보는 동시에 다른 이들의 꾸준한 운동을 들여다보기 시작한 시점은 내 운동이 중단되면서였다. 언제부턴가 물을 미는 게 버거울 만큼 어깨가 아파서 병원에 갔더니 어깨가 아니라 목이 문제고 디스크 직전이라며 도수 치료를 권했다. 실비 보험 들어놓길 잘했다고 안도하면서 꼬박꼬박 병원에 다녔지만, 10회 치료를 마치고도 내 몸은 전과 같지 않았다. 운동은 하루하루 진짜 개미만큼이라도 내가 발전한다는 걸 느껴야 지속할 재미를 얻는데, 그러려면 지칠 때까지 힘을 써야 한다. 그러나 조금만 힘을 써도 어깨가 아파 몸을 사리게 되니 진전은 고사하고 유지는커녕 겨우 만든 능력마저 퇴보하고 있었다. 그러면서 자주 빼먹고 못 갈 이유만 잔뜩 만든 끝에 지금은 수영과 완전히 작별한 상태다.

현재 나는 개인 사업자다. 집에서 책을 만드는 사람이라서 직장인에 비해 운동할 시간을 내는 게 그리 어려운 일이 아니다. 하던 운동 안 하면 몸이 무너질 것 같아 대안으로 요가와 러닝머신을 차례로 시도했는데, 둘은 어깨와 목에 무리를 주지 않았지만 나와 맞지 않는다는 이유로 한 달 만에 접고 운동을 전혀 모르던 원래의 나로 돌아갔다. 아무리 생각해봐도 어쩌다 5년씩이나 꼬박꼬박 운동하는 사람으로 돌변하게 됐는지 아직도 모르겠다. 나는 그럴 만한 사람이 아니다. 운동을 좋아하지 않는다. 운동 신경도 없는 편에 가깝다. 체육 시간도 싫어했다. 걷는 것도 안 좋아한다. 배움도 굉장히 느리다. 처음이니까 못하는 게 당연한데, 뭘 못하면 그냥 화만 나서 엎을 생각만 하는 그릇 작은 인간이다. 그런데 어쩌다 운동 한 번 해봤다고 하던 걸 멈추니까 지난 30년간 있는지도 모르고 살았던 죄책감이 계속해서 따라다녔다. 그 죄책감을 나누기도 쉬웠다. 주변을 둘러보면 나처럼 운동을 거부하는 쪽이 더 많은 것 같은데, 안 하면서도 다들 늘 해야 한다고 느낀다.

나는 이 집단적인 죄책감을 덜어보고 싶어서 운동을 지속하는 친구들의 이야기를 수집하기로 했다. 이러저러한 운동이 어디어디에 좋다더라 하는 운동 각각의 명확한 장점도 운동으로 복귀할 확실한 동기가 되지 못했다. 효과를 알아도 안 하는 게 운동이다. 운동을 말에서 몸으로 제대로 옮기려면 모르는 분야에 대한 막연한 호기심이나 단순한 검색 정보 이상으로 구체적인 사례가 필요하다고 생각했고, 그래서 상세한 후일담을 끌어내 어떤 조건에서 어떤 운동이 어떻게 가능했는가를 따져보고자 했다. 그러나 한계 또한 명확하게 알고 있었다. 그 모든 배경을 열 가지나 접수한다 한들 나는 과연 운동의 리듬을 회복할 수 있을까. 나는 원래 운동을 모르던 사람인데.

그런 내가 진짜 원했던 것은 위안이었다. 나는 그들과 다르기 때문에 운동을 못 하는 게 당연하다는 결론을 내리고 싶었다. '칼퇴근' 덕분에 지속적인 운동이 가능했다거나 원래 체력이 좋아서 운동을 계속 이어갈 수 있었다는 이야기를 듣고 싶었다. 나는 바라던 답을 얻기도(혹은 유도하기도) 했지만, 그러나 내가 만난 열 명의 운동 열정가 가운데에는 악조건을 의식하지 않고 운동을 지속하는 경우도 있었다. 운동 전후로 왕복세 시간을 쓰는 친구가 있었고, 밤 열한시에 체육관을 찾아가는 친구도 있었다. 기대하지 못했고 엄두도 안 나는 답이지만 이런 이야기도 반가웠다. 그런 멋진 친구와 나는 다르다. 반대로 운동의 성취감보다 그간 운동과 얼마나 무관한 삶을 살아왔는지를 말하는 일에 엄청 몰입하는 친구들이 있었다. 이런 말들이 운동을 미루는 일에 익숙한 사람에게 얼마나 큰 동질감을 주는지는 길게 쓰지 않아도 될 것 같다.

나는 책을 마무리하고 있는 이 시점에도 그때랑 똑같은 생각을 한다. 아니 기대를 한다. 어쩌면 이 책은 운동을 결심하거나 지속하려는 누군가에게 크게든 작게든 기여할 수 있을지도 모른다. 그런다면 대단히 바람직하겠지만, 반대로 우리가 꾸준하게 운동을 못 하는 것이 문제가 아니라는 것을 확인하고 자신을 덜 미워할 수 있을지도 모른다. 그들은 그럴 만해서 할 수 있었고, 우리는 그들과 비교해 조건과 성향이 달라서 못 하고 있는 것이다. 더 많은 사람이 여러 다양한 이유로 운동을 시작하거나 지속하기 어렵다고 나는 믿는다. 모범 사례가 눈앞에 있다 한들 내 삶에 당장 가져올 수 있는 희망이 되지 못할 확률이 더 높다. 이 책이 효과적인 운동 지침서가 된다면 참 좋겠지만, 운동은 안 해도 긴 말을 할 수 있는 분야라는 걸 나부터가 아주 잘 알고 있다.

●

이 책은 여성 운동 열정가 열 명이 어떻게 운동을 지속하고 있는지를 관찰자인 내 입장에서 기록한 결과다. 요가, 풋살,

스윙댄스, 스트롱퍼스트, 주짓수, 복싱, 달리기, 발레, 자전거, 수영까지 총 열 가지 운동을 다룬다. 지속한 기간은 최소 8주부터 최장 4년이다.

해당 운동의 당사자 열 명 모두 운동과 무관한 각각의 본업이 있다. 사람이든 고양이든 가족과 함께 사는 경우가 대다수였고(8명), 혼자 산다고 해도 집에 돌아오면 마땅히 해야 할 일이 있다고 가정하고 출발했다. 평균 출퇴근 시간과 함께 회사-집-운동 환경의 거리와 이동 시간을 물었고, 프리랜서에게는 평균적인 취침과 기상 시간을 물었다. 일하는 사람에게 운동은 결국 시간 싸움이기 때문이다.

내가 만난 운동 열정가의 절반은 퇴근 시간이 일정했다. 요가 열정가 김현지, 스윙댄스 열정가 오새날, 수영 열정가 황신혜가 그랬다. 주짓수 열정가 이주비는 퇴근한 뒤 회사-체육관-집 이동에 세 시간을 쓰는데, 퇴근 시간이 지금보다 늦어진다면 체육관을 옮겨야 할 것이라고 생각하고 있었다. 풋살 열정가 엘렌 페이지는 주말 아침이면 풋살장에 가고, 평일 아침에는 수영장에 간다. 지금과 달리 잠이 부족했던 시절에는 수영장에 규칙적으로 가지 못했다.

달리기 열정가 조은영은 워킹맘 입장에서 운동에 필요한 시간을 확보하는 것이 얼마나 어려운 일인지를 말한다. 발레 열정가 진영은 유일한 중단 사례인데, 여러 가지 중단 사유

가운데 하나는 이제는 전처럼 퇴근한 뒤 발레에 세 시간을 쓸 수 없는 상황이 되었기 때문이다. 물론 시간의 벽을 뚫고 운동하는 열정가도 있다. 발레와 작별한 진영이 지난 4년간 그랬고, 복싱 열정가 정다예와 스트롱퍼스트 열정가 이정연도 퇴근 시간이 일정하지 않았던 때에도 운동을 내려놓지 않았다. 반대로 자전거 열정가이자 유일한 프리랜서 최지은은 시간이 있어도 운동을 하지 않았던 시절의 사정을 말해준다.

한편 운동은 기초 체력을 검증하는 시간이다. 월등한 경우부터 말하자면 수영 열정가 황신혜는 유일한 선수 출신이다. 풋살 열정가 엘렌 페이지와 스트롱퍼스트 열정가 이정연은 초등학교 육상부를 거쳤고, 복싱 열정가 정다예 또한 어린이 시절에 경험한 다양한 체육 활동 이야기를 들려주었다. 남은 60%의 운동 열정가는 이전까지 운동을 안 했거나, 몇 가지를 경험했다 해도 길게 하지 못했다. 그러다 최근 몇 년 사이 규칙적인 운동 습관을 만든 경우다.

열 명의 운동 열정가 가운데 세 명은 내 친구다. 두 명은 트위터와 블로그를 통해 지속적인 운동 습관을 확인하고 쪽지를 보내 만남을 청했다. 나머지 다섯 명은 친구의 친구, 즉 "꾸준히 운동하는 친구 주변에 있어? 여자야?" 하고 여기저기 끊임없이 묻고 다닌 끝에 만나게 된 인연이다. 그리고 그들 모두가 여성이다. 이렇게 멀지 않은 곳에서 표본을 확보하면서 제목이 정해졌다. 이 책은 제목처럼 '보통 여자'의 '보통 운동'을 다룬다.

●

　각 운동 열정가의 이름을 따라 목차를 가나다순으로 배열했지만 그들을 만난 순서는 달랐다. 첫 번째 인터뷰 대상은 요가 열정가 김현지, 두 번째는 발레 열정가 진영이다. 둘은 책의 방향을 좁혀준 중요한 친구다. 기획 단계까지만 해도 막연하게나마 운동 지속 사례를 수집하는 데만 마음이 급했지 성별을 고려하지 않았다. 그러다 김현지를 만나 여자의 요가와 남자의 요가 이야기를 고루 들었고, 요가 바깥의 현실 세계에서 여성으로서 하는 고민도 나눴다. 이어서 만난 진영은 4년 몰입했던 발레로부터 느낀 회의와 중단의 배경을 페미니스트의 '탈코르셋' 관점에서 풀었다. 더 필요한 이야기를 더 깊게 나눠야 한다는 걸 내가 생각하기도 전에 그들이 먼저 방향을 제시한 것이다.

　그 뒤로 더 많은 친구를 만나 책을 만들면서 왜 여성의 운동을 말해야 할까 하는 질문에 대한 답을 자연스럽게 찾게 되었다. "살을 뺀다"는 표현이 운동을 말하는 모든 여성 열정가로부터 나왔고, 대다수가 내가 묻기도 전에 체중에 대한 강박을 먼저 말했다. 체중의 변화를 겪고 운동을 시작한 경우가 있었고, 운동의 효과를 체중 감량과 동일시했던 사례도 있었다. 운동과 다이어트가 어떻게 다른지 다들 정확하게 알고 있었지만 둘을 묶어 생각했던 시간이 길었다. 이 틈에 남자의 체중도 중요하다고 주장하고자 한다면 효과적인 가이드를 알아서 찾는 것이 좋겠다.

그리고 대다수가 해당 운동을 통해 변화된 자신의 몸을 말했다. 동시에 몸의 변화를 경험하면서 이상적인 여성의 몸에 대한 오래된 관념을 수정하게 되었다고 말했다. 그런 이야기가 나올 때면 체중보다 근육 같은 표현이 더 많이 등장하곤 했는데, 근육 찬양 또한 경계가 필요하다고 생각하는 열정가도 있었다. 몸에 관한 그들 모두의 이야기는 운동의 과정과 성취 이상으로 중요하다 생각해 특히 힘을 실어 기록한 대목이다. 여기에 몸, 체중, 근육에 대한 내 개인적인 인식까지 더할 필요는 없을 것 같다. 모두의 이야기 안에 내가 있기 때문이다.

운동할 시간이나 운동하는 환경처럼 열정가 모두에게 고루 적용한 공통 질문이 있기도 했지만, 종목별로 각각 다른 것을 묻기도 했다. 주짓수 열정가 이주비, 복싱 열정가 정다예, 풋살 열정가 엘렌 페이지에게는 해당 운동에 대한 성별 이분법 기반의 진부한 편견을 드러내고 시작했다. 남성의 참여가 더 많은 격렬한 운동이 여성에게 갖는 의미가 궁금했기 때문이었는데, 돌아온 훌륭한 답 앞에서 나는 다시 여성의 운동을 기록해야 할 확신을 얻었다. 수영 열정가 황신혜도 비슷한 관점에서 남성의 기록을 넘어설 때 누리는 성취감을 말했다. 스트롱퍼스트 열정가 이정연은 이 같은 성별 경쟁의식을 초월한 상태를 나눴다.

한편 달리기 열정가 조은영은 워킹맘 입장에서 운동의 절박함을 말한다. 일하는 엄마의 운동이 얼마나 힘들게 얻어낸 가치인지를, 운동으로 인해 엄마로서 잃는 것이 무엇인지를 말한다. 운동으로 인해 강해지는 여성의 뜨거운 이야기도, 운동으로 인해 아이 앞에서 약해지는 엄마의 서글픈 이야기도 모두 기록할 필요가 있다고 느꼈다. 각각의 운동을 둘러싸고 겪는 이런저런 고충이 여성의 것이 아니라 인간 보편의 것이 될 때까지, 혹은 사라질 때까지 나는 필요한 이야기를 쓰고 싶다. 그리고 잘 쓰고 싶다.

●

앞서 나는 이 책이 타의 귀감이 되는 것에 약간 회의적이라고 썼다. 나는 운동의 필요와 기쁨을 잘 알고 있지만, 운동을 중단하는 게 얼마나 쉽고 잃어버린 운동 습관을 회복하는 게 얼마나 어려운지도 엄청 잘 알고 있다. 그런 경험을 바탕으로, 운동을 지속하는 열정가들과 나는 다르기 때문에 운동을 못한다는 비겁한 명분을 얻으려 시도했던 일이다. 그런데 실패

했다. 놀랍게도 다시 운동으로 돌아갔다. 그들이 들려준 운동 이야기가 실은 굉장히 매혹적이었기 때문이다.

춤을 추다 보면 네 시간이 훅 간다는 오새날의 말에 나는 집 앞 댄스 교습소 간판을 전과 다른 눈으로 보게 되었다. 황신혜가 수영으로 인해 얻은 자신감과 높은 수준의 목표 의식을 말했을 때 나는 수영장 가득한 소독약 냄새를 진심으로 그리워했다. 모든 운동이 힘들지만 취재한 열 가지 사례 가운데 내가 느끼기에 가장 강도 높은 프로그램을 소화하는 열정가는 복싱하는 정다예다. 최지은이 타는 서울자전거 따릉이는 월 7천원이면 이용 가능하다. 엘렌 페이지는 풋살 같은 단체 운동이 여성에게 얼마나 희박하고 가치 있는 경험인지를 말해준다. 이정연의 데드리프트 기록은 100kg을 넘어선 지 오래다. 이주비는 유일하게 내게 주짓수를 권했던 친구다. 그들 모두의 운동에 늘 솔깃했다는 얘기다.

그 모든 운동을 당장 내 삶으로 가져올 수는 없다. 하지만 일부로부터 가능성을 읽었다. 그 많은 운동 이야기를 듣고도 지난 1년간 운동을 외면한 채로 살았던 나는 달리기 7회 차에 이 글을 쓰고 있다. 마지막 인터뷰 대상이었던 달리기 열정가 조은영의 호흡을 겨우 따라가고 있는 상태다. 고작 2분 뛰고도 죽네 사네 하는 내가 과연 조은영처럼 30분씩 쉬지 않고 달리는 사람이 될 수 있을까. 그런 의심을 안고도 나는 내일 집 앞

공원으로 나가 또 달릴 생각을 한다. "10분 연속으로 달렸던 날 가슴이 두근거렸다"는 조은영의 아름다운 시간이 언젠가는 내 것이 될지도 모른다. 운동을 안 해도, 하는 운동이 아직 우스워도, 누구든 운동에 관해 할 말이 있다. 여자라면 할 말이 더 많다.

2018년 11월
이민희

5

들어가는 말

23

운동에서 수련으로

김현지 | 요가 열정가 | 2.5년 차

53

함께 뛰면서 얻는 자긍심

엘렌 페이지 | 풋살 열정가 | 1.5년 차

83

하루 네 시간의 춤

오새날 | 스윙댄스 열정가 | 4.5년 차

111

훌륭한 지도자를 만나면

이정연 | 스트롱퍼스트 열정가 | 1.5년 차

137

다치면 안 돼, 운동을 못 하니까

이주비 | 주짓수 열정가 | 3.5년 차

**167**

## 글러브는 10분이다

정다예 | 복싱 열정가 | 3년 차

**199**

## 아이가 잘 때 나는 뛴다

조은영 | 달리기 열정가 | 8주 차

**225**

## 퇴근 발레를 중단했다

진영 | 발레 열정가 | 4년 차

**253**

## 운동을 싫어한다고 생각했는데

최지은 | 자전거 열정가 | 3개월 차

**283**

## 남자를 이길 수 있는 순간

황신혜 | 수영 열정가 | 1년 차

## 운동에서 수련으로

김현지 | 요가 열정가 | 2.5년 차

- 1987년생이다.

- 2015년 12월 요가를 시작했다.

- 퇴근한 뒤 주 2~3회 요가원에 나가 아쉬탕가 수업에 참여한다.

- 수강료는 월 8만원대다. 이따금씩 특강을 신청할 때 추가 비용이 발

  생한다. 한때는 요가복에 돈을 좀 썼지만 지금은 내려놨다.


- 해외 영업 업무 경력 3년 차다.

- 가끔 예외가 있긴 해도 대체로 여섯시에 퇴근한다.

- 생활권은 서울이다.

- 회사에서 집까지 대중교통으로 약 한 시간 거리다. 집에서 요가원까

  지는 도보 20분이다.

- 또래 성인 1명, 고양이 올리와 함께 산다.

# yoga

futsal

swing dance

strongfirst

jiu-jitsu

boxing

running

ballet

cycle

swimming

김현지가 사는 집은 방이 네 개다. 거실은 요가 매트를 두 장이나 깔기에 전혀 무리가 없을 만큼 넓다. 식구는 고양이 올리를 빼면 둘이다. 사람 둘은 방 한 개를 쓴다. 방 반쪽이면 충분한 삶에 이렇게나 풍요로운 공간이 주어졌다. 김현지는 이를 나눠서 쓰는 공유경제의 산증인이다.

인터뷰를 목적으로 김현지 집에 찾아간 어느 토요일 오후 김현지가 처음 봤다는 세르비아 사람, 나 또한 처음 본 이방인 청년 니코와 가벼운 인사를 주고받았다. 다른 방에는 한국말을 제법 하는 프랑스 출신 교환학생 리즈가 3개월째 머물고 있다. 또 다른 방의 투숙객은 아직 오지 않았지만 하루 묵고 떠날 예정이라 얼굴도 못 볼 것 같다고 했다. 2018년 이사한 집에 그간 여러 명의 외국인이 다녀갔다. 김현지의 집은 셰어 하우스다.

책에 실린 운동 열정가 가운데 내가 유일하게 반말하는 김현지를 2015년 미얀마 중북부의 작은 마을에서 만났다. 여행이 끝난 뒤 우리는 종종 만나는 사이가 되었고 그러다 보니 나의 말은 짧아졌으며 우리는 지금도 여행 이야기를 많이 한다.

김현지는 예나 지금이나 어떻게든 짬을 내서 필사적으로 여행을 계획하고 있지만, 셰어 하우스를 시작한 뒤로는 남들의 여행을 관찰할 일이 더 많다. 본업은 아니고 전에 살던 집에서 시작했던 작은 부업이다. 예상보다 잘 운영된 덕분에 최근 몇 달 전까지 호스텔을 만들어 운영해볼까 제법 진지하게 고민하다가 사업을 조금 더 확장할 수 있을 만한 괜찮은 집을 발견했다. 약간 무리해서 왔다. 월세는 투숙객을 통해 벌고 그김에 전보다 나은 집에 살고 싶어 내린 결정이다.

## 직 장 인 과   지 도 자   사 이 에 서

집에 드나드는 다양한 외국인 친구들을 보면서 김현지는 최근 몇 년간 여행하면서 누렸던 익숙한 여가 활동을 생각한다. 숙박업을 유지하되 동시에 투숙객이나 다른 관광객에게 요가를 가르쳐보는 것은 어떨까. 직장인 월급에 준하는 수익이 따를 것 같지는 않지만 그래도 재능을 바탕으로 재미있게 시도해볼 수 있는 일이지 않을까.

지난해 인도에서, 올해 스리랑카에서 관광객을 대상으로 하는 요가 수업을 경험했기 때문에 대강이나마 방법을 안다. 홍콩과 대만 여행을 앞두고도 도심에서 영어로 진행하는 요가 수업을 찾아봤더니 역시 있었다. 마라톤 좋아하는 사람들도 그런다고 들었다. 지역 이름과 마라톤을 함께 검색하면 추천 러닝 코스가 뜬다. 운동과 여행을 좋아하는 사람들은 이렇듯 평소에 누리던 삶을 여행지에 가져오고 싶어한다.

그래서 요새 김현지가 진지하게 하는 고민은 요가 지도자 자격증을 따느냐 마느냐 여부다. 그게 있으면 요가 프로그램 진행자의 명분이 강화될 수 있을 것 같다. 그런데 그걸 꼭 따야 할까.

김현지의 설명에 따르면 요가 지도자는 바리스타와 비슷하게 공인된 요가원에서 200시간 이상 요가의 이론과 실기 및 지도법을 학습하면 주어지는 자격이다. 자격증 발급은 민간협회가 한다. 그런데 김현지 생각에 너무 단기적인 과정인 것 같다. 지도자 과정을 밟는 사람들과 함께 수업을 들어본 적도 있는데, 남을 가르치는 사람이 되기엔 턱없이 부족한 준비로 느껴진다. 석 달 동안 집중적으로 200시간을 채웠다고 해서 석 달 뒤에 갑자기 훌륭한 지도자가 된다는 게 말이 될까.

그게 그렇게까지 필수적인 '쫑'은 아니라 말했던, 그동안 만났던 지도자들도 김현지의 합리적인 의심에 힘을 실어준다. 그런 것 없이도 그간 수련해온 과정을 잘 전수하는 사람이 많기도 하고, 개인의 요가 실력과 가르치는 기술이 늘 일치하지도 않는다. 김현지는 자격증보다는 시간의 힘을 믿는다. 여태 2년쯤 했는데 3년 정도는 더 해야 남을 가르칠 수 있는 수준에 가까워지지 않을까. 그렇게 생각하다가도 다시 자격증이 필요하다는 쪽으로 마음이 기울기도 한다. 계속 왔다 갔다 한다.

지도자가 되려면 직장 문제도 함께 고려해야 할 것이다. 어느 소비재 제조사에 다니는 김현지의 주요 업무는 해외 영업으로, 해외 브랜드 제품을 수입하는 동시에 국내 제품의 해외 활로를 개척하는 일이다. 출장 업무도 잦다. 김현지가 세르비아 투숙객 니코와 5분쯤 주고받았던 영어에서는 조금도 고통이 느껴지지 않았다. 김현지는 내가 판단하기에 일단 외국인을 상대해야 하는 지도자로서 갖춰야 할 언어 문제만큼은 해결된 상태다.

그럼 언제 회사를 관두고 영어 요가 지도자가 될 수 있을까. 김현지는 한 치 앞을 모르겠다고 말했다. 요가라는 미래로 얻을 생계에 대한 확신도 아직 없긴 하지만, 경제적인 문제 때문만은 아니다. 요가를 하면 할수록 결정이 어렵다. 자격증은 둘째 치고, 동작에 능숙하다고 해서 가르치는 사람의 자격을 과연 얻을 수 있는 것일지 잘 모르겠다.

## 김 대 리  업 무 일 지

　김현지는 자전거를 두고 '완성차'라 불렀다. 업계 사람들한 테 자전거는 바퀴, 핸들, 프레임 같은 부속이 따로따로 인식된 다. 이 모든 것이 다 만나면 일반인 관점에서 자전거지만, 부품 또한 중요하게 다루는 업계에서는 완성차가 된다. 그런 말을 전 직장에서 익혔다. 자전거 부품 회사에 다니던 시절 김현지 는 해외 브랜드 용품을 수입하거나 유사 거래를 위탁하면서 그와 관련된 영업을 벌이는 동시에 성사된 계약을 관리하는 업무를 맡았다.

　완성차라는 용어를 전혀 모르던 시기 면접관은 김현지에 게 물었다.

　"자전거 있습니까?"

　"티티카카 있습니다. 몇 년을 저와 함께했습니다."

　고작 20만원짜리 미니벨로 하나 있다고 자신감 터진 김현 지 앞에서 면접관 모두가 빵 터졌다. 완전차가 입에 붙은 업계 베테랑 사이에서 통하는 자전거는 몇백 혹은 몇천짜리 사이 클 전용 제품이다.

　면접관에게 큰 웃음 주고 입사했지만 김현지는 일이 시작 된 뒤로 웃을 일이 거의 없었다. 일에 필요한 지식들, 이를테면 자전거를 구성하는 세부적인 부품, 타이어의 압력을 표시하 는 방법, 유명한 완성차 브랜드 같은 업무의 기본 개념을 누구도 가르쳐주지 않았다. 그럴 여유가 없는 환경에서 일했다. 호주 워킹 홀리데이를 마치고 영어를 쓰면서 할 수 있는 일을 찾다가 다니게 된 직장으로, 취업을 준비하던 시절 대기업은 아예 고려하지 않았다. "철학과 출신에 경력 없고 기술 없는 이십 대 후반 구직자"에게 선택지는 그리 많지 않았다고 김현지는 말했다.

몇 년을 함께 한 티티카카가 아닌 몇천짜리 완성차에 별흥미가 없어서 그랬을까, 규모가 큰 회사가 아니라서 근무 조건이 열악해서 그랬을까. 일은 당연히 재미없었다. 내가 출판사를 열고 또래 열 명의 퇴사와 직업 전환기를 다룬 책 <회사를 나왔다 다음이 있다>를 출간했을 때 김현지는 슬프게 말했다. "회사를 나왔다, 다음 회사가 있다." 다루는 제품만 달라졌을 뿐 일의 본질이 다르지 않은 지금 회사로 이직한 뒤에 새삼스럽게 깨달았다. 김현지 표현을 그대로 옮기자면 "회사는 노답"이다. 재미도 없고 불만만 한가득이라 주어진 일에 최선을 다하지도 않게 되고 자꾸 탈출만 꿈꾸게 되는데, 그나마 이룰 수 있는 소극적인 실천이란 휴가를 쥐어짜서 단기간에 해치우는 주기적인 여행이다. 우리의 첫 인터뷰가 이루어진 날 김현지는 다음 달 베트남에 가고 또 몇 달 뒤에는 어느 프랑스 친구 집에 간다는 일정을 전했다.

"그렇게 가는 게 가능해? 이직한 지 1년도 안 됐는데?"

"휴일 껴서 짧게 가는 거죠. 제가 웃긴 얘기 하나 해드릴까요? 우리 회사는 공휴일을 연차에서 까요. 이래도 법에 저촉되지 않는대요. 계약서 쓸 때 되니까 그때 얘기하더라고요."

회사 경력 짧은 나는 그냥 막연하게 그게 부당하다는 것만 감지했을 뿐 실상을 잘 몰라 구체적인 연민의 말을 얹지 못했다. 인터뷰에 동행했던 전직 엔지니어이자 당일 촬영 담당자 이범학의 낯빛이 어두워지고 있다는 것도 몰랐다. 지난 17년 세월 휴가 말고 다른 낙을 몰랐던 퇴직자 이범학은 한참 뭔가를 계산한 뒤에 뒤늦게 입을 열었다.

"현지 씨. 아까부터 현지 씨가 했던 말이 엄청 신경 쓰였는데요, 그럼 올해 여행 갈 때마다 내년 연차 당겨서 쓰는 거네요? 그러다 회사 관두면 쉰 날만큼 일당 다 토해내야 하는 거네요?"

"맞아요. 그런데 그런 걸 계산할 필요가 없는 사람도 있어요. 더 가져가는 사람도 더러는 있고요. 휴가 안 쓰고 10년 이상 일하면 그렇게 되더라고요."

그런 사람들 얘기는 안 해도 될 것 같다.

회사는 김현지의 휴가만 방해하는 것이 아니다. 김현지의 요가도 방해한다.

김현지는 그럭저럭 여섯시 일곱시에 퇴근할 수 있는 회사에 다닌다. 그러나 회사니까 때때로 갑자기 일이 주어지고 갑자기 회식이 생긴다. 그래서 요가하러 못 가는 것도 억울한데, 무리한 회식이나 업무는 이어지는 업무와 일과에도 지장을 준다. 정신적으로나 육체적으로나 수련할 상태가 다음 날 저녁까지 만들어지지 않으면 수업에 가지 못한다.

김현지는 지난 2년간 한 요가원을 다녔는데, 수강생이 계속해서 바뀌는 것을 본다. 간만에 찾아와 그동안 바빴다고 말하는 사람도 종종 마주친다. 2년 관찰에 따르면 꾸준히 출석하는 사람은 약 20%다. 직장인으로 추정되는 사람이 빠짐없이 수업에 참여한다는 건 정말로 어려운 일이다.

"클래스의 80%나 되는 사람들이 요가를 중단한다면 결정적인 이유가 뭘까. 수업을 제대로 소화하지 못하기 때문에 흥미를 잃는 걸까, 아니면 일로 바쁘다는 게 더 결정적인 이유가 될까? 현지 생각은 어때?"

"1의 이유를 2에서 찾는 것 아닐까요?"

그리고는 덧붙였다.

"뭘 꾸준하게 할 수 없게끔 만들죠, 회사는. 회사에 묶여 있는 한 아무리 마음을 굳게 먹어도 더 깊이 들어갈 만한 꾸준한 시간을 확보하지 못하니까 결국 석 달쯤 다니고 그만둘 수밖에 없는 거예요."

## 운동인 줄 알았는데

김현지는 자전거 회사에 다니던 시절 요가를 만났다. 한때는 지금보다 더 뜨거운 열정으로 수영에 매달렸지만 이사로 인해 수영장과 거리가 생기자 대안을 찾다가 집 근처에 막 문을 연 요가원으로 간 것이었다.

등록하러 갔더니 요가원에서 몇 가지 신상을 적으라 했다. 적어야 했던 항목 하나는 요가의 목적이다. 김현지는 큰 고민 없이 운동이라고 썼다. 수업이 시작되자 지도자는 그게 무슨 말이냐고 물었다. 막 요가원의 문을 연 열정적인 지도자가 기대한 답이 아닌 것 같았다. 유연성 강화, 심신의 안정 같은 구체적인 답변을 써야 했을까. 어쨌든 김현지는 수영을 대체할 운동이 필요해 집과 가깝다는 이유로 요가원을 택했다.

진작 요가를 맛보기는 했다. 김현지가 다닌 대학에는 방과 후 수업처럼 이런저런 다양한 프로그램이 마련되어 있었고, 몇만원을 내고 생활체육학과 재학생 및 졸업생이 가르치는 수업을 들었다. 처음엔 체력장 시절로 돌아간 것처럼 힘들었지만 3개월쯤 했더니 허리를 접을 때면 손이 바닥에 닿았다. 몸의 변화를 경험하자 막연하게 요가란 몸에 좋은 것이라고 느끼게 되었고, 나아가 요가를 좀 안다고 생각했다. 석 달이나 했고 손이 바닥에 닿으니까.

그런데 죽을 것 같았다. 학교에서 배웠던 요가는 팔을 머리 위로 올리고 무릎 관절을 쭉 펴는 스트레칭 정도, 혹은 지역 주민 센터에서 어르신을 대상으로 하는 난이도에 가까웠던 것 같다. 처음 찾아간 전문 요가원은 일단 친절하지 않았다. 아무것도 안 들렸다. 수리야 나마스카라, 사마스티티 등등 이상한 외계어가 쏟아졌다. 지도자는 별도의 설명 없이 '원투쓰리' 카운트로 동작을 지시하기도 했다. 신호를 알아듣는 기존 수강생들 사이에서 어안이 벙벙한 채로 옆 사람을 따라 겨우 흉내만 내느라 정신도 없었고 몸도 힘들어 죽을 것 같았다. 첫 수업의 기억을 물었을 때 김현지는 "남들은 다 하는데 나만 못했던 날"이라 답했다.

그래도 수업의 끝은 좀 달랐다. 요가 수업은 대체로 누워서 휴식을 취하는 것으로 마무리된다. 그때 지도자는 수강생에게 마사지를 해줬다. 뭉친 근육을 풀어주는 동시에 안정을 취하는 데 도움이 되는 향 제품을 몸에 가볍게 발라주기도 했다. 어느 날엔 생략되었고 나중에는 새로 오는 사람들 위주로 해주긴 했지만, 그때는 요가원이 막 문을 열어 수강생이 많지 않았던 시절이라 다 해줬다. 정말 좋았다. 하루의 모든 압박과 짜증이 해소되는 것만 같았다. 이 같은 마무리를 통해 몸은 물론 생각까지 정돈되자 김현지는 실감했다. 이것은 직장인에게 진짜 필요한 운동이다.

혼자만 정체됐다는 압박감 때문에 첫 달이 가장 힘들었지만 그래도 결석과 지각은 없었다. "대학을 제외하고 돈을 내면 일단 나가는 사람"이라고 스스로를 설명한 김현지는 투자한 비용을 헤아리면서 죽을 것 같은 요가를 그래도 내려놓지 않았고, 힘들게 수업을 따라간 끝에 짧게나마 평온을 누렸다.

그러다 김현지는 요가에 대한 인식의 전환을 이끈 새로운 지도자를 만난다. 이전까지 요가는 단순히 스트레칭이나 근력 강화 운동인 줄 알았고 그래서 이렇게 힘든 것이라고 생각했는데, 새로 만난 지도자는 자신의 경험과 생각을 들려준 뒤 수업을 열었다. 이를테면 이런 식이다. 오늘 요가원에 찾아오는 길에 이런 일이 있었고 거기서 이런 깨달음을 얻었다, 오늘은 이러저러한 방식으로 수업을 진행할 것이니 이를 통해 어떤 신체 부위에 집중하고 어떤 불필요한 관심과 집착을 내려놓는 연습을 해봐라.

그때부터 김현지는 회사 생활에 대한 반작용으로 요가에 몰두했다. 직장은 여덟 시간 이상, 그러니까 하루 3분의 1 이상을 머무르고 버텨야 하는 곳이다. 잠들기 전까지 남은 시간은 회사를 미워하고 남자친구한테 회사 욕을 하면서 보냈다. 그런데 차차 회사를 부정하는 시간이 줄었다. 그리고 주 2~3회 한 시간씩 이루어지는 요가만 기다렸다. 몸을 쓰고 땀을 흘리는 동안 회사에서 가져온 여러 가지 불쾌한 감정이 희석되는 경험이 몇 차례 이루어지자 집중력도 붙기 시작했다. 몸이 발전하는 것도 느꼈다.

'어, 되네?'

어제까지 풀리지 않던 자세가 차차 가능해졌다. 지도자가 동작을 지시하면서 쏟아내는 산스크리트어도 조금씩 들렸다. 진전이 보이니까 즐거워졌다. 진짜 흥미를 느끼는 단계로 접어든 것이다.

운동의 기쁨을 진작부터 알고 있기는 했다. 시작은 등산이다. 대학 시절 방학 때였나 휴학 때였나 할 게 없어서 뒷산에 올라봤는데, 이십 대 초반의 김현지는 몸 쓰는 거 싫어하던 사춘기 시절과 완전 다른 어른이 되어 있었다. 한 달쯤 규칙적으로 산에 오르니 일곱시에 눈이 번쩍 뜨였고, 정신도 맑아지고 나아가 부정적인 사고방식까지 교정됐다. 건강한 정신과 건강한 육체가 상투적인 표현이 아니라는 것도 그때 알게 되었다. 그러나 등산이 습관이 되지는 못했다. 잠만 푹 자면 술이 다 깨던 시절이라 운동이 좋다는 건 알았어도 꾸준히 안 하고도 생활에 무리가 전혀 없었으니 잊기도 쉬웠다.

이어서 김현지는 "인생의 황금기"에 수영을 배웠다. 김현지의 첫 직장은 페인트 회사였다. 대학 시절 정당 활동을 하면서 만난 활동가 동지가 알선해준 직장으로, 해당 회사 노동조합의 간사로 일하면서 노조에서 사용되는 예산을 관리했다. 학생 시절의 활동은 이해관계에 얽히지 않고 같은 지향점을 바라보면서 변화를 추상적으로 논하는 일이었는데, 같은 의식을 바탕으로 결성된 현실의 노조 안에서는 아저씨들이 구체적으로 커피를 타오라 시켰다. 2년을 버틴 끝에 퇴사해 모은 돈으로 유럽에 갔고, 다른 여행객은 다 하는 수영을 자신만 못한다는 것을 깨닫고 여행을 마친 뒤 강습을 시작했다. 회사를 나와 호주 워킹 홀리데이를 준비하면서 영어 공부를 하고 이따금씩 등산을 즐기며 집에서 3분 거리 수영장에 드나들던 그때를 김현지는 인생의 황금기라고 다시 강조했다.

## 운 동 에 서  수 련 으 로

몇 년이 흘렀고 많은 것이 변했다. 노조 간사 출신 김현지는 지금 휴일을 연차로 계산하는 교활한 직장을 체념하고 다닌다. 운동의 기쁨을 알고 요가의 효과를 안다고 생각했던 2년 전에는 요가의 목적을 운동이라고 적었는데, 2년 넘게 하다 보니 요가란 느리게나마 육체의 변화를 이루는 동시에 생각까지 정리하는 정신적인 활동이라고 깨닫게 되었다. 요가에 대한 이야기가 깊어지자 김현지가 쓰는 표현이 달라졌다. 운동이 사라지고 수련으로 대체되었다.

왜 요가는 운동이 아니라 수련이라고 부를까. 김현지의 설명에 따르면 요가는 단순히 몸을 움직이는 행위가 아니다. 또

렷한 목표가 없어도 매일매일 육체와 정신이 꾸준히 성장하는 삶의 한가운데에 내가 있다는 것을 깨닫는 과정이다. 즉 나를 갈고닦는 연습이다. 몸을 정신없이 놀리게 되면 반대로 마음은 차분해진다. 그런 의미에서 요가를 두고 "움직이는 수련"이라 말한다고 김현지는 덧붙였다.

김현지는 연초에 제주도에 갔다가 가수 이효리가 다니는 요가원에 들렀다. 해당 요가원의 원장은 김현지 표현에 따르면 "덕망이 높기로 명성이 자자한 어르신"으로, 한국에 요가가 도입되기 전부터 인도에서 수십 년 요가를 배우고 도 닦듯 수련의 세월을 보낸 사람이다. 요가에서는 동작을 두고 '아사나asana'라 부르는데, 동작과 호흡을 순서대로 지시하는 일반적인 수업과 달리 "그분"은 아사나에 대한 집착을 버리라고 했다. 남들보다 잘해야 한다는 생각, 어제보다 나아져야 한다는 생각 또한 버려야 한다고 했다. 그리고 자신의 현재 상태에 집중하라고 했다. 요가는 나를 돌아보는 정신적 수양이다. 그러니 나와 남을 비교하면서 다리를 잘 찢고 물구나무 자세를 오래 버티려는 욕망은 요가가 아니다. 특히 지도자를 염두에 두고 있다면 이 같은 욕망을 더욱 경계해야 한다. 남들보다 잘해야 한다는 집착에 아직도 사로잡혀 있다면 남들에게 독이 되는 지도자가 되고 만다.

최근에는 비건 페스티벌에 다녀왔는데, 현장에서 요가 수업도 한다길래 참여했다가 또 다른 깨달음을 얻었다. 거기서 만난 지도자는 인도 종교 문화에 따르는 계율 '아힘사ahimsa'에 무게를 실었다. 아힘사의 바탕은 비폭력이고, 우리가 실천할 수 있는 대표적인 비폭력은 채식이다. 요가에 있어 아사나, 즉 동작은 가장 말단에 있는 방법이니 거기 집착할 것이 아니라 아힘사의 실천에 주력해야 한다는 것이 그 지도자의 주장이다. 그날 저녁 김현지는 일주일에 한 번은 비건으로 생활하겠다고 SNS에 썼다. 어려운 동작을 달성해야 한다는 욕망을 내려놓고 일단 다른 존재에 대한 존중과 최소한의 폭력만 생각하기로 했다.

사실 김현지는 그동안 채식에 회의적인 쪽에 가까웠다. 지도자로부터 필요한 지침을 얻고 관련 지식을 다룬 책까지 열어본다 한들 우리의 삶이 폭력으로부터 자유롭기는 어렵다고 생각했다. 우리 모두에겐 일이 필요하고, 일터에서는 누구든 폭력을 경험할 수밖에 없다. 직장의 구성원만큼 우리에게 무례한 사람은 없다. 영영 피해자로 살기도 어렵다. 폭력의 주체는 내가 될 수도 있다. 직장에 있는 한 성과를 만들려면 김현지는 하청 업체를 쥐어짜야 한다. 그런 시스템에서 겨우 생존하고 있는 우리에게 비폭력과 채식이 무슨 의미일까.

채식뿐 아니라 요가 해서 뭐 하나 하는 생각은 전부터 늘 있었다. 제대로 하려면 수련 한 시간 전에 공복 상태를 만들어

놔야 한다. 언젠가 파스타를 잔뜩 먹고 바로 요가원에 갔더니 수련하는 내내 코로 국수가 쏟아져 나올 것 같았다. 뭘 챙겨 먹을 시간이 주어지지 않아 부랴부랴 달려가는 날은 수련에 집중할 만한 힘이 안 나왔다. 과거 요가는 귀족의 수련법이었다. 현대를 사는 우리는 노예가 재배해 가져다주는 유기농 야채 먹고 느긋하게 요가하고 명상할 수 있는 계급이 아니다. 오히려 먹을 것 갖다 바치는 노예 쪽에 더 가깝다. 이렇게 아등바등 살면서 귀족들의 수련법을 따라가서 뭐 하나. 명상할 시간도 충분히 주어지지 않는 삶인데.

그래도 요가를 당장 중단할 만큼 심각한 의문은 아니었던 것 같다. 김현지는 노예의 넋두리에 빠져 있다가도 어제보다 나은 요가를 갈망했고 한때는 동작에 집착했으며 이런저런 요가 행사를 따라다녔다. 이제는 더 나은 인간이 되기를 고민하는 단계에 와있다. 운동인 줄 알았는데 요가는 수련이었다. 그러니 요가는 각종 유무형의 폭력에 노출되어 있어 감정 조절이 어려운 직장인에게 반드시 필요한 정신적인 활동이라고 김현지는 생각한다. 생산력 증대 차원에서 회사가 직원에게 제공하는 복지여야 한다는 생각도 한다.

이 같은 의식의 변화는 다시 지도자에 대한 고민으로 연결된다. 김현지가 요가 지도자 자격을 두고 갈등하는 것은 단순히 자격증 확보에 따르는 비용이나 이후의 생계 문제 때문이 아니다. 요가 지도자라면 동작을 잘 수행하고 가르치는 사람이기 이전에 타인에게 올바른 영향력을 행사할 수 있는 사람이어야 한다. 좋은 일이든 나쁜 일이든 겪었던 모든 것을 나눌 만한 것으로 만들 줄 아는 사람이어야 하는데, 김현지는 과연 그런 준비가 되어 있을까. 요가를 통해 마음의 통제를 배우고 있지만 실은 당장 회사에서 얻는 각종 불편한 감정부터 여전히 다스리기 어렵다.

## 아 쉬 탕 가 로   넘 어 간   뒤

요가는 특징과 난이도에 따라 여러 가지 종류가 있다. 한 때 김현지는 '빈야사vinyasa'(김현지는 이를 두고 "흐름에 몸을 맡기는 요가"라고 설명했다) 수업을 들었고, 지금은 '아쉬탕가ashtanga'를 수련하고 있다. 아쉬탕가는 프라이머리, 인터미디엇, 어드밴스드 등 난이도별 구분이 있고, 각 단계에는 순서가 일정한 동작이 따른다. 수업은 동작을 일일이 설명하지 않고 각 시퀀스에 따르는 구령으로 이루어지는데, 지도자의 신호를 따라 각자 역량에 맞게 수련하면 된다.

김현지는 아쉬탕가의 첫 단계 프라이머리를 수련 중이다. 입문 단계지만 이 시퀀스를 완벽하게 따르는 것도 결코 쉽지 않다. 김현지가 만난 어떤 지도자는 80%의 힘만 쓰라고 했다.

과도하게 자신을 밀어붙이면 호흡도 집중도 힘들다. 나아가 요가의 목적은 어려운 동작의 달성이 아니다.

프라이머리를 충분히 소화한다면 다음 단계인 인터미디엇으로 넘어갈 수 있다. 그러나 김현지는 "과연 이번 생에 거기 가닿기나 할 수 있을까" 생각한다. 아쉬탕가의 모든 코스를 마친 사람이 전 세계적으로 아직 확인되지 않은 상태라고 김현지는 들었다.

김현지는 아쉬탕가로 넘어가면서 요가에 들이는 돈이 줄었다. 아쉬탕가는 복장과 매트 말고 별도의 장비를 필요로 하지 않는다. 그리고 2년쯤 하니까 장비는 요가의 본질이 아니라고 생각돼 내려놓기도 했다. 처음엔 매트에 욕심이 많이 났다. 어느 정도 하다 보면 요가원에서 제공하는 기본 매트에 불만을 느끼는 시점이 찾아온다. 큰맘 먹고 가격이 좀 있는 것 하나 장만했더니 여행용 매트도 하나 사고 싶어졌지만 안 사길 잘했다. 시간이 흐르면 물욕도 사라진다. 그렇게 내려놓기 전까지 뭘 많이 사긴 했다. 매트는 물론 매트가 들어갈 가방도 샀고 요가 블록도 샀으며 머리띠도 샀다.

옷도 한때는 많이 샀다. 처음 요가원에 갈 때만 해도 진지한 마음이 아니었기 때문에 반팔에 트레이닝 바지를 입었는데, 다른 초보들도 마찬가지로 처음에는 뻘쭘하고 민망하니까 헐렁한 걸 찾지만 시간이 흐르면 전문 복장이 필요해진다. 요

요가 열정가 김현지는 한때 요가복을 많이 샀다.
좋은 매트 욕심도 났다.
하지만 시간이 흐르면서 장비는
요가의 본질이 아니라고 생각돼 물욕을 내려놓았다.

가의 동작은 역자세가 많기 때문에 헐렁한 옷을 입으면 다 흘러내린다. 미디어 속 요가 지도자를 보면 몸의 윤곽이 드러나는 걸 많이 입는데, 모를 땐 그게 부당하고 불편한 성적 대상화로 느껴질 수 있지만 그렇게 입어야 수월해진다는 것을 하다 보면 알게 된다. 필요성을 느끼면 그때부터 욕심이 생긴다. 특히나 요가복계의 샤넬이라 불리는 룰루레몬에 눈길이 좀 오래 갔다. 상의 하의 각각 10만원쯤 예상해야 하는 브랜드다. 지도자가 입는 옷도 아름답고 다채롭다. 거기서도 영향을 받아 무언가 '지르는' 시즌이 찾아오기 마련이지만 시간이 지나면 사라지는 욕망이다.

요가는 맨몸 운동이다. 비싸고 좋은 복장이 있으면 더 좋지만 언제 어디서든 어떤 상태로든 할 수 있다. 그래서 김현지는 여행을 준비할 때마다 요가를 항상 일정에 넣는다. 인도에서 받았던 수업은 무료였고, 그 밖에 참여했던 다른 수업은 관광객을 대상으로 하는 만큼 난이도가 낮았다. 가르치는 사람의 레벨도 다양했다. 그래도 요가는 어느 정도 정형화된 구석이 있고 다들 비슷하게 한다. 얼마나 고된가로 갈릴 뿐인데 돌이켜보면 서울에서 하는 요가가 가장 힘들었다.

해외 영업 업무를 하는 김현지는 유럽 출장도 잦다. 출장까지 가서 요가원을 찾을 시간은 없어도 수련은 이어진다. 혼자 여행할 때면 예산을 아끼기 마련이라 도저히 수련할 수 없는 값싼 방을 찾아다니지만, 회삿돈으로 묵는 방은 다르다. 혼자 쓰는 비싸고 넓은 호텔 룸에서 아침 수련을 마친 뒤 비즈니스 파트너를 만나러 가곤 했다.


## 요 가 와  친 구

좋아하는 게 생기면 하루 종일 그 얘기만 하고 싶어진다. 말을 많이 하면 때때로 그 말에 영향력이 생기기도 한다. 김현지가 회사에서 요가 얘기를 한참 했더니 또래 여성 동료가 수련을 시작했다. 동료의 변화가 달갑지만 김현지가 더 많이 기대하는 사람은 따로 있다. 남자친구 임재석이다. 김현지의 영향력이 가장 잘 통하는 사람이긴 한데, 임재석에 따르면 김현지가 뭘 같이 하자고 할 때마다 늘 잔소리 같았다고 한다.

수영에 빠져 있던 시절 김현지는 임재석에게 수영을 권했다. 좋아하는 것으로 같이 긴 시간을 보내고 생각을 나누고 싶어서 그랬다. 김현지 눈에 임재석은 근육이 부족해 운동을 설득하기 쉬운 대상이다. 그러나 설득이 쉬운 만큼 포기도 빨랐다. 처음엔 수영을 같이 했지만 강사가 지시하는 규칙을 따라 무한히 레인을 도는 게 지루하다며 금방 관뒀다. PT 없이 헬스장에 나가기도 했지만 반대로 너무 자율이라 또 금방 관뒀다. 김현지가 다음으로 설득한 분야는 요가다.

김현지 때문에 어쩔 수 없이 요가를 시작한 임재석은 첫날부터 우는소리를 했다. 설득에 못 이겨 처음 요가원에 겨우 가면서 '일단 하기로 했으니까 마음의 평온을 찾고 오겠다' 생각했는데, 첫날부터 하필이면 아쉬탕가 수업을 들었다. 엉거주춤 옆 사람만 따라 하는 동안 시선은 지도자가 아니라 김현지한테 머물러 있었다. 임재석은 "째려본 것"이라고 말했다.

김현지가 좀 원망스럽긴 했지만 그래도 헤매느라 땀 흘리고 나니 조금은 뿌듯했다. 게다가 첫 수업이 끝난 뒤 지도자로부터 생각보다 유연하단 말까지 들었다. 임재석은 그 칭찬이 수강생 모집을 위한 립서비스라는 것을 모르지 않았지만 그래도 다음 수업을 이어갈 만한 동기 정도는 되었다. 최근 집을 이사하면서 요가원이 멀어진 동시에 마음까지 조금 멀어져 김현지는 주 2회 정도 요가원에 나가고 있는데, 임재석은 요새 6개월짜리 회원권을 끊고 주 3회 이상 간다. 나가기 싫은 날도 가끔은 있지만 "투자한 만큼 뽕을 뽑아야 한다고 생각하는 성격"이 요새 여기서 꽃을 피우고 있다.

자기보다 열심히 하는 임재석을 보면서 김현지는 요가는 여성이 더 많이 참여하지만 시간이 흐르면 남성에게 보다 유리한 것 같다고 생각한다. 막 시작한 남성은 여성에 비해 유연성이 부족할 수 있지만 그건 시간을 투자하면 결국 얻을 수 있는 것이고, 깊게 들어갈수록 유연성 말고도 근력이 필요한데 그건 쉽게 얻을 수 있는 것이 아니다. 가진 힘이 다른 남자는 일정 수준 이상이 되면 더 어려운 자세를 더 잘 버틸 수 있다. 사실 요가의 기원이 그랬다고 한다. 인도의 귀족 남성만 하는 것이었는데 전수가 어려워지자 명맥을 이어가기 위해 여성을 동원한 역사가 이렇게 이어졌다고 김현지는 들었다.

김현지는 초급을 떼고 중급에 왔을 때 이제 요가 좀 한다고 친구한테 시범을 보였다가 다리가 갑작스럽게 당겨 당황한 적이 있다. 예고 없이 몸을 쓰자 근육이 놀란 것이다. 요가에 사전 스트레칭이 필요한 이유를 깨달은 순간이기도 했다. 더 오래 하려면 몸을 조심스럽게 다뤄야 한다는 것을 알았고, 한편으로는 무리하게 하다가 햄스트링에 문제가 생긴 임재석이 반면교사가 되기도 했다. 그는 언제부턴가 허리를 숙이면 아프다고 한다. 아프면 안 하면 되는데 임재석은 그걸 참고 너무나도 열심히 하는 요가인이 되어버렸다. 한때 임재석에게 요가를 집요하게 설득했던 김현지는 생각한다. 저렇게까지 해야 할까. 난 저러지 말아야 한다.

## 요 가 와  정 신

한참 요가에 몰입하던 김현지와 임재석을 어느 비건 식당에서 만난 적이 있다. 밖에서 사 먹는 밥 별로 안 좋아하는데 여기만큼은 예외라면서 그들이 나를 데려갔던 곳이다.

"그때 현지랑 같이 비건 식당 갔잖아. 혹시 그때부터 채식 의식하고 있던 거였어?"

"아뇨. 그냥 거긴 맛있어서."

우리는 인터뷰를 마치고 짜장면과 탕수육을 시켰고 고량주를 마셨다. 김현지는 적게 마시지 않았고 적게 먹지 않았다. 아마도 다음 날 수련이 없어서 그랬을 것이다. 요새는 채식을 좀 구체적으로 생각한다. 한국에서 사는 현대인에게 과연 채식이 순조로울까 하는 의문이 늘 따르기는 하지만, 앞서 말한 것처럼 김현지는 비건 페스티벌에 갔다가 훌륭한 지도자를 만났고 일주일에 한 번 채식하겠다고 SNS에 적었다. 그 말이 진실인지 점검하고자 나는 물었다.

"잘 실천하고 있는 거야?"

"원래 오늘 하는 날인데 아침부터 입에 빵이 물려 있더라고요. 먹다 보니까 '아, 여기 버터 잔뜩이지' 싶어지더라고요. 망하니까 우유도 마시고 계란도 먹게 되더라고요."

의식은 하고 있지만 채식은 일주일에 한 번조차 실천하기 어려운 일이다. 김현지 집에 머무는 장기 투숙객 리즈가 답을 준다. 무작정 비건부터 할 게 아니라 미트프리부터 시작하라고 한다. 리즈는 어느 끔찍한 동물 다큐멘터리를 보게 된 뒤 3년째 비건으로 산다.

김현지의 본격 채식은 아직이지만 요가의 긍정적인 가치를 받아들이고 생활에 접목하려 노력하고 있는 중이다. 과식을 하거나 술을 많이 마셔 몸에 좋지 않은 것들이 쌓이면 다음 날 수련에 상당한 지장이 있다는 것을 이제는 안다. 그래서 몸에 해로운 것들을 덜 하자는 의식을 유지한다.

실천이 어렵다 해도 그러나 비건은 김현지와 임재석의 중요한 관심사다. 임재석은 이전까지 해외 식료품 유통사에서 일했고, 지금은 비건을 대상으로 하는 식료품점 사업을 막 시작한 단계다.

"그런데 현지, 재석이랑 같이 사는 거 써도 돼?"

"괜찮아요. 이건 제 삶의 방식이고, 이 얘기를 하지 않는다면 제 삶은 반쪽짜리가 되니까요."

둘은 호주 워킹 홀리데이 시절 만나 방값을 아끼려고 같이 살기 시작했고, 그 삶은 서울로 돌아와서도 지속되었다. 3년 함께 살면서 둘이 생각하기를, 결혼은 하려면 할 수도 있고 안 하려면 안 할 수도 있는 것이다. 출산 계획을 진지하게 세운다면 결혼이 좀 급해질 수 있지만, 고양이 올리 덕분에 아이와 함께 사는 삶을 간접적으로 체험하고 있는 중이라서 결정이 더 어렵다. 일단 애가(고양이가) 보고 싶어서 어디 멀리 못 간다. 회사에서도 애가(고양이가) 자꾸 생각난다. 그런 고양이는 피드백이 없다. 고양이와 함께 사는 한 의무적인 노동이 따르기는 하지만 그래봐야 "밥 주고 똥 치우는 일"에 불과하다. 그런데 고양이가 아닌 사람이라면.

나는 김현지를 만나기 전 인터뷰 질문지 A안과 B안을 준비해뒀다. A는 김현지가 남자친구 임재석과 산다는 것을 공개하는 일에 동의했을 때, B는 동의하지 않았을 때다. 고맙게도 김현지는 A안에 동의해줬고, 그러는 바람에 이것이 요가 인터뷰인지 인간극장인지 모를 긴말이 이어졌다. 한 토막만 말하자면, 장기 투숙객 리즈의 한국인 친구들이 며칠 전 놀러 왔다. 그들 가운데 어느 여성 한 명이 곧 이사한다는 계획을 말하자 모두의 관심이 쏠렸고, 그 김에 김현지가 가족을 물었다. 답변하는 목소리가 작았다.

"남자친구랑 살아요."

김현지는 여자가 그렇게 말할 때 나오는 볼륨을 안다. 회사 사람들한텐 남동생이랑 같이 산다고 말하곤 했다(임재석은 김현지보다 나이가 많다). 아직도 가족한테 작은 죄의식을 가지고 산다. 그리 많지 않은 내 인연 가운데에는 김현지와 임재석 말고도 결혼에 대한 결정을 유예하고 함께 사는 경우가 꽤 있는데, 확대되고 있는 삶의 형태라 해도 한국 사람인 이상 이를 취재하기로 했다면 조금 더 많은 질문과 주의가 필요하다. 누구든 이런 답답한 고민 좀 안 하면 좋겠다.

김현지가 싫어하는 회사에는 일부나마 말이 통하는 또래

동료가 있다. 김현지는 그런 사람들한테 해줄 수 있는 이야기가 늘 제한된다. 어젯밤 임재석 때문에 빵 터진 얘길 하고 싶은데 말이 막힌다. 김현지의 부모는 지난 2년간 딸이 남자친구와 살아왔다는 것을 최근에야 알았다. 분명 의심하고 있었던 것 같지만 김현지가 실토하자 결국 "뭐?"로 시작해 "남자친구? 결혼도 안 하고?"를 거쳐 호적 얘기까지 나왔다. 셰어 하우스 운영이라는 결정이 그리 어렵지 않았던 까닭 가운데 하나는 친구든 가족이든 집에 불러서 함께하는 시간을 좋아한다는 것이었는데, 어머니를 예외로 둔 게 많이 힘들었다. 중요한 사실을 뺀 채 말만 계속하면 결국 거짓말이 쌓여간다는 것도 마음에 계속 걸렸다. 마침내 용기를 얻은 건 누구든 초대할 수 있으며 수익까지 따르는 큰 집을 얻었기 때문이다. 삶이 전보다 풍요로워졌다는 것을 강조하면서 김현지는 사실을 말했다. 부모는 걱정이 태산이지만 이제 알고 있다. 딸은 당신이 통제력을 행사할 수 없는 나이가 되었다.

김현지가 출근하면 임재석은 집에서 일한다. 일단 투숙객을 위한 숙박 관리 업무를 한다. 청소하고 치우고 빨래하는 일이다. 임재석이 정말로 좋아하는 일이고, 나는 밖에서 그들을 만날 때면 늘 고양이 털 하나 날리지 않는 말끔한 차림새가 대단하다 느끼곤 했다. 청소와 정돈을 마친 임재석은 곧 PC 앞에 앉아 국내 비건의 수요를 계산하고 시장을 읽으며 그 틈에

서 자신의 역할을 찾는다. 그리고 저녁을 기다린다. 임재석은
요리를 꽤 잘한다. 김현지가 퇴근하고 돌아오면 임재석이 차
린 밥을 함께 먹는다.

"집에 주부가 있어야 해요. 둘 다 직장에 나가면 정상적인
가정생활이라는 게 불가능해져요."

임재석이 회사 다니던 시절 김현지는 저녁을 먹는 둥 마는
둥 하고 요가원으로 갔다. 요새는 수련에 필요한 만큼만 배를
채우고 간다. 아홉시쯤 되면 집으로 돌아와 임재석과 이런저
런 이야기를 나누다가 잔다. 예전에는 요가 마치고 집에 돌아
오면 그냥 뻗었다. 저녁밥 문제가 해결되니 운동은 전보다 수
월해졌고 하루도 조금은 더 길어졌다. 김현지는 생각한다. 직
장인이 운동을 하면서 삶을 문제없이 유지한다는 건 이처럼
"누군가의 희생"이 필요한 일이다.

2018년 5월

# 함께 뛰면서 얻는 자긍심

엘렌 페이지 | 풋살 열정가 | 1.5년 차

- 1986년생이다. 서울 태생 한국인이다.

- 2017년 2월 풋살을 시작했다.

- 일요일 아침마다 풋살장으로 간다. 풋살팀 구성원과 함께 레슨, 미니 게임, 점심식사 및 뒤풀이로 구성되는 프로그램을 소화한다.

- 풋살팀 인원은 총 열일곱 명으로, 열두 명 정도 되는 고정 멤버와 함께 활동하면서 이따금씩 친선 경기에 참가한다.

- 레슨비와 구장 대관료를 포함해 월 5만원을 쓴다.


- 어느 사회적 기업의 관리자다.

- 출퇴근 시간이 일정한 편이다.

- 생활권은 서울이다.

- 11년간 관계를 유지하는 파트너, 그리고 고양이와 함께 산다.

- 주 3회 집 앞 수영장에 출입하는 7년 차 수영 열정가이기도 하다.

yoga

**futsal**

swing dance
strongfirst
jiu-jitsu
boxing
running
ballet
cycle
swimming

"한 명씩 맡아! 몰려 있지 말고!"

FC 물개들의 골키퍼가 전반전 내내 목이 터져라 반복해서 외치고 있었다. 골 앞에서 경기를 지휘하던 키퍼는 후반전에 이르러 포지션을 공격수로 변경했는데, 공을 따라 뛰는 몸놀림부터 공을 다루는 기술에 이르기까지 어딘가 월등한 구석이 있다고 느꼈다. 나는 키퍼가 팀의 주장이라 생각했다.

그날은 엘렌 페이지와 해당 키퍼가 속한 여성 풋살팀 FC 물개들의 경기가 열린 날이었다. 나중에 물어봤더니 그 키퍼는 팀의 구성원 가운데 풋살을 가장 오래 한 친구이자 유일한 운동선수 출신이다. 주장은 아니다. 그들 팀에는 주장이 없다. 이제는 주장의 필요성을 느껴 구성원의 일부가 키퍼에게, 이어서 엘렌 페이지에게 역할을 권했지만 둘 다 망설였다. 과연

이 팀에 주장이 필요할까. 수평적인 관계로 시작한 모임이니
앞으로도 그렇게 하는 게 맞지 않을까.

엘렌 페이지는 내가 만난 풋살 열정가의 실명이 아니다.
단 한 번도 들어본 적 없는 이름이라며 몹시 쑥스러워했지만,
할리우드 배우 엘렌 페이지와 인상이 진짜로 비슷해 내가 붙
인 별명이다. 앞으로 그렇게 부르려 한다. FC 물개들 또한 실
제 팀명이 아니다. 이름을 제외한 나머지 내용은 모두 사실이
다.


## 퀴어 여성 스포츠

무더위가 찾아오기 직전 어느 일요일, 아침부터 서울 시내
풋살장에 다녀왔다. FC 물개들과 또 다른 여성 풋살팀의 친선
경기가 열린 날이었다. 실제 경기 진행 과정은 물론 승부를 다
투는 현장에 이르기까지 모든 것이 내게는 처음이라 살필 것
이 많았다. 옆 구장에선 다른 풋살팀의 경기가 진행되고 있었
고, 구장의 수는 적지 않았다. 노는 구장 또한 없어 민간 풋살
의 밝은 오늘을 마주하고 있다고 생각했다.

경기 전후로 혹시나 하는 마음에 현장의 성비를 살폈다.
그날 내가 집중했던 FC 물개들과 상대 팀의 구성원을 제외하
고, 각각의 이유로 각각의 구장을 찾아온 모두가 남자였다. 나

는 엘렌 페이지와 연락을 주고받기 전까지 풋살과 축구가 어떻게 다른지 전혀 몰랐지만, 여성과 아직 많이 가깝지 않은 종목이라는 것 정도는 알았다. 파면 팔수록 남자만 보였다. 만남을 앞두고 여러 동영상을 통해 풋살이 팀 인원부터 경기장의 규격에 이르기까지 축구의 축소판이라는 것을 파악했고 나아가 경기 운영 방식까지 대략이나마 이해하게 됐는데, 그렇게 내가 풋살을 살핀 과정에서 여성은 전혀 보이지 않았다.

"남자한테 풋살한다고 말하면 다들 웃어요. 왜 웃을까요. 이게 얼마나 힘든지 알고 웃는 걸까요?"

나는 그날 좀처럼 웃지 못했다. 경기가 끝난 뒤 엘렌 페이지를 만났을 때, 프로 선수가 아닌 이삼십 대 성인이 이렇게 바쁘게 뛰어다니는 걸 거의 처음 본 것 같다고 말했을 정도로 놀라서 그랬다. 풋살은 5:5 게임이다. 엘렌 페이지는 일요일마다 실내 구장에서 열 명 넘는 친구들과 함께 훈련을 받고 있는데, 어떤 날은 출석률이 낮아 키퍼 없이 4:4로 뛰기도 하고 더 사정이 나쁜 날은 3:3으로 뛰기도 한다. 수비수가 부족해 모두가 발로 공을 막으며 더 많이 뛰어야 하기 때문에 10분쯤 지나면 나가떨어지는 날이다.

그날의 스코어는 12:4였다. FC 물개들이 네 골을 넣었다. 경기장에 찾아가겠다는 내게 엘렌 페이지는 일찍부터 활동해 왔던 강팀과 붙을 예정이니 크게 기대하지 말라고 진작부터 당부했고, 실제로도 전반전까지는 꽤 고전했다. 그러나 후반전부터 경기가 풀리기 시작했다. 상대 팀의 체력이 고갈되면서 골대로 가는 길이 뻥뻥 뚫렸다. 12점을 얻고 4점을 내어준 상대 팀의 구성원도 각각의 본업이 있다. 경험과 기량의 차이가 있다 해도 평일마다 출근하는 취미 체육인이 전후반 약 한 시간 동안 고른 호흡과 시야를 가지고 구장 구석구석을 뛰어다닌다는 것은 그만큼 힘든 일이다.

경기장에 찾아갔던 그날 나는 조금 일찍 도착해 선수들이 몸을 푸는 과정부터 지켜보았다. 누군가는 다리를 찢고 누군가는 가볍게 뛰는 동안 별도 유니폼을 착용한, 그래서 내가 경기 주최 측으로 추정했던 여성 몇 명이 작은 현수막 두 개를 걸고 있었다. 현수막에는 짧은 영어가 쓰여 있었다. 퀴어 여성 스포츠. 바람을 따라 펄럭이는 문구가 내 마음을 흔들었다.

그날의 풋살 경기는 엘렌 페이지가 활동하는 커뮤니티에서 열린 퀴어 여성 생활체육대회 종목 가운데 하나였다. 대회는 일주일 뒤에도 이어졌다. 농구와 배드민턴 경기가 있었고, 엘렌 페이지가 네 명과 팀을 이뤄 바통 주고받기를 연습하고 출전했던 계주 경기도 있었다.

후반전이 시작되었을 때 옆 구장에서 열린 모르는 팀 경기가 끝났다. 구장을 빠져나온 어느 남자 무리의 시선이 FC 물개들의 경기를 향하고 있었다. 나는 그때 그들이 주고받는 말의 일부를 들었다.

"진짜? 진짜? 진짜?"

연발하던 '진짜진짜' 앞뒤로 어떤 말이 오갔는지 나는 잘 모른다. 내 마음을 흔든 작은 현수막이 그들 눈에도 들어온 것일까. 나는 그들 무리의 말이 어쩐지 의심스러워 주시했고, 휴대폰을 꺼내지 않았다는 것에 일단 안도했다. 나도 안 찍은 사진을 그들이 찍어선 안 된다고 생각했다.

그런 이유에서 나는 실명 대신 별명을 쓰고 개인 정보 노출을 최소화한 뒤 핵심 내용을 살리는 것이 어떻겠냐 제안했고, 엘렌 페이지의 동의를 얻었다. 엘렌 페이지와 친구들이 어떻게 풋살팀을 구성했는지를, 그리고 이 풋살이 그들에게 갖는 의미가 무엇인지를 들은 대로 기록하려면 무려 2018년을 사는데도 이런 방식이 마땅할 것 같았다.

답답한 마음을 안고 내가 취재한 엘렌 페이지와 풋살을 이야기하려 한다.

## 여 성  풋 살 팀 을   소 개 합 니 다

엘렌 페이지는 11년 연애해온 파트너와 몇 해 전부터 함께 살고 있다. 그런 파트너가 2017년 초 갑자기 풋살을 제안했다. 다른 운동도 아니고 풋살을 골랐다는 것이 흥미로워 운동에 대한 파트너의 관심과 깊이를 물었더니 약간 싱거운 답을 준다. 파트너는 이전까지 헬스장에 나가고 이따금씩 홈트레이닝 하는 것이 전부였다. 그러던 파트너는 그냥 재미있어 보인다는 막연한 이유로 함께 사는 엘렌 페이지에게 풋살을 권했다.

엘렌 페이지는 파트너의 이런저런 의견을 대체로 존중하고 따르는 편이다. 마침 그 시기 석사 논문을 마무리하느라 꽤 많이 지쳐있었던 까닭에 다른 새로운 활동에 대한 갈망이 컸다. 그리고 엘렌 페이지는 원래 운동을 좋아하는 사람이다. 풋살을 모르는 상태에서 파트너의 제안을 일단 반겼고, 여성 풋살팀 몇 개를 찾아본 뒤 파트너와 함께 입단했다. 입단에 필요한 자격 조건은 없었다. 그냥 일주일에 한 번 나오기만 하면 된다고 했다. 꼬마 시절 축구를 꽤 즐겼던 행복한 기억 정도만을 가지고 여성 풋살팀에 들어갔다. 경기의 규칙은 들어가서 차차 익혔다.

생각보다 재미있다고 느끼자 엘렌 페이지는 퀴어 친구들 몇 명을 더 불렀다. 나중에는 마음이 통하는 네다섯 친구들과 함께 초기 소속팀을 나와 퀴어 여성으로만 구성된 FC 물개들을 결성했다. 네다섯 명으로 풋살팀을 운영할 수는 없다. 활동하는 퀴어 커뮤니티에 팀원을 모집한다는 공지를 올렸고, 각종 퀴어 행사에 뿌릴 전단까지 만들었다. 지인의 지인까지 수소문해 멤버를 더 모았다. 현재 FC 물개들의 단체 채팅방 인원은 열일곱 명이다. 그 가운데 열두 명쯤은 꾸준히 훈련에 참여한다.

엘렌 페이지에게 풋살을 권한 파트너는 엘렌 페이지보다 팀 활동에 몰입하고 있다. 아무래도 친구들 덕분인 것 같다고 엘렌 페이지는 생각한다. 지난 11년간 꾸준하게 운동하는 끈기를 보여준 적 없었던 파트너는 팀 운동을 통해 사람들과 어울려 노는 재미에 완전 취해 있다. 일요일마다 파트너가 모는 차를 타고 풋살장으로 함께 출발하면서 엘렌 페이지는 "오늘은 적당히 좀 하자" 말한다. 훈련이 끝나면 늘 뒤풀이가 이어지는데, 파트너는 대체로 엘렌 페이지보다 늦게까지 있다가 온다. 참고로 12:4로 끝난 그날의 경기 뒤풀이는 5차까지 이어졌다.

나는 앞서 만난 요가 열정가 김현지의 친구를 통해 풋살하는 엘렌 페이지의 연락처를 받았다. 책에 대한 동의를 구한 뒤 기초 사실을 확인하고자 한 시간쯤 통화부터 하면서 엘렌 페이지가 풋살 말고도 수영을 꽤 오래 했다는 것을 알게 됐는데, 수영과 풋살 가운데 무엇에 더 크게 의미를 두고 있느냐는 내 질문에 엘렌 페이지는 한 번에 답을 하지 못했다. 너무 어려운 질문이라고 했다. 통화를 마치고 소속팀의 경기까지 관람한 뒤에 따로 만나서야 두 종목에 대한 갈등을 들을 수 있었다. 7년 전에 시작한 수영은 고단했던 전 직장 시절 위로를 안겨준 선물 같은 운동이다. 그리고 이제는 삶과 분리할 수 없을 만큼 애착이 강한 취미 생활이다. 풋살은 그에 반해 시작한 지 얼마 되지 않았지만 수영과는 다른 즐거움을 주는 중요한 활동이다. 엘렌 페이지는 둘 사이에서 여전히 인생의 운동을 고를 수 없다.

"수영은 내면에 집중하는 정신적이고 개인적인 운동이라면 풋살은 우리의 프라이드를 확인하는 공동의 운동이거든요. 같은 정체성을 가지고 사는 친구들이랑 같이 땀 흘리며 뛴다는 게 가끔 실감이 잘 안 나요. 그럴 만큼 좋아요."

풋살은 가로 38~42m, 세로 18~25m 규격 구장에서 양 팀 구성원 열 명이 공 하나를 향해 뛰는 숨넘어가는 게임이다. 그래서 모두가 힘들다 투덜대지만 함께 뛰고 함께 땀을 흘리고 나면 모두가 개운함을 말한다. 격렬한 육체적 활동에서 오는 쾌감 말고도 엘렌 페이지와 친구들이 나누는 다른 즐거움이 또 있다. 멤버들과 운동 전후로 끊임없이 나누는 수다와 농담이다. 그들은 멤버 가운데 나이가 가장 많은 친구를 "막내"라 부른다. 난 이미 여기서 터졌는데 엘렌 페이지는 나를 다시 터뜨렸다. 여기서는 이성애자 여성 풋살팀에서라면 안 나올 얘기들이 종종 터진다.

"누가 피곤하다 하면 어제 클럽 갔냐고 물어봐요. 도대체 얼마나 예쁜 애 만나고 온 거냐 해요. 그럼 또 여기저기서 웃고 쓰러지고 난리 나요."

레슨하는 남자 강사한테 말 안 했지만 분명 눈치챈 것 같다고 엘렌 페이지는 생각한다. 언젠가 누가 진짜 큰 소리로 클럽 얘기를 한 적이 있는데, 말릴 겨를도 없었다. 그렇게 크게 말하는 걸 강사가 못 들었을 리 없다.


## 훈련의 이모저모

친선 경기가 있기 한 달 전 FC 물개들은 풋살 전문 강사를 만났다. 막 문을 연 새로운 구장을 찾았을 무렵 구장의 관계자가 부담스럽지 않은 가격으로 레슨을 제안했다. 그때 FC 물개들은 기로에 있었다. 일주일에 한 번씩 모여서 즐겁게 운동하고는 있었지만 지각이 많았고 조금만 힘들면 쉬자 했다. 그렇게 헐렁한 분위기가 만연해 있어 더 뛰고 싶은 일부 열정적인 멤버들은 내색을 못 했다.

그 무렵 FC 물개들은 첫 엠티를 떠났고, 현장에서 이루어진 회의 끝에 레슨을 선택에 맡기자 했다. 원하는 사람만 하자. 가격이 부담스럽다면 레슨 뒤 이루어지는 미니 게임에만 참여하자. 무료 구장에 드나들기도 했지만 대체로 야외 구장은 1만원, 실내 구장은 2만원에 썼다. 레슨을 선택한 멤버는 월 5만원씩 회비를 내고 있다.

레슨은 한 시간 이상 꽤 체계적으로 진행된다. 스텝 연습부터 시작한다. 고깔콘으로 더 많이 불리는 컬러콘 여러 개를 일렬로 세운 뒤 콘을 중심으로 지그재그로 가볍게 뛴다. 공을 따라 몸의 방향을 트는 연습이다. 바를 세워두고 뛰기도 한다. 이는 몸풀기 과정이다.

그런 뒤에 3인 1조로 인사이드 패스 연습을 한다. 누군가 공을 던져주면 가슴과 무릎으로 받아치는 것이다. 볼 컨트롤 연습도 한다. 공이 날아왔을 때 발로 공의 숨을 죽인 뒤 필요한 방향으로 보내는 일, 그러니까 공을 다루는 감각을 익히는 일이다. 페이크 연습도 한다. 이쪽으로 가는 척하다가 저쪽으로 가는 것으로 상대 팀을 혼란스럽게 만드는 기술이다. 그렇게 해서 패스와 드리블의 기본기를 다진 뒤 FC 물개들은 30분 이상 진행되는 미니 게임에 돌입한다.

아직 레슨을 시작한 지 한 달밖에 지나지 않은 까닭에 엘렌 페이지는 과연 얼마나 늘었을까 싶었다. 그런데 주말에 일하느라 바빠 한 달 동안 훈련에 불참했던, 그러다 한 달 뒤 시간을 마련해 경기하러 나온 멤버 하나가 변화를 한눈에 알아보았다.

"이상한데? 진짜 많이 늘었는데?"

훈련도 하고 경기도 하는 것 말고도 FC 물개들은 팀의 구색을 이미 다 갖췄다. 다섯 명쯤 모였던 시절에 멤버를 충원하려면 팀명이 필요하다 생각해 즉흥적으로 이름을 정했고, 팀명이 정해지자 로고가 나왔다. 열 명 넘게 모인 팀에 디자이너 한 명이 없을 리 없다. 여러 유럽 축구단 유니폼을 팔면서 이름까지 새겨주는 쇼핑몰을 통해 카피본이기는 하지만 각각의 선수복까지 갖췄다.

FC 물개들한테 아직 없는 것은 주장이다. 얼마 전 열린 친선 경기를 전후로 강력한 리더십이 필요하다고 대다수가 느끼기는 했다. 구성원 가운데 유일한 체육 전공자에게 가장 먼저 제안이 따랐지만, 주장이 되면 매번 지는 상황을 못 견디고 승리에 대한 부담에 시달릴 것 같다는 이유로 거절했다. 주장 폭탄은 곧 엘렌 페이지에게 넘어왔는데, 엘렌 페이지는 잘 모르겠다. 리더라는 계급이 등장하는 순간 그동안 유지해왔던 수평적 토대가 무너지는 것은 아닐까. 리더십이 필요할 수는 있지만 FC 물개들은 여성주의를 바탕으로 결성된 퀴어 여성 팀이다. 위계와 권위는 그들이 늘 거부하고 성찰해왔던 낡은 관념이다.

FC 물개들은 그래서 결성된 팀이지만 그래서 경기를 못했던 팀이기도 했다.

2017년 여성주의단체 언니네트워크를 통해 퀴어 여성 체육대회가 기획됐고, 준비한 종목 가운데 풋살이 있었다. 예정대로라면 FC 물개들이 어느 경기장에서 뛰었을 경기다. 하지

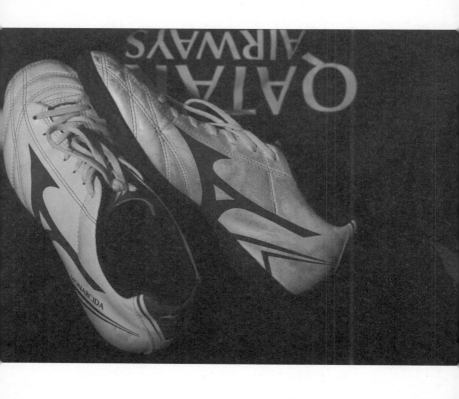

풋살 열정가 엘렌 페이지와 친구들은
팀의 구색을 모두 갖췄다.
팀명이 있고 팀의 로고도 있으며 유니폼까지 맞췄다.
그리고 종종 친선 경기를 한다.

만 체육대회는 열리지 않았다. 해당 구청에서 경기장 사용 허가가 안 나왔다.

FC 물개들은 이어서 열린 퀴어 여성 생활체육대회에 출전했고, 대회를 계기로 급하게 결성된 어느 팀과 친선 경기를 치렀다. FC 물개들의 첫 공식 경기였다. 시간이 흐른 뒤에는 조금 더 강한 상대를 만났다. 힘든 경기였지만 그래서 더 많은 이야기가 남았다.


## 경기를 뛰어보니

거의 모든 팀 스포츠에는 주전 선수가 있고 후보 선수가 있다. 팀원 열 명이 넘는 FC 물개들도 마찬가지로 경기 중간중간 이루어지는 작전 회의를 통해 매번 선수 기용을 달리한다. 상대적으로 기량이 뛰어난 멤버가 선발로 나서고, 곧 교체가 이루어진다. 작전을 이행하고 후보 선수에게 기회를 주는 의미라기보다는 10분만 뛰어도 누구나 무지 힘들기 때문에 포지션에 맞춰 선수를 바꿔주는 것이다.

최근 경기를 치른 현장은 FC 물개들이 처음으로 경험했던 정식 구장이기도 했다. 연습하던 기존의 구장과 비교해 말도 못 하게 컸다. 어제와 다른 넓은 구장을 누비는 건 모두에게 힘든 일이었다. 거의 모두가 고르게 쓰러지기 직전까지 뛰었고 시시각각 선수가 교체되었다.

경기장 규모 말고도 엘렌 페이지가 들려준 고생 후일담은 많다. 모두가 초보이기 때문에 경기 전체를 보는 시야가 부족하다. 경기가 진행되는 내내 키퍼는 뒤에서 수없이 목이 터지도록 외쳤다.

"한 사람씩 맡아 수비해!"

그래야 한다는 걸 모두가 알고는 있다. 그런데 그게 말처럼 잘 안 된다. 구장 안에서 뛰다 보면 공만 보이고 공만 쫓게 된다. 공을 빼앗기지 않으려면, 혹은 공을 빼앗은 뒤 슛으로 연결하려면 공만 따라갈 게 아니라 사람을 막아야 한다. 상대 팀 전반을 관찰하면서 수비에 주력해야 역습을 당하지 않는다. 하지만 경기장에 있으면 그런 게 하나도 보이지 않는다.

이럴 때 필요한 것은 대화다. "너 이쪽 맡아" "저쪽으로 가" "왼쪽 왼쪽" "오른쪽 오른쪽" 하고 계속 말을 주고받아야 한다. 그러나 공을 따라가다 보면 대화가 사라진다. 그럴 때 키퍼는 다시 외친다.

"얘기 좀 하라고, 얘기 좀!"

대화를 해도 문제가 발생한다. 안 들릴 때도 있다. 양쪽에서 서로 다른 말을 하니까 혼란스러울 때도 있다. 신체 조건이 가장 좋아 수비를 특히 잘하는 친구가 하나 있는데, 그 곤란을 잘 안다.

한쪽에서 말했다.

"7번 막아, 7번!"

잽싸게 7번을 따라갔더니 다른 쪽에서 또 외쳤다.

"14번 뚫렸잖아! 14번 막으라고!"

양쪽에서 거의 동시에 터지는 스피커에 지친 친구가 불만을 터뜨렸다.

"언니, 한 명씩만 말해줘. 아니면 아무 말도 하지 마."

수평적인 조직 FC 물개들은 존중을 안다. 인정도 빠르다.

"알았어. 하고 싶은 대로 해!"

그러면 또 뚫린다. 공을 빼앗기고 점수를 내주고 마는 것이다.

한편 경기가 시작되자마자 10초 만에 상대 팀과 부딪쳐 나동그라진 친구도 있었다. 경기에 지나치게 집중한 키퍼는 힘차게 외쳤다.

"나가! 빨리 끌어내!"

쓰러졌던 친구는 경기가 끝난 뒤 이어진 뒤풀이에서 끌려나간 자의 섭섭함을 토로했고, 끌어내라 지시한 키퍼는 사과했으며, 그 와중에 다른 친구들은 '침대 축구'라 놀렸다. 그렇게 깔깔 웃으며 풀 수 있는 관계를 유지하지만, 많은 구성원이 공 앞에 몰려 우왕좌왕할 때 경기 전체를 볼 줄 아는 키퍼는 가끔 좀 답답하다. 키퍼는 종종 연습하면서 수다 떨거나 웃지 말라고 한다. 그러다가 날아오는 공을 못 보는 일이 한두 번이 아니기 때문이다. 키퍼를 비롯해 승부욕이 강한 멤버들은 그게 불만이라 '입 축구' 그만하라고 한다. 그러나 모두가 알고 있다. 가끔 경기를 망치는 그런 시끄러운 분위기, 그래서 결국 너나 할 것 없이 빵 터지고 마는 문화를 모두가 사랑한다.

그날의 시끌시끌한 경기는 앞서 말한 것처럼 12:4로 끝났다. FC 물개들이 졌다. 그러나 프로가 아닌 우리는 패배로부터 기쁨과 의미를 찾기도 한다. FC 물개들은 네 골이나 넣었다는 것에 대해 할 말이 많다. 전반전 내내 긴장한 상태로 뛰면서 한 골도 못 넣다가 후반전에 마침내 첫 골이 터졌던 순간의 감격을 모두가 기억하고 있기 때문이다. 그때부터 FC 물개들은 더 힘차게 뛰기 시작했다. 연습했던 환경과 비교할 수 없을 만큼 넓었던 그날의 구장에 서서히 적응했을 무렵 얻은 성과이기도 했다.

내가 그날 경기를 관전하면서 기억에 담은 장면 하나는 양 팀의 공손한 사과였다. 그렇게 뛰다 보면 서로 부딪칠 수밖에 없는데, 그렇게 부딪치고 나서 서로 고개를 꾸벅하는 것이 귀엽다고 느꼈다. 엘렌 페이지에 따르면 그날의 경기를 통해 양 팀이 서로 확인한 것은 귀여운 예의 이상이다. 경기가 끝난 뒤 양 팀 멤버들의 SNS '맞팔'이 시작되었다. 일부 멤버들은 함께 훈련할 계획까지 나누기도 했다.

"고작 한 시간이라 해도 그렇게 뛰고 나면 엄청 강한 감정을 주고받게 되는 것 같아요. 다 같이 격렬하게 뛰었으니까요. 모두가 경험한 육체적 활동이 감정으로 공유되는 것 같아요."

FC 물개들은 곧 그런 감정을 다시 나누게 될 예정이다. 몇 달 뒤 다른 여성 풋살팀과 치를 경기 일정이 잡혀있다. 벌써부터 승부욕이 동하고 있다고 엘렌 페이지는 말했다.


## 역 동 의  이 십  대

엘렌 페이지는 늘 풋살 같은 삶을 살아왔던 것 같다. 풋살을 모르던 시기에도 늘 바쁘게 이리저리 뛰어다녔다. 풋살을 안 하는 날에도 부지런히 몸을 쓴다.

대학 졸업 무렵 여러 대기업에 지원한 끝에 어느 유통사에 입사해 5년 일했다. 매장 관리와 식품 유통으로 1년 경력을 쌓은 뒤 본사로 이동해 조직 개편 업무를 맡았다. 향후 어떻게 조직을 분리하고 운영해야 매출을 더 높일 수 있을 것인가를 논의하는 일이었다. 맞지 않았다. 학창 시절부터 외국어를 좋아했고 국제적인 업무를 선망했던 엘렌 페이지는 수출팀으로 부서 이동을 요청했고, 경쟁자들 사이에서 1년간 대기한 끝에 자리를 얻어냈다. 부서를 옮겼다고 그간 행복하지 않았던 직장생활이 크게 달라지진 않았다. 성별 업무 구분이 대체로 명확했고, 여성 직원에게 커피를 타오라고 시키는 문화가 남아 있는 보수적인 기업이었다. 게다가 수출 실적 압박까지 따라왔다. 윗선에서는 매년 두 자릿수 성장률 유지를 강요했다. 실현 불가능한 목표라고 말하고 싶었지만 의사 개진은 늘 어려웠다.

엘렌 페이지는 그 무렵 심리 상담을 신청했다. 회사에 적응하지 못하고 일 또한 제대로 수행하지 못하고 있는 이 상태가 실패라고 생각했다. 우울감은 사실 입사 전부터, 성 정체성을 고민하고 입시 압박에 시달리던 고교 시절부터 늘 따라다녔다. 그걸 겨우 인정하고 친구가 추천해준 병원을 예약했지만 첫 상담 시간을 맞추지 못했다. 실은 일부러 늦었다. 엘렌 페이지는 이를 두고 정신과 상담에 대한 심리적 저항이 표출된 방식이라 말했다. 자신보다 힘든 사람도 많은데 이게 뭐라고 힘들어할까 하고 스스로를 한심하게 여긴 탓이 컸다. 먼저 다녀온 친구가 다시 설득했다. "네가 힘든 걸 주변 사람들이 지금은 받아주고 있지만 어느 순간 한계가 올 테니 얼른 전문가한테 가는 게 좋을걸." 상담을 통해 말을 이어가면서 엘렌 페이지는 작은 답을 찾았다. 부모의 반대와 스스로에 대한 의심으로부터 거리를 두고 회사를 그만둘 용기를 얻었다.

심리 상담을 고려할 만큼 지쳐있던 시기에 엘렌 페이지는 수영을 시작했다. 몸을 많이 쓰면 회사의 압박이나 개인적 우울로부터 조금은 벗어날 수 있을 것 같았다. 마침 회사 앞에 수영장이 하나 있었다. 초등학교 시절 익힌 수영을 체계적으로 다시 배우면서 몸과 마음의 변화를 동시에 실감하는 것도 좋았지만, 새벽 수영이 끝난 뒤 산책로를 따라 출근하는 길도 참 좋았다. 그 기억을 잊지 못하는 엘렌 페이지는 여전히 수영을 위로에 가까운 정신적인 활동이라 여기고 지금도 주 3회 수영 강습을 나간다. 수영이 있는 날이면 엘렌 페이지는 아침 여섯시 반에 눈을 뜬다. 풋살은 아는 친구들과 웃고 떠들면서 하지만 7년 수영장을 다니면서는 인연을 만들지 못했다. 그러나 외롭다고 느낄 겨를이 없다.

수영 대회도 한 번 나가봤다. 자유형에선 '선출'과 체대생에 밀렸지만 배영은 3등으로 들어와 메달을 걸었다. 엘렌 페이지는 나를 만난 시점에 해외에서 열리는 게이 올림픽 수영 대회 출전을 앞두고 있었다. 해당 국가 대사관과 어찌어찌 인연이 닿아 초청되었다고 했다. 종목은 자유형 200m, 배영 50m이다. 엘렌 페이지는 변함없이 평일 주 3회 수영장에 나가지만 대회를 앞둔 요샌 토요일에도 나간다.

엘렌 페이지는 고단했던 첫 직장 시절 수영 말고도 다양한 돌파구를 찾아다녔던 것 같다. 그 가운데 하나는 여성주의 활동이다. 학교 다니는 동안 몰랐던 성별 불합리를 직장에서 겪은 뒤 스스로 찾아간 길이다.

어릴 적부터 성차별을 겪을 때면 기분이 나빴는데, 꼬마 엘렌 페이지는 그 기분을 설명할 언어를 몰랐다. 그러다 대학 시절 여성학 수업을 듣게 된 뒤 이른바 페미니스트 정체화 과정을 거쳤고, 나아가 가족사회학 수업을 통해 가족의 개념을 확장하게 되었다. 일단 '정상 가족'의 개념을 익혔다. 엘렌 페이지가 책에서 배운 정상 가족이란 이성애자 부부와 자녀를 포함하는 가족 형태를 말한다. 수업은 정상 가족 말고도 다양한 가족 형태가 있을 수 있다고 말했고, 그때 열었던 대학 교재 가운데에는 동성 커플 가족 항목이 있었다. 정상 가족 이데올로기에 대한 구체적인 의문이 시작된 시기, 교환학생으로 스웨덴에 갔다가 법제화된 동성혼과 생활동반자법을 접했다. 여기선 이성애자 커플만 누릴 수 있는 어떤 법적 보호가 거기선 모든 개별 시민에게 동등하게 주어진 권리였다.

졸업한 뒤 취직해 직장 내 성차별을 두루 경험한 스물여섯 살의 엘렌 페이지는 이를 해결 혹은 해소할 방법을 찾다가 여성주의단체 언니네트워크를 발견했다. 단체에서 발행하는 소식지를 통해 비상근직 활동가 모집 공고를 보고 지원한 뒤 여러 행사에 참여했다. 정상 가족 범주 바깥의 비범한 가족을 소재로 하는 이색 전시가 기획되었고, 엘렌 페이지는 레즈비언 커플을 비롯해 비혼과 출산을 선택한 어느 여성의 삶을 사진과 글로 따라갔다. 일상의 성차별 표현을 수집하는 기획에도 참여했다. 퀴어 문화 축제가 마련한 트럭에 올라서서 공연도 해봤다. 무산된 계획이지만 수영에 눈뜬 뒤로는 대회를 목표로 퀴어 수영팀을 만들 생각도 했다.

운동과 여성주의 활동에 이어서 엘렌 페이지가 찾은 또 다른 돌파구는 학문이다. 직장생활을 이어가면서 대학원에 들어갔다. 여성학과를 가고 싶었지만 여성학과가 있는 야간 대학원은 없었고, 페미니즘을 연구한 지도 교수가 있는 학과를 발견하고는 어느 대학 사회문화학과로 갔다. 처음엔 성 정체성에 관한 연구를 생각했지만 강하게 밀어붙일 용기가 좀 부족했던 것 같다. 본격적인 논문 작업 전후로 어느 사회적 기업으로 이직했는데, 현재까지 일하는 직장이자 논문의 주제가 정해진 곳이다. 일하는 외국인 여성을 연구 대상으로 결정한 뒤 출장과 휴가 일정에 맞춰 면접을 진행했고 다녀온 뒤 밤을 새우면서 논문을 썼다.


## 남다른 운동 능력

엘렌 페이지는 어쩌다 사흘 정도 운동을 안 하면 몸에 살이 붙는 불편한 느낌이라 말했다. 듣자 하니 엘렌 페이지의 삶엔 늘 운동이 있었다. 부모는 물론 형제자매까지 운동을 좋아하고 심지어 다 잘한다.

어린 날의 체육 활동을 물었을 때 엘렌 페이지는 피구, 축구, 농구 같은 팀 운동을 꽤 좋아했다고 먼저 가볍게 말했다. 좋아하기만 한 게 아니라 다 잘했다. 태권도 학원에 다녔을 때는 도장의 관장이 어머니를 따로 불러 선수로 키울 생각이 없느냐 진지하게 물었다. 놀란 어머니는 즉시 학원을 못 나가게 했지만 비슷한 제안은 계속 이어졌다. 달리기 시합이 있을 때면 늘 1~2등으로 들어오곤 했고, 육상부에 들어갔다가 지역에서 열린 멀리뛰기 대회에 출전해 2등 기록을 세웠다. 배구부가 있는 중학교 진학을 권한 교사도 있었다. 약간 민망해하면서 기억을 더듬더니 지역 제기차기 대회도 나간 적 있다고 했다. 그때도 2등이었다. 중학생이 되어 학교에서 하는 체육 활동이 줄고 성장이 멈추기 전까지는 이 같은 운동 신경으로 주목받곤 했다. 부모는 썩 좋아하지 않았던 것 같다. 또 쑥스러워했지만 엘렌 페이지는 체육뿐 아니라 공부도 잘했기 때문이다.

고교 시절에는 친언니와 함께 헬스장에 다녔다. 야간 자율 학습이 끝난 시간이면 그 시절의 또래 친구들도 동네 헬스장에서 러닝머신을 타곤 했다. 설렁설렁 하는 친구들과 달리 엘렌 페이지 자매는 유독 열심히 했다.

운동은 성인이 되어 시간을 확보하게 되면서 본격화됐다. 대학 시절 스쿼시를 했다. 졸업한 뒤에는 복싱도 해봤는데, 그리 오래가지 못했다. 거긴 남자가 많다. 그리고 폭력적인 동작이 많다. 현장의 분위기와 운동의 속성 모두 성격과 맞지 않는다고 생각해 수영으로 돌렸다.

7년째 지속하고 있는 수영에 대해 더 물었다. 등급과 순번을 묻자 상급반에서 서너 번째로 입수한다고 말하면서 약간 쑥스러워했다. 더 오래 수영한 남자들이 먼저 뛰어들고 난 뒤에 바로 따라간다 했다. 수영하는 엘렌 페이지는 테크 수트, 혹은 반신 수영복이라 불리는 복장을 선호한다. 선수들이 많이 입는, 허벅지까지 덮는 수영복을 말한다. 그런 복장을 하고 입수할 때마다 엘렌 페이지는 아이언맨 같은 히어로를 떠올린다. 엘렌 페이지에게 수영복이란 능선이 강조된 여성스러운 복장이 아니다. 스스로를 보다 강하고 자랑스럽게 만들어주는 특수복이다. 한때는 가느다란 몸에 대한 선망이 있었다. 이제는 단단하고 도톰하게 근육이 잡힌 자신의 몸을 긍정할 수 있게 되었다.

나를 만난 다음 날에는 등산이 예정되어 있었다. 퀴어 커뮤니티 친구들과 주기적으로 하는 활동이다. 다시 만나 등산 후기를 물으니 마음먹은 것과 달리 늦게 일어나 참여하지 못했다고 했지만, 등산에 관해서도 할 말이 좀 있다. 언제부턴가 산을 좋아하게 되었다. 학창 시절 산행이란 누가 시켜서 억지로 하는 것이라 재미없었지만, 직장생활에 지치자 자연이 떠올랐다. 여성주의 활동가 친구들과 산에 나갈 일이 생겼고, 2박으로 지리산에 다녀온 적도 있다. 장비도 늘었다. 등산 일정이 잡힐 때면 등산화는 물론 지팡이까지 챙기고 산에 오른다. 무엇보다도 여자들이랑 같이 가는 것이 좋다. 여자가 혼자 산에 가는 것은 고민이 많이 필요한 일이다.

이렇게 다채로운 운동 일과에 최근 풋살이 추가되었다. 나는 이 충만한 운동으로 인해 발생하는 삶의 손실이 궁금했다. 엘렌 페이지는 일단 시간은 큰 문제가 되지 않는다고 말했다. 수영은 출근 전에 한다. 풋살은 일요일 오전을 쓰는 일이다. 주말이나 평일 저녁에 사교 활동을 하는 데 아무런 지장이 없다. 다만 요샌 월요일이 좀 힘들다. 일요일 아침 풋살 일정을 끝내고 나면 오후까지 충분히 휴식을 취해도 다음 날까지 종아리부터 허벅지까지 골고루 쑤신다. 그런 상태로 점심 먹고 책상 앞으로 복귀할 때면 잠이 막 쏟아진다.

엘렌 페이지는 그럴 수밖에 없는 일요일을 보낸다. 한번 뛰기 시작하면 중간을 모른다. 중독된 것처럼 에너지가 소진될 때까지 뛴다. 연습 경기조차도 쉬엄쉬엄할 줄 모른다. 한 골 먹으면 한 골 더 넣어야 한다고 생각해 더 뛴다. 그러다 다치기도 했다. 엄지발톱에 멍이 박힌 지 오래다. 무릎에 무리가 와서 3주간 훈련에 못 나간 적도 있다. 겨울에 다치면 몸이 굳어 손상된 근육이 풀리기까지 더 오래 걸린다. 다른 친구들 또한 비슷한 이유로 훈련을 쉬는 시기가 있었다. FC 물개들 구성원 가운데에는 배드민턴을 즐기는 한 친구 정도를 제외하고는 엘렌 페이지만큼 운동하는 경우가 없다. 전혀 운동을 모르다가 풋살을 통해 운동의 재미를 찾은 친구가 훨씬 많다. 그들 대다수는 아마도 엘렌 페이지보다 더 고된 월요일을 보내고 있을 것이다.

월요일이 전보다 힘들어졌지만 그렇다고 해서 그게 운동을 중단할 이유가 되지는 못한다. 엘렌 페이지는 몸을 움직이면서 얻을 수 있는 쾌감과 자신감을 일찍부터 알았다. 어린 시절부터 운동으로 친구를 만드는 일에 익숙했다. 그런 추억을 쌓을 만한 운동 신경이 있었다. 어른이 되어 시간의 자유가 주어지자 다양한 운동을 두루 경험한 끝에 풋살 같은 이색적인 운동까지 하게 되었다. 풋살은 친구들과 함께 뛰면서 즐거움과 자부심을 얻는 운동이다. 그리고 타인이 여성에게 좀처럼 기대하지 못하는 운동이다. 그래서 더 오래 하고 싶어지는 운동이다.


## 오 늘 의  일 과

직장, 운동, 여성주의 활동에 공부까지 챙긴 엘렌 페이지의 숨 막히는 일과에 챙겨야 할 일이 하나 추가됐다. 독립으로 인한 가사노동이다. 그러다 최근 또 하나가 추가됐다. 이번엔 돌봄이다.

11년 만난 파트너와 함께 산 지 2년쯤 됐다. 대학원 시절 어느 교수가 가사노동을 두고 '재생 노동'이라 말한 적이 있다. 덕분에 엘렌 페이지도 집안일이 얼마나 가치 있는 일인지를, 그리고 얼마나 폄하된 일인지를 알고 있다고 생각했다. 독립 하면 제대로 하겠다고 굳게 다짐도 했다. 그러나 막상 마주하 니 엄청 귀찮고 성가신 일이었다. 그나마 배려하고 존중하면 서 함께 살아가야 할 애인이 있으니까 이만큼 하고 있는 거지, 혼자 독립했다면 진작 다 내려놨을지도 모른다.

살림 분담은 그동안 대략 50:50을 유지했다. 엘렌 페이지 는 주방 취향이다. 요리도 좋아하고, 파트너가 이따 하자고 쌓 아두는 설거지를 특히 못 견딘다. 파트너는 빨래 결벽이 있다. 세탁기 앞에서 늘 옷을 종류별로 구분해 여러 번 돌린다. 살림 하는 방식도 좀 다르다. 엘렌 페이지는 미리미리 바로바로 조 금씩 해둔다. 파트너는 어느 날 한번 꽂히면 끝장을 보는 유형 이다.

최근 가사노동 분담률이 60:40 정도로 변했다. 엘렌 페이 지가 할 일이 늘었다. 고양이를 식구로 들이면서 돌봄 노동이 추가되었기 때문이다. 어느 보호소에서 입양을 기다리고 있던 아이가 자꾸 눈에 밟혀 파트너와 긴 상의를 마친 뒤 데려왔다. 파트너는 직장이 멀어 일찍부터 집을 떠나지만 엘렌 페이지의 회사는 집에서 가깝고 출근 시간도 상대적으로 늦어 아침부터 고양이를 챙길 수 있다.

눈에 밟히는 고양이를 남겨두고 출근하는 직장이 완벽하게 만족스럽지는 않다. 전에 다니던 회사에 비해 벌이도 적다. 평생직장을 의심하는 모든 직장인의 불안이 엘렌 페이지한테도 있어서 공부를 더 해야 하나 진지하게 생각할 때가 많지만, 그래도 오늘의 일터는 전 직장만큼 마음이 힘들지는 않다. 일에서 가끔은 보람도 찾고 성과도 조금은 보고 있다. 동료들에게 커밍아웃을 한다고 해서 직장생활에 큰 변화가 따를 것 같지는 않다. 퇴근이 늘 칼이라서 파트너와 고양이와 함께하는 저녁 일과를 유지할 수 있다는 것에도 만족한다.

규칙적으로 출퇴근해 규칙적으로 운동할 수 있는 사람들이 보통 그런 것처럼 엘렌 페이지도 끼니를 잘 챙긴다. 아침밥은 어머니가, 그것도 직장생활하던 어머니가 늘 강조했던 까닭에 독립한 지금까지도 잘 유지되고 있는 습관이다. 게다가 새벽부터 운동하니 잘 먹어야 한다. 엘렌 페이지는 수영이 끝나면 좋아하는 빵집에 들른다. 직접 만든 반찬 맛이 좀 괜찮으면 집밥을 먹고 출근한다. 끼니를 제때 잘 챙기기 때문에 야식하는 날이 많지 않다. 딱히 식단 조절을 하는 편은 아니지만 집에서 차려 먹어버릇하니 정크푸드나 튀김 같은 음식에 별 유혹을 느끼지 않는다.

전보다 마음 편한 직장이 있고 파트너와 고양이가 있으며, 나아가 운동에 대한 욕구가 강하고 건강하게 챙겨 먹기까지 하는 엘렌 페이지의 풍요로운 삶에 채워지지 않는 것이 하나 있다. 잠이다. 잠은 때때로 부담이다. 다음 날 수영이나 풋살 훈련을 앞두고 있다면 열한시 반 전에는 자야 한다는 강박을 느낀다. 잠은 한때 결핍이었다. 밤새워 논문 쓰던 시절엔 아침에 도저히 눈을 뜰 수가 없어 수영장에 못 가는 일이 잦았다. 파트너가 요새 풋살 말고도 코딩에 빠져 있는데, 그래서 밤을 자주 새우고 있어 걱정스럽다. 집에 오면 컴퓨터 앞으로 곧장 달려가는 게 때로는 야속하게 느껴지기도 한다.

밤새도록 코딩에 매달린 파트너는 엘렌 페이지가 자는 사이에 출근해 사라진다. 수영장에 안 가는 날, 그래서 평소보다 늦게 일어나도 되는 날이다. 그러나 고양이가 찾아온 뒤로 사라진 날이다.

2018년 6월

# 하루 네 시간의 춤

오새날 | 스윙댄스 열정가 | 4.5년 차

- 1992년생이다.

- 2014년 1월 5일 스윙댄스를 시작했다.

- 퇴근한 뒤 평일 주 3~4회 스윙바에서 최장 4~5시간 춤을 춘다. 주말
  에는 스윙댄스 동호회에서 여는 강좌에 비정규적으로 참여한다.

- 강습이 있는 달엔 스윙바 이용료를 포함해 평균 월 8~9만원을, 강습
  이 없을 땐 3~4만원을 쓴다.

- 3년 차 북 디자이너다. 출판사에서 일한다.

- 오전 9~10시에 출근해 오후 6~7시에 퇴근하고 있다.

- 생활권은 서울이다. 직장으로부터 대중교통으로 약 30분 떨어진 곳
  에 산다. 회사에서 스윙바까지 이동하는 시간은 매번 달라진다. 서
  울 시내 열 개쯤 되는 스윙바 가운데 그때그때 문을 연 곳으로 간다.

- 혼자 살고 있다.

- 최근 집 앞 수영장에서 강습을 받기 시작했다.

yoga

futsal

**swing dance**

strongfirst

jiu-jitsu

boxing

running

ballet

cycle

swimming

스윙댄스 열정가 오새날은 곧 만나게 될 수영 열정가 황신혜의 친구다. 새로운 운동 열정가 섭외에 목말라 있던 내게 황신혜가 일러준 오새날의 간략한 사전 정보는 다음과 같았다.

"춤을 계속 추고 있는 친구가 있어요. 흥이 좀 많아요. 그리고 출판사에서 일해요. 북 디자인을 해요."

연결을 부탁하면서 나는 외출할 때마다 마주하는 간판 몇 개를 떠올렸다. 나는 생활 반경 1km 안에 요가원과 헬스장이 몇 개나 되는지 파악하기 어려울 만큼 어지러운 도시 한복판에 살고 있고, 그런 입지라서 집에서 도보 5분 거리에 스윙바, 탱고 교실, 그리고 댄스스포츠 교습소까지 있다. 그런 곳에 살아도 삶은 시시할 수 있다. 재능과 용기 모두 없는 사람에게 춤은 멀다.

그런 내가 오새날을 만나 이런 이야기를 나누게 된다면 집 앞 댄스 교습소 셋 중 하나에 언젠가 감히 문을 두드리는 용감한 미래와 조금 더 가까워질지도 모른다고 생각했다. 한편으로 나는 책을 만드는 사람이라서 책의 내용을 고민하는 동시에 내용을 담는 그릇도 항상 신경 써야 하는 입장이다. 꼭 춤이 아니더라도 꼭 나누고 싶은 사연과 고충이 있었고, 그래서 황신혜로부터 받은 오새날의 메일 주소로 연락해 간곡하게 기획 의도를 설명했다.

이틀 뒤 나는 매우 정중한 답신을 받았다. 고맙고 또 미안했다. 수락이라서 몹시 기쁘긴 했지만 나는 그 반가운 답을 얻기까지 아직 얼굴도 모르는 사람을 꽤 고민하게 만들었다.

"제가 하고 있는 스윙댄스는 댄스스포츠라기보다는 사교 댄스에 가깝기 때문에 이 책의 제작 의도에 합당할지 생각을 오래 했습니다. 그런데 춤을 추다 보면 굉장히 운동하는 기분이 들기는 합니다. 판단은 민희 님에게 맡기고, 이 기획에 참여해보도록 하겠습니다."

고민을 마친 뒤에 나타난 오새날은 황신혜가 말했던 것처럼 흥이 많은 사람이었다. 거의 모든 말에 약간의 춤이 느껴졌다. 나도 어쩐지 신나서 한 박 느린 템포로 오새날의 스텝을 따라갔다.

## 막 차 를  타 고

　우리가 주고받은 메일과 면대면 인터뷰 사이에는 30분짜
리 통화가 있었다. 보다 구체적인 대화 시나리오를 짜기 위해
필요했던 사전 준비 과정이었는데, 전화로 확보한 단편적인
정보의 일부는 좀 믿기 어려웠다.

　"네 시간씩 춰도 안 지쳐요."

　내가 만난 운동 열정가들 가운데 일주일에 네 시간 이상
운동하는 경우가 있긴 했지만 하루에 네 시간씩 운동하는 사
람은 없었다. 오새날이 사전에 말한 것처럼 스윙댄스는 스포
츠가 아닌 분야라 해도 어쨌든 적극적인 육체 활동이다. 따라
서 직업을 가지고 일을 하면서 '1일 4시간' 안 지치고 몸을 쓰
는 사람의 사연이 몹시 궁금할 수밖에 없었다. 마침내 만나서
보다 상세하게 들을 수 있었던 오새날의 한때 일과는 다음과
같았다.

　서울 시내에 스윙댄스를 출 수 있는 시설이 약 열 개쯤 있
다. 바닥은 마루이고 벽면에 거울을 두고 있는 공간이다. 스윙
바, 혹은 그냥 바라 불린다. 여기에 찾아가 춤을 추는 모임 활
동을 '출빠(出+bar)'라 부른다(오새날은 이 개념을 설명하면서 "다소
부르기 민망한" 말로 느껴진다고 말했다). 말 그대로 스윙바에 춤을
추러 나가는 것인데, 모든 바가 매일 운영되지는 않지만 열 개
나 되는 바가 요일별로 문을 열고 있으며 각 바의 일정이 동호

회 카페나 SNS를 통해 공유되기 때문에 주 4회 이상 출빠가 가능하다.

일정을 따라 오새날은 월요일은 방배에 있는 바에서, 화요일은 교대에 있는 바에서, 금요일은 홍대에 있는 바에서 춤을 췄다. 7~9천원짜리 일일 티켓을 사면 주어진 시간 동안 마음껏 춤을 출 수 있는데, 추다 보면 "서너 시간이 우습게 간다"고 오새날은 말했고 나를 만난 지금도 어딘가에서 누군가 그렇게 시간을 잊고 춤을 추고 있을 것이라고 덧붙였다.

"그게 가능해요? 네 시간씩 추는 게?"

"네 시간 동안 연속으로 춤만 춘다는 뜻은 아니에요. 노래 한 곡이 끝나면 쉴 수도 있고, 두 곡을 연달아 추다가 쉴 수도 있고, 중간중간 물도 마시고 그래요. 그러다 보면 네댓 시간이 훅 가요."

스윙바에는 DJ가 있어 다양한 폭으로 춤의 노래를 선곡한다. 오새날이 좋아하는 엘라 피츠제럴드의 노래가 흐르기도 하지만, 때때로 춤추기 조금 민망해지는 가요가 나올 때도 있다. 노래의 템포와 분위기에 따라 춤의 내용이 달라지기도 하고, 누군가는 노래가 전환되는 시기에 휴식을 취하기도 한다.

어떤 경우에는 너무 많은 인파 때문에 쉰다. 오새날은 200명가량 모인 곳에서 춤을 춘 적도 있다. 특정한 이벤트가 따르거나 연휴라서 사람이 많이 모이는 날이면 제대로 춤을 출 만한 공간이 안 나온다. 그리고 스윙바에는 피크 시간대가 있다. 밤 아홉시에서 열한시 사이다. 내일에 대한 걱정이 없는 '불금'에는 새벽 두시까지 추기도 한다. 일요일은 보통 열한시쯤 해산한다.

한편 주말이면 여러 스윙댄스 동호회에서 분기별로 회원을 받아 수업을 연다. 오새날은 4년 전 문을 두드렸던 어느 동호회의 78기 회원이다. 수업은 초급부터 시작해 단계별로 마련되는데, 일반적으로 한 과정 당 6주 6회 과정이고 비용은 약 4~6만원 선이다.

초중급 코스 수업이 끝나면 새로운 장르를 배우기도 한다. 춤의 종류가 많기 때문에 배움은 끝이 없다. 스윙댄스의 수많은 하위 장르 가운데 오새날이 먼저 수료했다고 말해준 것은 지터벅, 린디합, 찰스턴이다. 그 밖에도 발보아, 블루스, 섀그, 부기우기, 웨스트코스트 스윙 등이 있으며, 누군가는 탭댄스로 나아가기도 한다. 보통 국내 스윙 동호회에서는 지터벅으로 배움을 시작해 린디합으로 넘어가는데, 과정을 수료했다고 통달했다는 뜻은 아니기 때문에 재수강하는 경우도 있다. 오새날도 때로는 반복하고, 그러다 단계를 높이고 장르를 전환하면서 4년 넘게 배웠고 곧 5년 차를 바라보고 있는 상태다.

한때 오새날은 부모와 함께 인천에서 살았다. 주 4회 춤을 추면서 막차를 타고 귀가하던 시절이다. 모두가 퇴근한 사무실에서 혼자 연습하는 날도 있었다. 오새날의 직장은 서울 한복판에 있고, 본가를 떠나 동생과 함께 회사 근처에 집을 얻게 되면서는 그런 곳에 사니까 매일 놀아야 한다고 생각했다. 서울로 이사하니 막차 걱정이 사라졌다. 집에서 걸어다닐 수 있는 스윙바도 있었다. 오새날의 춤은 멈추지 않았다.

## 왜  스 윙 댄 스 였 을 까

스윙댄스를 발견한 배경을 묻자 오새날은 '플래퍼 룩flapper look'이라는 낯선 용어부터 일러주었다. 전혀 감을 못 잡는 내게 사진을 더해 설명한 바에 따르면, 제1차 세계대전 이후 1920년대 서양 여성들이 "코르셋을 벗어던지고" 택한 독립적이고 자유분방한 스타일이다.

여기서 플래퍼는 말괄량이라는 뜻이기도 하면서 신여성을 가리키는 말이기도 한데, 플래퍼들은 단발머리에 짙은 화장을 하고, 허리선이 강조되지 않으며 다리가 드러나는 헐렁한 원피스를 입었다. 패션에도 관심 많았던 오새날은 그런 스타일을 줄곧 좋아했고, 언젠가 어느 동영상을 통해 그런 옷을 입고 재즈에 맞춰 격렬하게 춤추는 멋진 여성을 봤다. 그 춤의 이름이 찰스턴이라는 것, 그리고 찰스턴은 스윙댄스의 한 갈래라는 것도 곧 알게 되었다. 동시에 언젠가 이런 멋진 춤을 배운 뒤에 해외여행을 하면서 낯선 사람들과 함께 춤추는 꿈도 꿨다.

춤을 배우기로 마음먹은 사람들의 목적은 저마다 다르다. 누군가는 연애를 목적으로, 누군가는 춤을 잘 추고 싶어서 동호회와 스윙바를 찾아왔다. 나는 오새날이 자신의 동기를 설명할 때 정말로 고마웠다. 처음 만난 내게 약간은 부끄러워하면서도 솔직하게, 그리고 귀엽게 진실을 말해줬기 때문이다.

"재미있을 것 같았어요. 사실은 주목받는 것 좋아해요. 그러니까 '관종'이에요."

춤추는 사람들과 어울리기 시작하면서 오새날은 자신의 의지로 혼자 찾아온 경우가 드물다는 것을 알게 되었다. 춤 좋아하는 이십 대라면 보통 클럽으로 가지 같이 해보자는 지인이 있지 않는 한 이런 곳의 문을 혼자 여는 일이 없다고 말한 동호회 선배도 있었다. 그러나 오새날에게 스윙바 도전이란 대단한 용기를 필요로 하는 일이 아니었다. 춤은 어린 시절부터 좋아했다. 노래도 좋아했다. 그때는 돈의 문제로 그냥 집에서 흉내만 내는 정도였지 춤을 따로 배운다는 걸 엄두도 못 냈는데, 성인이 되고 여유가 생기니 배움의 기회가 많이 보였다. 요새도 오새날은 스윙댄스 말고도 이따금씩 다른 춤을 배우러 나간다.

보통 6주 동안 진행되는 수업의 마지막 일정은 졸업 공연이다. 필수는 아니지만 원하는 사람에 한해 수업에서 배웠던 내용을 무대로 가져가는 것인데, 오새날은 좀처럼 빠지지 않았다. 졸업 공연 말고도 무대를 경험한 적이 많다. 특히나 잊지 못할 기억 하나는 스윙댄스를 시작한 지 1년 좀 못 되었을 무렵 어느 박물관 앞 광장에서 열렸던 행사다. 라이브 밴드의 음악에 맞춰 여럿이서 춤을 췄는데, 그날 오새날은 정말 많은 사람들 앞에 섰다.

"춤을 안 추는 사람들이 춤추는 나를 쳐다보는데, 짜릿했어요. 그때 확 매력을 느낀 것 같아요."

그날 오새날은 밑창 얇은 탐스를 신고 바닥이 떨어질 정도로 춤을 췄다. 현장은 야외였고 마감이 거친 돌바닥이라 춤추기 힘들었지만, "마치 빨간 구두를 신은 것처럼" 몸이 멈추지 않았다.

그날 이후 오새날은 집에서도 베란다 유리를 거울 삼아 춤을 췄다. 입사하기 전 프리랜서 디자이너 시절에는 서울 시내 카페에서 작업하다가 춤의 시간이 되면 노트북을 덮고 스윙바로 갔고, 춤의 막간에 클라이언트와 피드백을 주고받았다. 해야 할 일을 마치고 나면 다시 춤을 췄다.

## 춤을 잘 춘다는 것

　오새날이 검색으로 알게 된 지식을 나와 공유하기를, 스윙 댄스는 20세기 초반 미국에서 유행하던 스윙 재즈에 맞춰 추던 춤이라고 한다. 시간이 흘러 거의 사라진 과거에 가까운 상태가 됐다가 1990년대 미국과 스웨덴을 중심으로 부활했고, 한국에서는 2001년 어느 동호회를 통해 보급되기 시작했다.

　스윙댄스에는 수많은 하위 장르가 있고 장르마다 성격이 조금씩 다르지만, 성별이 다른 두 사람이 일정한 패턴 안에서 각각의 역할을 가지고 춤을 추는 것이 전형이다. 보통 남성에게는 리더, 여성에게는 팔로워 역할이 주어진다. 이제는 낡은 성별 이분법을 거부하는 여러 가지 시도가 잇따르고 있고 오새날도 몇 해 전부터 여기 적극적으로 동참하고 있지만, 전통적으로 남자가 이끌고 여자가 이를 따른다는 도식이 있다.

　막 시작했을 때 오새날은 언제나 남성 리더와 춤을 췄다. 남자와 함께 춤추면서 발생하는 신체 접촉이 불편하지 않았는지를 묻자 처음엔 약간 떨떠름하긴 했지만 막상 추기 시작하니 큰 문제가 되지 않았다고 답했다. 무례한 남성 리더와 춤을 출 때가 있긴 했지만 그때는 그걸 지금만큼 불편하게 생각하지도 않았다. 막상 배워보니 꽤 유쾌하고 익살맞은 춤이기도 했고, 기량을 쌓은 뒤 언젠가 해외에서 춤추고 싶은 마음이 더 컸다. 무엇보다도 춤을 잘 추고 싶었다.

그런데 춤을 잘 춘다는 것은 무엇일까. 동작을 빨리 외우는 것? 모르는 걸 배우면서 지치지 않는 것? 아니면 몸이 유연한 것? 돌아온 답을 듣자 하니 이 모든 것을 다 포함하면서도 그 이상의 감각을 말하는 것 같다. 오새날이 들려준 말을 정리하자면 춤꾼이란 이런 사람인 것 같다.

오새날 생각에 춤을 잘 춘다는 건 먼저 박자 감각이 좋다는 것을 뜻한다. 노래가 나오면 박자에 맞춰 "바운스를 타야" 하는데, 초보는 쑥스럽고 그래서 모든 동작이 딱딱하다. 몸이 굳은 상태라서 한 발 한 발 박자를 제대로 따라가지 못하는 것이다. 오새날은 처음부터 "망아지처럼" 신나게 몸을 흔들었다. 성격이 급해서 팔다리를 제대로 가누지 못하긴 했지만, 십 대 시절부터 노래와 춤을 즐겨왔기 때문에 박자를 따라 몸을 움직이는 게 처음부터 막막하지는 않았다.

또 다른 능력은 자신감이다. 박자를 놓치면 대부분 허둥지둥하게 되는데, 오새날은 그럴 때마다 아무 일 없었던 것처럼 다시 춤으로 돌아갔다. 더 어려운 춤을 배우면서도 당황하지 않았다. 응용을 배우기 시작했을 때는 새로 습득한 동작을 원래 아는 것처럼 소화했다. 자신감이 있으니 새로운 춤으로 상대와 호흡을 맞추는 것도 그럭저럭 수월했다. 스윙댄스에 재미를 붙이고 전보다 음악을 많이 듣게 되자 더 신났다. 좋아하는 노래가 나오면 흥분됐다.

한편 스윙댄스의 여러 장르 가운데 찰스턴은 솔로 댄스 무브먼트가 따른다. 파트너 없이 혼자 음악을 느끼면서 어울리는 동작을 엮는 것이다. 그래서 '솔로 재즈'라고 부르기도 한다. 오새날은 "이렇게 말하니까 무슨 래퍼 같지만" 찰스턴을 할 때면 "리듬을 가지고 노는 기분"이 든다. 공연을 거듭할수록 리듬과 자신이 함께 움직인다고 생각하기도 했다.

오새날은 리듬을 가지고 놀다가 하루 네 시간씩 춤을 추게 되었다. 첫 수업을 함께 시작했던 78기 회원은 80명 정도였는데, 지금까지 하는 동기는 반의반도 남지 않았다. 지속하면서 외국에 나가서 춤을 추겠다는 꿈도 실현했다. 여행이나 출장을 갈 때면 춤출 수 있는 곳을 찾아내서 꼭 즐기다 왔다. 태국에서 열리는 스윙 행사 참여를 목적으로 항공권을 끊기도 했다. 네덜란드에 2주 머물면서 헤이그에서 열린 '소셜 데이'(스윙 동호회에서 요일이나 날짜를 정해놓고 춤을 즐기는 행사)에 간 적도 있다. 그러나 아쉬운 기억이다. 두 시간밖에 추지 못했기 때문이다.

"두 시간 지나니까 '라스트 송!' 하더니 칼 같이 정리하더라고요. 문 닫고 다들 자전거 끌고 집으로 가는데, '이게 뭐지' 싶었어요. 한국에선 어디서도 그렇게 짧게 운영하지 않아요."

## 이 끌 기 , 따 르 기

주말에 열리는 스윙댄스 수업은 연습실에서 수강생이 짝을 짓고 동그랗게 섰을 때 시작된다. 수강생 여럿이 만든 원의 한가운데에는 강사 두 명이 선다. 강사 두 명의 역할은 각각 리더이고 팔로워다. 리더가 춤을 의도하고 방향을 이끌면 팔로워가 이를 따른다.

이처럼 수업은 리딩과 팔로잉의 전형과 규칙을 배우는 과정이다. 두 시간 정도 진행되는 수업이 끝나면 '소셜' 혹은 '제너럴'이라 해서 그날 배운 동작을 파트너를 바꾸면서 연습하게 된다.

리딩과 팔로잉은 스윙댄스에 있어 가장 중요한 개념이다. 짝을 지어 추는 춤이고, 동작의 규칙이 있지만 이른바 '칼 군무'가 목적이 아니라 두 사람 사이의 상호작용을 우선으로 하는 춤이기 때문이다. 리더는 팔로워에게 방향을 제시할 때마다 팔에 조금씩 힘을 주는데, 그 미세한 힘이 곧 시그널이다. 리더가 힘을 조금 써서 당기면 팔로워는 그 신호를 받아서 이렇게도 가고 저렇게도 간다. 오새날은 스윙댄스를·배우면서 "팔의 텐션을 고무줄처럼" 유지하며 춰야 한다는 얘길 많이 들었다. 스윙댄스는 어떤 장르를 선택하는가에 따라 자유롭게 표현하는 구간을 얻기도 하지만, 그보다 정형화된 양식이 더 오래 유지되는 춤이다. 그래서 팔에 어느 정도 힘을 주고 프레임을 지켜야 한다.

　오새날의 설명이 있기 전에 나는 스윙댄스 영상 몇 개를 찾아봤는데, 리더의 역할은 꽤 중요해 보였다. 하지만 반드시 남자가 맡아야 할 필요까지 보이지는 않았다. 무언가 공정하지 않다는 생각에 그렇게 역할을 구분하는 까닭을 물었더니 장르의 기원에 대한 답이 돌아왔다. 오새날에 따르면 이건 서양의 이성 관계 안에서 남자가 지켜야 할 매너를 기반으로 한 사교용 댄스다. 따라서 전통적으로 남성이 리딩을 하고 여성이 팔로잉을 하게 된 것인데, 그 전통에 문제를 제기할 수도 있지만 어떤 때에는 그 전통을 따르는 게 편할 수도 있다. 오새날은 '언더암 턴underarm turn'이라는 동작을 예로 들었다. 두 사람이 마주서서 손을 잡은 상태에서 팔로워가 리더의 왼팔 아래로 빙그르르 한 바퀴 몸을 돌리는 것이다. 만약 리더의 키가 작다면 팔로워가 언더암 턴을 하기 어렵다.

　하지만 스윙댄스가 리더에게 요구하는 것은 팔로워보다 큰 키 같은 생물학적 조건이 아니다. 대신 매너를 지키라고 한다. 리더라면 팔로워보다 키가 작더라도 언더암 턴을 앞두고 까치발을 해서라도 팔로워가 돌기 편한 상태를 만들 의무가 있다.

　나아가 리더는 팔로워가 소화하지 못하는 동작을 유도해서는 안 된다. 춤은 근본적으로 즐겁게 추는 것이다. 모두가 춤추고 있는 와중에 팔로워에게 무언가 가르치기 위해 춤을 중단하는 것도 마땅하지 않다. 음악이 흐르는 동안에는 다 같이 춤을 추는 게 예의다. 그래서 리더가 힘들다. 팔로워는 리더가 하는 대로 따라가기만 해도 춤을 출 수 있다.

재미가 붙으면 발전을 원하게 된다. 오새날도 팔로워로 스윙댄스를 시작했고 점차 실력이 늘면서 자신보다 뛰어난 사람과 춤추는 즐거움을 알게 되었다. 나아가 어느 순간부터는 리딩을 배우고 싶어졌다. 스윙댄스를 시작한 뒤로 음악을 많이 듣게 됐고 그러다 보니 곡의 구조까지 섬세하게 살피게 됐는데, 문득 피아노를 스타카토로 연주하는 어떤 구간에서 이런 동작을 하면 재미있겠다고 느낄 때가 있었다. 자신이 리더라면 이런 노래가 흐를 때 이런 식으로 해보자고 상대를 이끌수 있을 것 같다는 생각도 했다. 게다가 스윙댄스 열정가들의 의식도 이제는 바뀌고 있다. 여전히 한국에선 자동으로 여성이 팔로워가 되고 '뉴비' 친구를 유인하기 위해 리딩을 조금씩 배우는 정도지만, 서양에서는 진작 여성 리더가 등장했다.

한편 오새날이 스윙댄스를 시작한 시기는 2014년이다. 그로부터 2년이 흘렀을 때, 많은 일들이 있었다. 2016년 5월 17일 강남역 여성 표적 살인 사건이 있었고, 연말에는 대통령 퇴진을 요구하는 대규모 촛불집회가 열렸다. 강남역을 계기로 오새날은 여성 연대에 눈을 떴고 동시에 자신의 취미 활동을 진지하게 돌아보게 되었다. 오랜 시간 전통이라는 이유로 스윙댄스가 요구해온 성 역할 구분에 불편을 느끼기 시작했고, 춤을 추면서 남성이 여성에게 하는 적절하지 않은 행위들도 한때는 가볍게 지나쳤음을 깨달았다. 연말 촛불집회에 나갔을 때는 스윙댄스를 하는 사람들이라면 한눈에 알아볼 만한 깃발을 들고 행진하는 무리를 보았다. 보편적인 혼성 동호회가 아닌 여성 스윙댄스 동호회의 표식이었다.

마침 그해 오새날은 동호회 바깥의 친구들을 스윙바로 데려왔다. 흥미를 보인 친구 한 명은 남성이었다. 남성이니까 자동으로 리더 역할이 주어졌고, 친구는 춤을 추는 것은 좋아했지만 춤추는 남성에게 따르는 역할과 책임감에 대해서는 부담을 느꼈다. 다른 한 친구는 여성이었는데, 기본을 익히고 리딩과 팔로잉을 충분히 이해한 뒤에 함께 춤추는 이들에게 의문을 말했다. "그런데 여자는 리딩하면 안 되나요?" 남성 강사는 "여성 리더는 팔로워들에게 인기가 없어서" 춤추기 힘들 것이라 했고, 이 친구 역시 곧 흥미를 잃었다.

이제는 전형이 아닌 변화에 대해 할 말이 많다. 요즘 오새날은 여성 스윙댄스 동호회 수업에 나간다. 촛불집회에서 만났던 그 동호회다. 오새날은 여기서 리딩을 배우고 있다. 막 춤을 배우던 시절로 돌아가서 지터벅 기초 수강부터 시작한 상태다. 아직 어려움이 많다. 다음 패턴으로 뭘 해야 할지 계속 생각해야 한다. 함께 춤추는 회원 하나는 오새날에게 팔로잉을 할 때는 정말 행복해 보이는데, 리딩을 하면 완전 굳는다고 말하기도 했다.

하지만 어려워서 더 재미있기도 하고, 전과 다른 문화를 접하는 것 또한 즐거운 일이다. 리더와 팔로워 역할을 동시에 수행하는 여성을 두고 '양면 잠바'라 부른다고들 하는데, 이런 별명 문화에 적응해가는 것도 재미다. 그리고 여기서는 자신보다 나이 많은 남성을 "오빠"라고 부르지 않아도 된다. 그런 남성이 없기 때문이다. 오새날은 그 호칭이 싫다. 그냥 별명을 부르는 게 더 편하지 않을까 생각한다.

전보다 훨씬 편안한 환경에서 배움을 즐기고 있지만 충족되지 않는 것이 있다. 여기는 과거 혼성 동호회에 비해 수강 인원이 적고 수업 시간도 짧다. 한 시간 정도 지나면 해산한다. 하루 네 시간 춤을 춰도 거뜬한 오새날은 여기서 주말마다 리딩을 배우되 과거 동호회 사람들과 관계를 유지하면서 모자란 활동량을 보충하러 주중에 또 출빠를 한다.


## 춤추는 사람들의 패션

촬영을 이유로 모든 운동 열정가들에게 운동할 때 쓰는 도구를 부탁했다. 전화로 신발을 얘기하길래 나는 구두를 예상했으나 당일 오새날이 가방에서 꺼낸 신발은 가벼운 운동화였다. 구두가 폼 나는 걸 알지만 "방방 뛰면서" 추려면 이런 신발이 편하다고 했다.

오새날은 그 운동화를 두고 '스윙화'라 불렀다. 전용 스윙화가 따로 있는 것은 아니지만 대체로 가볍고 바닥이 부드러운 운동화가 선호된다. 굽이 두껍거나 밑창에 굴곡이 많은 신발은 저항이 많이 생겨서 동작을 빠르게 수행하는 데 지장이 따르고, 바닥과 마찰을 일으켜 요란한 소리를 내기도 한다. 오새날은 처음에 탐스를 신었고(두 켤레를 버렸다), 이어서 신발 바닥에 가죽을 붙여서 개조한 반스 어센틱을 신었다(역시 신을 만큼 신었다). 지금은 가볍고 벗기 편하며 역시 가죽을 붙인 새 운동화를 신고 춤을 춘다.

늘 구두를 거부했던 것은 아니다. 어느 졸업 공연에서 로퍼를 신고 춤춘 적이 있다. 3cm짜리 굽도 신어봤다. 당연히 운동화보다 훨씬 불편했다. 그런 신발을 신을 때면 발이 아프기도 했지만 벗겨질까 봐 신경 쓰느라 춤에 집중할 수가 없었다. 방법이 없는 것은 아니다. 누군가는 발목을 끈으로 감싸주는 메리제인 슈즈 같은 것을 신고 공연하곤 했다.

항상 그런 신발을 신고 무대를 해야 하는 직업군이 문득 떠올랐다.

"그런 의미에서 여성 아이돌은 극한 직업인데, 운동화와

구두 다 신고 춤을 춰본 입장에서 그 고통을 더 깊게 이해할
것 같아요."

"그쵸. 아이돌은 킬힐을 신고 무대에 설 때 신발과 발을 끈
으로 동여맨대요. 그보다는 상황이 나은 편이죠. 우리는 그런
걸 신지는 않으니까요."

오새날은 춤을 추면서 "힐은 코르셋"이라는 표현에 뒤늦
게 동감하게 되었다. 다리가 길어 보이는 효과도 있지만 결국
성적 매력을 돋보이게 하는 장치고, 그런 이유가 너무나도 중
요해서 몸을 격하게 쓰는 순간까지도 요구된다. 물론 남자도
구두를 신는다. 하지만 그렇게까지 아찔한 구두를 신고 무대
에 서는 경우는 다른 장르에서 찾아야 한다. 스윙댄스를 하는
남성 대부분은 복고풍 윙팁 구두, 혹은 흔히 신사화라 불리는
일반적인 구두를 신는다. 그것만 신어도 남자는 춤에 대한 충
분한 예의를 갖춘 사람이 된다.

신발보다 더 큰 성별 격차는 복장에서 드러난다. 여자는
머리부터 발끝까지 "코르셋을 조이고" 온다. 골반을 흔드는 동
작의 효과를 극대화하기 위해 주름이 화려하게 잡힌 스커트
를 입는 여성이 많다. 춤을 추다 보면 드러나는 속바지까지 의
식해서 다양한 색으로 챙긴다. 오새날도 한때는 허벅지까지
트인 스커트를 즐겨 입었고, 춤의 분위기에 맞는 빈티지 원피
스도 종종 사곤 했다. 복장이 끝이 아니다. 복장을 "여성스럽

스윙댄스 열정가 오새날은 착용하는 신발을 두고
'스윙화'라고 불렀다. 전용 스윙화가 따로 있는 것은
아니지만 대체로 가볍고 바닥이 부드러운 운동화가
선호된다고 한다.

게" 갖추면 화장까지 신경을 쓴다.

어떤 남성은 스윙댄스의 관습을 따라 몸에 잘 붙는 와이셔츠와 바지에 서스펜더, 구두와 헌팅캡까지 갖추고 나타난다. 하지만 그런 남성은 소수다. 남성 대다수는 헐렁한 셔츠에 편안한 차림이다. 심지어 어떤 남자는 등산용 쿨링 셔츠에 반바지를 입고 오기도 한다. 그런 사람이 '홀딩'(리더가 팔로워에게 함께 춤추자 제안하는 것) 신청을 하면 오새날은 거절하고 싶다. 함께 하는 활동에 대한 준비와 예의가 부족하다고 느낀다.

이제는 변화를 본다. 춤추는 여성의 복장이 조금씩 달라지고 있다. 바지를 입고 스윙바를 드나드는 여성이 늘고 있고, 오새날도 이제는 '탈코르셋'을 조금씩 실천하고 있는 참이라서 의식적으로 활동하기 편한 바지와 셔츠를 입는다. 일상복과 춤의 옷이 어느 정도 일치를 이루고 있는 상태다. 그러기까지 적지 않은 시간이 필요했다. 인터뷰를 계기로 몇 년 전 촬영했던 공연 영상을 다시 돌려본 오새날은 부끄러움과 분노를 동시에 느꼈다고 말했다.

'이런 천 쪼가리를 입고 좋다고 춤을 췄다니.'

오새날을 비롯한 영상 속 팔로워들은 슬리브리스를 입고 있었다. 혹은 허벅지를 반 정도만 가린 작은 원피스를 입었다. 리더는 긴팔 와이셔츠에 바지 차림이었다. 한때는 당연하다 생각했던 대비가 이제는 몹시 기괴하게 느껴진다.

신체 접촉도 그랬다. 돌이켜보니 불편했던 기억이 많다. 정말로 답이 정해진 것처럼 꼭 나이가 있는 사람들과 춤을 출 때 발생했던 일이다. 스윙댄스는 남녀가 함께 추는 경우가 현재까지 일반적이고, 가까운 거리에서 손과 함께 때때로 허리를 잡고 춤을 추지만 그래도 일정한 거리 유지를 하는 게 매너다. 그런데 어떤 나이 많은 남자들은 필요 이상으로 밀착해 거의 껴안듯 춤을 춘다. 지금은 그런 남자를 향해 단호하게 좀 떨어지라 말할 수 있지만, 처음에는 불편함을 안고 그냥 췄다. 그런 방식으로 소란을 일으키는 남성은 어디서나 나타나기 마련이라 동호회 사이에는 블랙리스트가 돌기도 한다. 마흔 살 이상의 회원을 받지 않는다고 명시하는 동호회도 있다.

## 춤 추 지 않 는 시 간

오새날을 주말에 만났다. 사전에 통화한 내용으로 미루어 평일 저녁에 시간을 내기 어려운 사람으로 보였기 때문이다. 춤 말고도 요새 배우는 게 또 있어서 그렇다. 수영이다. 3년 전부터 수영장을 드나들긴 했지만, 강습을 따라가기가 어렵기도 했고 사는 지역이 바뀌면서 중단되기도 했다. 그러다 보니 초급반 수업만 세 번 듣게 됐는데, 최근 몇 달 사이 안정적인 호흡을 얻어 현재 접영을 배우는 단계에 와있다. 2018년 4월부터 재개해 평일 주 3~4회 수영장에 나가고 있는 상태다.

일하는 사람에게 수영과 스윙댄스가 어떻게 동시에 지속 가능한지를 알려면 일과 전반을 살펴봐야 한다. 책에 실린 다른 운동 열정가들과 마찬가지로 오새날도 해 떠있는 시간의 대부분을 직장에서 보내고 있다. 그러나 내가 생각하기에 오새날은 불행한 직장인에 속하지 않았다.

가끔 몰래 춤을 추기도 하는 오새날의 일터는 책이 나오는 곳이다. 전까지 프리랜서로 일하고 다니던 대학 교수를 돕기도 하다가 공채를 통해 출판사에 입사하게 되었다. 오새날은 여기서 3년 경력을 쌓은 북 디자이너다. 해당 출판사에서 출간되는 책 대부분은 인문, 예술, 사회 분야고, 십중팔구가 오새날의 손을 거친다.

오새날은 책표지 디자인만큼이나 내지 작업에 꽤 공을 들인다. 예를 들어 이탈리아에 관한 책을 만든다 했을 때 이탈리아의 역사, 문화, 생활 방식 등 다양한 정보를 조사한 뒤 이를 서체, 쪽번호, 각주, 외국어 표기 등 본문 디자인 요소에 적용하려 많이 노력하는 편이다. 무작정 아름다운 것보다 내용과 맥락이 일치되는 디자인이 바람직하다고 생각해서다. 오새날은 경력이 쌓일수록 표지에 큰 부담을 느낀다. 책 한 권을 만든다는 것은 구석구석 섬세한 작업을 필요로 하는 일인데, 결국 평가는 표지에 대한 인상으로 좌우되기 때문이다.

일은 이렇듯 긴장의 연속이지만, 듣자 하니 오새날은 꽤 세련된 사람들과 일하고 있다. 상사는 오새날에게 수정을 요청할 때마다 늘 단어를 골라 조심스럽게 말한다. 표지에 대한 고민을 풀지 못해 시간이 더 필요하다 말할 때도 회사는 이를 수용하곤 했다. 직원의 80%는 여성이고, 쏟아지는 각종 젠더 이슈 앞에서 함께 일하는 이들과 같은 곳을 바라보고 있다고 느낄 때가 많다.

출퇴근 시간에 대해서도 어느 정도 예외를 허용하고 있다. 오새날은 늘 아침이 힘들다. 업무는 아홉시에 시작되지만, 열시는 되어야 원활한 활동이 가능해지는 오새날은 선배들보다 한 시간 늦게 출근하는 날이 많다. 구성원 각각의 성향 차이를 이해하고 일부 직원의 편의를 봐주고 있는 것이다. 열시에 출근하는 날이면 일곱시에 퇴근한다. 다른 선배들처럼 아홉시에 출근한다면 퇴근 또한 선배들과 마찬가지로 여섯시가 될 것이다.

스윙댄스만 하던 시절 오새날은 퇴근한 뒤 서울 시내에 분포된 각종 스윙바에 찾아가 늦게까지 춤을 추고 집에 들어와 바로 잤다. 수영이 추가된 요새는 오히려 더 여유로운 일과를 보낸다. 퇴근하고 집에 와서 빠르게 환복하고 수영장에 다녀온 뒤, 집에 도착해 수영복을 탈수해 널고 이것저것 정리하고 나면 열시쯤이다. 그때부터 자유 시간이다. 조금 더 정확하게 말하면 잠들기 전까지 스마트폰을 들고 마음껏 트위터를 할 수 있는 시간이다. 수영은 춤보다 짧게 끝낼 수 있지만 그래도 하루가 빠듯해 보인다.

"열시가 되어야 하루가 끝나는 셈이네요. 하루가 너무 짧다고 느낄 때가 있지 않나요?"

"듣고 보니 짧은 것 같네요. 하지만 아깝다는 생각은 안 들어요. 나를 위한 투자 같아서요."

춤은 여전히 즐겁다. 그리고 이제 재미를 붙이기 시작한 수영은 생존 능력을 기르는 일이다. 즉 전보다 자신을 나아가게 하는 일이다. 그러니 열시, 때로는 그보다 더 늦게 끝나는 하루가 그리 억울하다고 생각되지 않는다.


## 계 속 춤 출 수 있 는 이 유

이제 해당 운동의 지속 가능성에 대한 배경을 정리할 때가 되었다. 오새날은 중간중간 쉰다고 해도 어쨌든 하루 네 시간의 춤이 가능한 사람이다. 4년 전부터 그랬고 지금도 마찬가지다.

먼저 직장이 큰 짐이 아니다. 일이니까 때때로 눈치를 살필 때가 생기지만 대체로 만족을 말할 수 있는 근무 환경에서 퇴근 시간을 보장받으며 일하고 있다. 이미 익숙한 춤에 수영까지 추가된 일과가 가능한 상태다.

한편 평일 수영을 마치고 집에 돌아와 열시에 시작되는 오새날의 자유 시간은 꽤 고요할 것이다. 동생과 함께 독립한 데 이어 지금은 혼자 산다. 사람이 됐든 동물이 됐든 빠듯했던 하루를 나눌 대상이 집에 없다.

그리고 원래 춤을 좋아했다. 주목받는 것을 좋아했다. 여러 사람 앞에서 춤추는 일에 부담을 느끼지 않는다. 그래서 네 시간씩 춤을 출 수 있었다. 지금도 그렇게 추고 있다.

나는 나이도 중요할 것이라 생각했다. 실은 그렇게 믿고 싶었는지도 모르겠다. 오새날은 곧 만나게 될 복싱 열정가 정다예와 함께 이 책에서 막내를 맡고 있다. 2018년 기준으로 이십 대다. 이를 토대로 나는 나이와 체력과 지구력의 인과관계를 만들고 싶었다. 그러나 오새날은 내가 유도한 답을 주지 않았다. 체력의 수준을 묻자 체력은 잘 모르겠고 흥은 늘 있었다고 말했다. 지구력은 춤을 통해 길러진 것 같다고 말했다.

나는 마무리를 하면서 다시 집 앞 댄스 교습소 몇 개를 떠올린다. 집과 몹시 가깝지만 내게는 먼 곳이었는데, 오새날을 만난 뒤로는 더 먼 곳이 되었다. 시간 운용에 있어서 나와 오새날은 조건이 크게 다르지 않다. 오새날은 나이를 중요하게 생각하지 않았지만, 그러나 나는 여전히 나이 핑계를 대고 싶어진다. 그 나이는 춤을 선망했으되 춤 없이 그럭저럭 결핍을 모른 채로 살아왔던 시간이다. 그런 삶에 과연 네 시간의 춤이 가능할까. 춤을 멈추지 않는 사람의 몸짓과 자신감은 아름답다. 없는 자질을 탓하기 전에 나는 관찰한 아름다움을 찬양하고 기록하는 사람으로 사는 편이 더 나을 수 있다는 결론을 내린다.


2018년 10월

# 훌륭한 지도자를 만나면

이정연 | 스트롱퍼스트 열정가 | 1.5년 차

- 1982년생이다.

- 2017년 봄 스트롱퍼스트를 시작했다. 스트롱퍼스트는 근력 트레이
  닝의 일종으로, 장기적으로 계획을 세워 개인 기록을 꾸준히 갱신할
  수 있게 돕는 운동 프로그램이다. 케틀벨, 데드리프트, 풀업 훈련 등
  으로 구성된다.

- 주 2회 퇴근한 뒤 한 시간 반쯤 수업을 소화한다.

- 체육관 이용에 월 17만원가량을 쓴다. 가지고 있던 일반적인 트레이
  닝복을 입고 운동하기 때문에 추가 비용이 발생하지 않는다.


- 11년 차 일간지 기자다.

- 출근 시간은 일정하지만 퇴근 시간은 그때그때 다르다. 직업 특성상
  평일 저녁과 주말에 취재 일정이 잡히는 경우가 많다.

- 생활권은 서울이고, 집-회사-체육관-집 사이의 모든 이동 소요 시
  간은 대중교통으로 30분 이내다.

- 고양이 하모와 함께 산다.

yoga
futsal
swing dance

**strongfirst**

jiu-jitsu
boxing
running
ballet
cycle
swimming

거의 모든 인터뷰의 첫 질문은 운동의 순서였다. 즉 해당 운동을 하러 가서 주어진 시간 동안 어떤 프로그램을 어떻게 소화하는지를 물은 것인데, 스트롱퍼스트 1.5년 차 이정연이 들려준 답 가운데에는 케틀벨(쇠공에 손잡이를 붙여 만든 웨이트 트레이닝 기구), 데드리프트(역도), 풀업(턱걸이)이 있었다.

　답을 다 듣고 난 뒤 나는 손에 익은 케틀벨의 무게를 물었다. 처음에는 8kg으로 시작했지만 요새 한 손으로는 12kg으로, 양손으로 할 때는 20kg으로 '스윙'한다는 답이 돌아왔다. 이어서 데드리프트에 있어서는 깜짝 놀랄 만한 수치를 들었다. 한때는 102kg, 3개월 전에는 122kg을 들었다 했다. 나는 곧바로 2008년 베이징 올림픽 장미란의 금메달 기록을 뒤졌다(인상 140kg, 용상 186kg).

이정연이 하는 조금 낯선 운동을 이해하기 위해 나는 숫자에 집착했지만 그럴 때마다 이정연은 표정이 별로 없었다. 역시 무표정하게 설명하기를 경험자들 사이에서 데드리프트를 어느 정도 한다 하는 기준은 체중의 두 배를 들게 되었을 때라고 했다. 그 기준을 이미 넘어섰다고 말할 때도 이정연은 몹시 차분했다.

나는 곧 이정연이 직접 작성한 기사를 하나 찾았다. 일간지 기자 이정연은 일하고 있는 매체에 스트롱퍼스트를 대략 소개한 뒤에 썼다. 2017년 12월의 기록이다. "이제 숫자와 싸우지 않는다. 더 강해질 수 있는데도 포기하려고 하는 나와 싸운다."

## 스트롱퍼스트란 무엇인가

이정연을 5년 전 제주에서 만났다. 내가 대중음악 평론가로 일하던 시절 공연을 겸한 10인 규모의 단체 여행에 취재차 나섰던 길이었고, 이정연은 투어 참여자 10인 가운데 하나였다. 통성명을 하기 전에 이정연의 옷부터 내 눈에 들어왔다. 모든 행사 참여자와 관계자들 사이에서 홀로 아웃도어 복장을 제대로 갖추고 왔다. 행사 프로그램 가운데 제주 어느 오름 중턱에서 열리는 소규모 어쿠스틱 공연이 하나 있었는데, 이정연은 이를 주의 깊게 살폈을 유일한 참여자였다. 이름을 알고 말을 섞게 되면서 나는 이정연이 등산부터 수영까지 다양한 운동을 즐겨왔다는 것, 공연 또한 매우 격하게 즐긴다는 것을 알게 되었고, 서울로 돌아와 몇 차례 더 만나면서는 고향, 대학 시절, 유학 경험, 동생의 꿈에 이르기까지 더 많은 것을 나누게 되었다. 우리는 여전히 존댓말을 쓰지만 이정연은 한 살 많은 나를 언니라 부른다.

　그런 이정연을 최근 우연히 만났다. 반가운 재회 인사에 이어 이런저런 근황을 주고받다가 운동을 좋아하는 친구라는 게 떠올랐고, 그 김에 여성의 지속적인 운동을 다루는 책을 한다고 했더니 스트롱퍼스트라는 낯선 이름의 운동을 1년 넘게 하고 있다는 답이 돌아왔다. 그 말에 내가 등잔 밑에서 섭외 대상을 제대로 찾았다고 엄청 신이 난 줄도 모르고 이정연은 소개할 수 있는 사람이 있다며 다니고 있는 체육관 관장의 매력을 한참 설명했다. 관장이 여성이며 페미니스트라는 사실이 꽤 반갑긴 했지만, 그러나 내가 원하는 대상은 운동을 업으로 삼은 '마스터'가 아니라 일과 운동이 어느 정도 분리된 삶을 사는 이정연 당신이다 하는 말로 다시 만나자는 약속을 받아냈다. 이정연은 11년 차 일간지 기자다. 그리고 퇴근한 뒤 1년 6개월째 스트롱퍼스트를 지속하고 있는 운동 열정가이다. 적합한 인터뷰이 이정연이 들려준, 내게 낯설었던 운동의 이야기는 다음과 같았다.

스트롱퍼스트는 한때 러시아에서 특수 부대원과 특수 요원을 대상으로 실시했던 훈련 프로그램에서 유래했다. 그러다 1998년부터 미국에서 민간으로 넘어와 세계 전역에 보급되었고, 국내에도 이를 전문으로 하는 체육관이 조금씩 생기고 있다. 대중적인 스트롱퍼스트를 고안한 사람의 이름은 파벨 차졸린Pavel Tsatsouline으로, 그가 참여하는 세계적인 스트롱퍼스트 행사가 현재까지 꾸준히 개최되고 있다. 훈련 방식은 여러 가지가 있고 매일 달라지지만 기본은 케틀벨, 바벨(역기), 맨몸 부하를 이용하는 웨이트 트레이닝이다.

이정연은 체육관에 도착하면 일단 15~20분쯤 몸을 푼다. 몸을 찢고 늘이는 일반적인 스트레칭이 아니라 목, 어깨, 엉덩이와 허벅지 등의 관절을 상하좌우로 차례차례 돌리는 일이다. 다른 운동에 비해 '웜업'이 긴 편인데, 곧 무거운 것을 다뤄야 하기 때문에 안전을 위해 반드시 충분히 시간을 써야 한다.

몸풀기가 거의 끝날 때쯤이면 '겟업the get-up'이라 불리는 동작을 수행한다. 누워서 케틀벨을 들고 서서히 몸을 일으키는 행위를 말한다. 처음부터 케틀벨을 쓰는 것은 아니다. 요가 블록처럼 무게 부담이 덜한 도구로 시작해 점차 중량을 올린다. 이때 중요한 것은 팔을 곧게 뻗는 것이다. 팔을 수직으로 올려 케틀벨을 들어야 한다.

그런 뒤에 '스윙the swing'에 돌입한다. 서서 하는 동작이다. 케틀벨을 한 손 혹은 양손으로 쥐고, 하체 높이에서 시작해 어깨 높이까지 올리는 행위다. 번쩍 들어 올리는 것이 아니라 추 운동의 궤적과 비슷하게 앞뒤로 왔다갔다 휘두르는 것이 핵심이라 스윙이라고 불린다. 스윙은 겟업과 달리 서서 하지만, 겟업과 마찬가지로 팔을 곧게 뻗어서 케틀벨을 다뤄야 한다. 이정연은 현재 20kg짜리 케틀벨을 양손으로 들고 10회씩 2세트로 스윙 훈련을 소화한다.

스윙이 끝나면 케틀벨로 하는 다양한 본 프로그램이 진행된다. 어떤 날은 '프레스the press'라 해서 케틀벨로 스윙을 한 뒤 이어서 만세 높이로 들어 올리는 훈련을 한다. 겟업이나 스윙과 마찬가지로 여기서도 팔을 곧게 뻗어야 한다. 무경험자로서 나는 좀처럼 감이 잡히지 않지만, 막상 해보면 머리 위로 '든다'가 아니라 프레스라는 이름이 붙은 것처럼 '누른다'는 느낌에 가깝다고 이정연은 설명했다. 또 다른 케틀벨 기술로 '프런트 스쿼트the front sqaut'(팔을 굽혀 케틀벨을 가슴 높이로 들고 스쿼트 자세까지 견디는 것), '스내치the snatch'(하체에서부터 시작해 만세 높이로 케틀벨을 한 번에 들어 올리는 것)가 있다. 관장과 체육관, 혹은 국가에 따라 이 같은 프로그램은 조금씩 바뀔 수 있다.

주 2회 체육관에 드나드는 이정연은 주초에 이 같은 다양한 케틀벨 훈련을 소화하고, 2회 차가 되는 날이면 데드리프

스트롱퍼스트 열정가 이정연은 케틀벨을 다룬다.
처음에는 8kg으로 시작했지만
요새 한 손으로는 12kg으로,
양손으로 할 때는 20kg으로 '스윙'하고 있다.

트를 한다. 바벨을 드는 일이다. 혹은 철봉에 매달려 풀업을 한다. 풀업이 됐든 데드리프트가 됐든 케틀벨이 됐든 쓰는 도구는 다르지만 모든 운동의 원리는 대체로 같다. 팔을 많이 쓰는 것처럼 보이지만 팔만 썼다간 다칠 수 있다. 허벅지, 배, 엉덩이, 어깨와 옆구리 근육을 비롯해 몸 전체의 힘을 고루 써서 도구 혹은 몸을 들어 올려야 한다. 다루는 도구의 중량이 상당한 만큼 수강생 각각의 상태를 관장이 면밀하게 살피면서 진행되는 훈련이기도 하다.

## 훌륭한 지도자를 만나면

이 같은 기초 정보를 파악한 뒤에 겟업, 스윙, 프레스, 스내치 등 전문 용어에 대한 이해를 높이고자 관련 동영상을 찾았다가 람보 같은 외국인을 만났다. 거인 체구에 성인 머리만 한 알통으로 여러 가지 케틀벨 기술을 보여주는, 정말로 영화 속 히어로 같은 사람이었다. 그리고 이정연은 현재 100㎏이 넘는 바벨을 들 수 있는 상태다. 내 인맥 가운데 가장 강력한 사람이라는 확신과 함께 이정연이 들려준 운동의 기원이 다시 생각났다. 앞서 말한 것처럼 스트롱퍼스트는 러시아에서 특수 요원이 소화하던 훈련 프로그램에서 유래했고, 웨이트 트레이닝에 중점을 두고 있다. 유명한 요원이 떠올랐다. 러시아 사람은 아니지만 어쨌든 자기만 한, 혹은 자신보다 몸집이 큰 사내를 제압할 줄 아는 제이슨 본이다.

이정연도 특수 요원 훈련 프로그램이란 무엇일까 궁금하기는 했지만, 그보다는 어느 체육관을 운영하는 관장 개인에게 더 큰 호기심을 안고 스트롱퍼스트에 다가갔다. 그 관장은 이정연의 표현에 따르면 "트위터에서 발견한 재미있는 분"이었다. 관장은 트위터를 통해 스트롱퍼스트라는 낯선 운동의 기원과 효과에 대해서 설명하기도 했고 멋지게 운동하는 영상을 올리기도 했지만, 좋아하는 음식이나 어제 본 영화에 대해서도 흥미진진하게 썼다. 여성 지도자를 찾는 일이 그리 쉽지 않은 까닭에 그것만으로 눈에 띄는 사람이었는데, 쓰는 글을 보면서 "이분 재미있다" 하면서 근황을 따라가다가 그분이 운영하는 체육관이 집에서 그리 멀지 않다는 것을 알고는 어느 날 퇴근길에 충동적으로 들렀다. 스트롱퍼스트도 입문자용 맛보기 수업을 진행하지만 무료가 아니었고 막상 만난 그분과 긴말을 섞은 것도 아니었는데, 돌고 돌아 그날 이후 여기까지 온 것 같다고 이정연은 말했다. 돌고 돌았던 궤적을 따라가려면 먼저 이정연의 어린 시절로 가야 한다.

이정연은 늘 자신이 운동을 좋아하는 사람이라 생각했다. 전남 어느 시골에서 보낸 어린 시절 자전거를 타고 학교에 갔다. 개울에서 수영을 배웠다. 수업이 끝나면 또래 친구들과 이어달리기를 하면서 놀았다. 초등학교 시절 체육 시간에 항상 적극적이었고, 육상부와 무용부도 잠깐씩이나마 거쳤다. 육체 능력은 가족 내력이기도 해서 어머니와 아버지도 현재까지 꾸준히 운동을 하고 있고, 동생은 물론 어린 조카까지도 몸놀림이 남다르다. 성인이 되어 서울에 정착하게 되자 운동 선택의 폭이 훨씬 넓어졌다. 최근 10여 년간 이정연이 경험한 육체 활동은 다음과 같다. PT, 수영, 발레, 자전거, 요가, 트레일 러닝, 등산, 스윙댄스, 그리고 서핑. 그러나 그 모든 운동의 한계에 대해서도 이정연은 할 말이 많다.

"운동을 좋아하는 사람이라고 생각했는데 사실 그 어떤 것도 1년 이상 일정하게 해본 게 없어요. 좋은 거 아는데 어느 순간 잘 안 가게 되더라고요. 두루두루 좋아하고 금방 지겨워했던 것 같아요. 핑계가 많기도 했고요. 어떤 운동은 수강료가 싸서 금방 가다 말았어요. 늦게까지 일하는 날이면 못 가는 게 당연하다 생각했고요."

그런데 스트롱퍼스트는 달랐다. 1년 6개월이나 지속했다. 그럴 수 있었던 중요한 배경 하나는 트위터에서는 물론 운동할 때도 매력적인 관장이다. 관장은 전 세계인이 참여하는 스트롱퍼스트 워크숍에 연 2회가량 가는데, 대회는 단순한 경쟁으로 진행되지 않는다. 몇 가지 미션을 주고 참여자 각각의 개인 기록을 갱신하는 데 목표와 의미를 둔다. 그리고 목표를 달성한 사람들에게 특별한 호칭을 부여하는데, 관장이 최근 얻은 이름은 '아이언 메이든'이다. 이정연이 강조한 바에 따르면 아시아 최초 기록이다.

이정연은 체육관을 드나들면서 '철의 여성'이라 불리는 그분처럼 힘이 세졌으면 좋겠다고 생각하기 시작했다. 전까지는 항상 체중을 줄여야 한다는 생각을 버리지 못하고 스스로에게 운동을 다그치곤 했는데, 식이까지 해야 한다고 잔소리하던 트레이너를 만났을 때를 제외하고는 체중 감량에 성공한 적이 없다. 그런데 관장을 만나면서 몸에 대한 인식이 달라졌다. 이제는 체중의 변화가 아니라 힘의 변화를 원한다.

한편 스트롱퍼스트는 각자의 페이스에 맞춰 개인 기록을 계속해서 갱신하는 데 의미를 두는 종목이다. 가령 3개월짜리 데드리프트 과정을 시작한다 했을 때 거쳐야 할 훈련의 순서와 단계가 있고, 목표에 도달하기까지 그날그날의 운동량과 수준을 꼬박꼬박 기록해둬야 한다. 관장이 매일 하는 일이다. 1회 수업에 사람이 많을 때는 14인까지 참여하지만 보통 8~10인 정도로 진행되는데, 지도자는 모든 수강생의 상태에 깊은 관심을 가지고 개선을 위해 함께 노력해야 한다. 이정연이 여태 경험한 다양한 운동 가운데 이렇게까지 지도자와 밀착해 배웠던 분야는 없었다.

## 경 쟁 하 지  않 는  이 유

앞서 말한 것처럼 이정연은 현재 122kg짜리 바벨을 감당할 수 있는 상태다. 이건 하루아침에 이룬 성과가 아니다. 1년 넘게 노력한 끝에 얻은 수치다. 이정연의 표현을 빌리자면 이 모든 것은 "100이 목표라면 60부터 시작해야" 하는 일이다. 갑자기 힘이 확 느는 게 아니기 때문에 중장기적인 계획을 세우고 꾸준히 이행해야 겨우 달성할 수 있다는 것이다. 어떤 날은 안 가고 싶은 마음이 들기도 하지만 그렇다고 한 번 빠지면 정체 상태가 된다. 지난주에 했던 것을 반복해야 하니 성취가 지연된다. 게다가 쉬다가 나오면 몸이 운동을 기억하지 못해 근육통에 시달린다. 몸이 쑤시면 하기 싫어진다. 일정하게 체육관에 드나드는 습관을 들여야 몸이 덜 고통스럽다.

이 같은 목표 달성에 가장 중요한 역할을 한 사람은 관장이지만, 함께 운동하는 대다수 여성 수강생 또한 바람직한 영향력을 행사하고 있다. 이정연은 그들 가운데 처음에는 턱걸이를 1회도 못했다가 꾸준히 매달린 끝에 이제는 꽤 하는 경우를 본다. 이정연보다 자주 체육관에 나와 스스로를 단련한 끝에 얻은 값진 성과다. 운동하는 시간에는 각각 자신에게 집중하느라 바빠 말을 섞을 여유가 없지만, 말이 없어도 충분히 감지되는 동지의 변화는 함께 체육관을 드나드는 모두에게 작은 감동을 준다. 그들 또한 체육관에 꾸준히 나가자는 약속에 영향을 준다.

그러는 동안 이정연은 운동을 놀이처럼 인식하게 되었다. 서서히 목표를 높이고 달성하는 가치 있는 과정에 몰입하게 되었다는 것이다. 그러면서 몸과 함께 힘까지 달라지는 것을 느꼈고, 더 강해지고 싶다는 열망과 함께 자신감까지 얻었다.

그렇게 확보한 자신감의 본질이 무엇일까 궁금해져서 나는 물었다.

"이제는 남자보다 잘한다는 데서 오는 자신감일까요?"

"이제는 저보다 못 드는 남자가 많기도 하지만 그런 건 아니에요. 그냥 하다 보니까 다른 사람이랑 비교하는 게 의미가 없어졌어요. 그냥 제 상태만 생각하느라 바빠요."

이정연은 현재 "삼십 대 중반인데도 체력이 계속 업데이트되고 있는" 상태다. 발전하는 자신에게 집중하니 승부욕이나 경쟁 같은 개념이 사라지고, 자신의 역량을 기르는 일로부터 진정한 자신감을 얻고 있는 것이다. 비교는 무의미하다. 수강생 모두의 기초 체력이 다르고 성장의 폭도 다르다. 그리고 이정연은 자신에게 맞는 호흡을 어느 정도 안다. 단숨에 수치를 올릴 수 없다는 것도, 월 단위 계획을 세워 꾸준히 차분하게 접근해야 목표치를 겨우 얻을 수 있다는 것도 안다. 초반에는 의욕이 넘쳐 주 3회 체육관에 가야 한다고 생각했지만 무리라는 것을 알고 주 2회로 줄였는데, 이것도 같은 맥락에서

다. 횟수보다 중요한 것은 긴 공백 없이 일정하게 체육관에 출입하면서 감당할 수 있을 만큼 조금씩 힘을 기르는 것이다.

다시 2017년 겨울 이정연이 한 일간지에 썼던 글을 참고하고자 한다. 연초 시작한 데드리프트를 연말에 정리해서 썼다.

"처음 든 무게는 30㎏ 남짓 됐을까?"

"80㎏ 후반 대 데드리프트 훈련을 하면서 마음에 부담이 갔다."

"그렇게 두 달 가까이 매주 2.5㎏씩 증량했다."

"지난주 97.5㎏을 들어 올렸다."

"세 자리 숫자가 코앞이다."

이정연은 그때보다 강해졌다. 하지만 세 자리 숫자를 코앞에 두고 했던 생각과 이미 세 자리를 넘긴 지금 하는 생각은 크게 다르지 않은 것 같다. 같은 글로부터 이정연의 마음을 읽고자 한다.

"항상 줄이려 노력했던 몸무게, 항상 늘리려 노력했던 바벨과 케틀벨의 무게 등은 중요한 게 아닌 게 됐다."

"내가 도전하는 대상은 절대 숫자가 아니다. 아니어야 한다. 나에게 이제 도전은 해낼 수 있다고 생각하는 내가 해낼 수 없다고 생각하는 나와 싸우는 과정이다."

## 국가공인자격증을 향해서

이정연은 이미 122kg을 달성했지만 당장 중량을 더 올릴 수 없는 상태다. 몇 달 전으로 돌아가서 122kg 과정을 반복하고 있다. 최근 세 달간 체육관에 못 나가 성장이 정체되었기 때문이다. 다른 목표 때문에 그랬다. 이정연은 지난여름부터 2급 생활스포츠지도사 자격증 과정을 밟고 있다. 참고로 국가공인자격증이다. 자격증이 요구하는 필기와 실기 시험을 다 마쳤고 보고서 하나만을 남겨놓고 있으며 결과는 몇 달 뒤에 나온다고 했다.

국민체육진흥공단 공식 웹사이트에 접속해 해당 과정을 살펴보았다. 먼저 일곱 과목 필기 및 구술시험이 있다. 그리고 '자격 종목'이라 해서 주어진 54개 종목 가운데 하나를 택해 연수를 마친 뒤 실기 시험을 통과해야 한다고 쓰여 있다. 검도, 빙상, 수상스키, 요트, 축구 등 다양한 분야가 쏟아지는 가운데 이정연이 선택한 분야는 보디빌딩이다. 웨이트 트레이닝과 가장 근접한 것을 골랐다.

연수와 실습에는 총 열흘이 필요하다. 지정된 연수원에 찾아가 오전 아홉시에 시작해 오후 다섯시까지 이어지는 수업을 들어야 한다. 직장인이라면 시간을 쪼개야 한다. 이정연이 지난여름 주말마다 소화한 일정이다. 1년에 한 번 있는 시험이라 떨어지기 싫어서 거기에만 집중했다. 힘들었다. 그러느라 주중 운동까지 할 기력이 없어 체육관에 못 나갔다.

자격증 취득 과정의 배경을 물으니 여러 가지 이유가 나왔다. 먼저 스트롱퍼스트를 발견한 뒤로 꾸준히 운동하는 기쁨을 알았고, 앞으로도 운동을 지속할 능력을 갖추고 싶어서 도전해보기로 했다.

그리고 이정연이 운동 좋아하고 잘하는 것을 주변 사람들이 다 안다. 여기저기 운동을 자주 권하는 사람이라는 것도 안다. 그런 친구들에게 이정연은 이제 판에 박힌 잔소리 대신 방법과 비용에 관한 보다 구체적인 가이드를 주고 싶다. 자격증을 가지고 있다면 가까운 사람한테 하는 설득이 조금 더 쉽지 않을까 생각한다.

실은 더 큰 그림을 그리고 있다. 자격증을 통해 경력을 확장하는 것이다. 이정연은 11년 차 일간지 기자다. 그간 경제부, 법조팀, 경제사회연구소, 편집 기자 등 다양한 분야를 거쳤고, 현재는 주 1회 발행되는 라이프스타일 섹션 팀에서 일한다. 전에도 경험했고 애착도 강했지만 발령을 따라 다른 부서로 이동하느라 바빴는데, 연차가 쌓이고 데스크로부터 신뢰를 얻은 끝에 복귀한 자리다.

최근 이정연이 취재했던 분야는 우주와 e-스포츠였다. 그 밖에도 시의성을 따르는 다양한 주제를 매번 고민하고 있지만, 나는 잊을 만할 때쯤이면 이정연이 작성한 다양한 운동 관련 기사를 읽곤 했다. 직접 운동하면서 땀 흘리는 이야기도 썼고, 타인의 운동도 종종 따라갔다. 일례로 이정연이 요새 다루는 케틀벨은 몇 해 전 취재를 통해 진작 접한 도구다. 현재 만드는 지면이 라이프스타일을 다루는 만큼 건강과 운동 관련 콘텐츠를 많이 소개하고 있는데, 이정연은 여기서 조금 더 전문성을 얻고 싶다. 자격증이 곧 좋은 내용으로 바로 연결되지는 않지만 그래도 그게 있다면 지금보다는 독자로부터 신뢰를 얻을 수 있지 않을까 생각한다.

10년 넘게 일했지만 그동안 이렇게까지 구체적으로 향후 커리어를 생각해본 적은 없었다. 하지만 이제는 그간 쌓아온 경력 이상으로 남은 기자 생활이 더 중요하다고 느낀다. 이도 저도 아닌 기자가 되지 않으려면 넋 놓고 있을 게 아니라 이어질 10년에 대한 진지한 고민이 필요하다 생각했고, 전문성 확보는 더 긴 생존의 방법이 될 수도 있을 것 같았다. 업황이 밝지는 않지만 이정연은 10년 넘게 몸에 익은 업무와 함께 동료들을 미워하지 않을 수 있는 환경에서 일한다. 지난 11년간 다닌 신문사는 "월급만 빼면 다른 모든 것이 그럭저럭 만족스러운" 직장이다. 종이 매체의 위기를 수년째 실감하고 있지만 이정연은 지금 있는 부서에서 더 오래 일하고 싶다.

이정연이 주 2회 만나는 체육관의 관장은 전까지 운동과 무관한 일을 하던 사람이다. 즉 어느 순간 운동으로부터 재능과 함께 직업적 비전까지 발견하고 전업한 사람이다. 누구나 할 수 있는 일은 아닌 것 같다. 그러나 퇴사한 뒤 체육관을 설립하고 새로운 직함까지 얻는 극적인 변화까지는 아닐지언정 운동은 때때로 개인의 삶을 바꿀 수 있다. 11년 차 직장인, 그리고 앞으로 10년 더 같은 곳에서 일하고자 하는 이정연은 원하고 또 잘하는 것을 어떻게든 일로 가져와 커리어를 확장할 꿈을 꾸는 사람이다. 직접 작성하는 운동 관련 기사 하단에 무언가 멋진 것이 추가될 미래를 나도 기다리고 있다. 대략 이런 그림이지 않을까. '취재=이정연 기자, 2급 생활스포츠지도사'.

## 운동하면서 만난 사람들

운동이 규칙이 되는 순간 다른 활동이 뒤로 밀린다. 따라서 운동은 휴식을 희생하고 나아가 관계의 일부를 포기하게 되는 일이다. 어쩌면 데이트마저 시간을 쪼개서 해야 한다. 그랬던 경험이 있었는지를 물었더니 이정연은 현재 연애 중이 아니지만 연애를 시작하게 된다면 고민이 따를 것 같다고 했다. 매주 2회씩 체육관에 나가서 일정하게 시간을 쓰고 있지만 안 가는 날에 누리는 여유도 대단히 중요하다. 잘 쉬어야 체육관에 복귀했을 때 운동 효과도 좋은데, 연애가 시작되면 휴식의 일부를 포기해야 할 것이다.

과거 이정연은 다른 방식으로 사랑과 운동을 연결했다. 연애를 할 때면 상대한테 잘 보이고 싶은 마음에 체중을 줄여야지 생각했고, 그래서 스스로를 다그치면서 더 운동했다. 그러나 요새는 애인으로부터 "너 운동해야지" 하는 말로 몸에 대한 지적을 받는 친구들의 이야기를 들을 때면 화가 난다.

이정연이 느끼기에 같은 체육관을 드나드는 사람들 대다수가 비슷한 의식을 공유할 것 같다. 일례로 내가 체육관에서 입는 복장의 기준과 비용을 물었을 때, 이정연은 그간 다양한 운동을 경험하면서 하나하나 갖추게 되었던 일반적인 트레이닝 복장, 이를테면 몸에 밀착하는 톱과 스포츠 레깅스를 입고 운동하기 때문에 추가 비용이 발생하지 않는다고 말했다. 그리고 체육관에 드나드는 모두가 알아서들 입지 복장에 관한 조언을 함부로 하지는 않는다고 했다. 게다가 체육관에는 거울이 없다. 서로 무심하게 자신의 운동에 집중하지만 남의 옷과 몸에 대해 "고나리질하는" 사람이 나타난다면 바로 면박이 쏟아질지도 모른다고 했다.

그간 다양한 운동을 경험해왔던 이정연은 함께 운동하는 사람들 사이에서 이루어지는 흔한 "친목질"에 별 관심이 없다고 생각해왔다. 운동은 힘든 일이기도 하거니와 일정하게 해야 한다는 압박까지 따르기 때문에 그 와중에 누군가와 친해지고 밥을 먹고 관계를 만드는 일까지 고려할 여력이 없었다.

그런데 스트롱퍼스트를 하면서 만난 사람들과는 좀 다르다. 주기적으로 체육관 회식을 하는데, 이정연은 일정이 되는 한 늘 참석하고 싶어한다. 운동하면서 스쳐가고 아주 가끔 밥상에서 만나는 그들과 대체로 적당히 거리를 유지하고 있지만, 이정연은 일부 수강생의 성향과 성격을 알고 매너에 대한 관념을 대충은 안다. 운동하는 자아와 트위터하는 자아가 때때로 다르다는 것도 안다.

지속적인 운동에 영향을 주는 요인으로 가구 형태를 물었을 때도 비슷한 맥락의 답이 돌아왔다. 이정연은 고양이 하모와 함께 산다. 모든 집사가 그렇듯 고양이가 어떻게 삶에 찾아왔는지부터 이름의 의미가 무엇이며 얼마나 사랑스러운지 등등 내가 아직 묻지 않은 답을 한참 설명한 뒤에, 이정연은 체육관에서도 고양이와 함께 사는 수강생이 제법 된다고 말했다. 우리 집 고양이가 얼마나 예쁜지, 예쁜 데다 포근하기까지 한 고양이와 함께 부비부비할 때면 잠이 얼마나 잘 오는지를 가끔 수강생과 나누는 한편 간식까지도 서로 챙겨준다. 각자의 아름다운 고양이는 수강생 사이의 관계를 긴밀하게 묶어주는 역할까지 한다.

이 모든 관계는 여성 관장을 축으로 형성되었을 것이라고 이정연은 생각한다. 관장은 트위터를 하고 트위터로 사람을 모으고 있으며 나아가 자신의 계정에서 여성이 겪는 각종 성차별에 대한 문제 제기를 망설이지 않는 사람이다. 스트롱퍼스트라는 아직 낯선 운동을 만나 몰입하기까지 수강생 대부분이 해당 운동에 대해 충분히 조사하는 시간을 보냈을 것이며, 조사하면서 관장이 어떤 사람인지도 대략 이해했을 것이다. 이정연의 관찰에 따르면 현재 체육관을 드나드는 수강생의 70%가 생물학적 여성이다(성별 정체성, 성적 지향에 따른 구분으로는 이 비율이 달라질 수 있다고 말하면서 이정연은 '생물학적 여성'이라는 표현을 썼다). 난이도가 제법 있는 새로운 운동에 접근하려는 여성이라면 지도자의 성별과 가치관이 매우 중요할 수 있다. 이미 다양한 운동과 운동 환경을 통해 여러 차례 성별 불합리를 겪었을 것이 분명하기 때문이다.

수강생은 꾸준히 늘고 있고 수업도 늘었다. 일곱시에 시작되는 수업에 맞춰 한때는 늘 퇴근하고 허둥지둥 달려가곤 했는데, 수강생이 늘자 여덟시 반 수업이 개설되었다. 덕분에 적당히 밥도 챙겨 먹고 체육관에 갈 수 있게 되었지만, 체육관의 규모와 스케줄에 비해 수강생이 많다는 게 이제는 문제가 되어 신규 수강생을 더는 받지 않겠다는 공지가 올라오기도 했다. 파격적인 할인 이벤트를 내놓는 것도 아니고 여기저기 전단지를 붙이는 수고도 없이 이룬 결과다. 그런 환경을 거듭 칭찬하는 이정연을 보면서 다시 생각했다. 지도자에 대한 애착은 운동을 지속하는 매우 확실한 방법이다.

## 지속할 수 있는 이유

나의 목표는 각 운동 열정가들이 어떤 배경에서 운동을 지속할 수 있었는가를 살펴보는 일이다. 1.5년 차 스트롱퍼스트 열정가 이정연이 들려준 이야기를 토대로 내가 파악한 지속 가능성의 배경은 다음과 같다.

첫째로 이정연은 자랑할 만한 지도자를 만났다. 관장은 여성이고, 체육관 안에서나 바깥에서나 매력적인 사람이다. 내가 여태 만났던 운동 열정가 가운데 이렇게까지 스승을 좋아하고 신뢰하는 경우는 없었고, 이정연 또한 이렇게 지도자와 가까이에서 교감하면서 운동을 배웠던 경험이 없다. 매우 가까운 거리에 소통 가능한 명확한 롤 모델이 있다는 것은 운동을 쉬지 않을 수 있는 강력한 이유가 될 수 있다.

둘째로 이정연은 기초 체력이 뛰어난 사람이다. 어릴 때부터 다양한 야외 활동을 즐겼고, 가족 모두가 운동과 가까운 삶을 산다. 오래 매달리지 않았을지언정 성인이 된 뒤에도 일과에 늘 운동을 두고 살아왔다. 운동이란 이정연에게 유전적인 자질을 바탕으로 진작부터 익숙했던 활동이고, 스트롱퍼스트라는 새로운 분야를 만나 강화된 취미다. 현재 진행하고 있는 2급 생활스포츠지도사 같은 목표 또한 체력에 대한 확신이 있지 않았다면 구상부터 쉽지 않았을 것이다.

세 번째는 무리하지 않는 호흡이다. 퇴근이 일정하지 않은 데다 운동 자체의 강도도 높기 때문에 주 2회 체육관에 출입했고, 일곱시와 여덟시 반에 시작되는 수업 중 택일해 훈련을 소화했다. 매일 드나들면서 괄목할 만한 성장을 이루는 사람도 있지만, 이정연은 자신이 적당히 쉬어야 복귀했을 때 운동에 보다 집중할 수 있음을 인지하고 있다. 연애 같은 일과가 현재 부재하기 때문에 휴식도 충분히 주어지는 상태다. 충분히 쉬되 꾸준히 해야 한다는 것도 알고 있다. 참고로 우리의 만남은 추석 연휴에 이루어졌다. 휴일 오후 운동이 끝나는 시간에 맞춰 체육관 근처에서 인터뷰를 진행했고, 끝난 뒤에는 체육관 사람들이 늘 드나든다는 단골 식당에서 밥을 먹고 이정연을 보냈다. 자격증을 준비하던 기간에는 체육관 출입을 중단했다. 이정연은 뭘 너무 많이 하려고 하지 않는다. 대신 놓지 않으려 하고 꾸준히 하려고 한다.

네 번째는 보조적인 이유다. 이정연은 운동하면서 만난 사람들을 좋아한다. 여기에는 적당한 거리 유지 같은 세련된 관계의 기술이 작용하고 있다고 나는 생각한다. 수업 시간에는 모두가 자신의 운동에 집중하고, 어쩌다 말과 음식과 술을 섞게 되는 날이면 고양이 같은 매력적인 공통 관심사를 찾는 사람들이다.

마지막으로, 이정연은 경쟁에 대한 강박을 기꺼이 내려놓을 수 있을 만큼 성향에 맞는 즐거운 운동을 찾았다. 꾸준히 운동하는 사람들이 늘 말하는 것처럼 운동이 습관이 되려면 자신에게 필요한 운동을 찾는 과정이 필요하다. 이정연은 그동안 다양한 운동을 경험하면서 시간과 비용을 투자해왔고, 돌고 돌아 여기에서 멈췄다.

## 운 동 은 일 을 바 꿀 수 있 을 까

1년 6개월을 달려오면서 이정연은 몇 가지 변화를 봤다. 일단 운동에 대한 관념이 변했다. 숫자와 경쟁에 대한 집착을 내려놓았고, 성취가 따를 때마다 놀이 같은 즐거움을 느끼는 한편 두려움이나 포기 같은 부정적인 감정과 계속해서 싸우고 있다. 그러는 동안 몸도 당연히 변했다. 타인이 먼저 알아본 변화였다.

"언니 무슨 운동 했어? 상체가 달라졌는데?"

오랜만에 만난 사촌동생이 이정연의 변화를 읽었다. 서서히 이룬 진전이라 잘 몰랐는데 듣고 보니 어깨 근육이 전에 비해 딱딱해진 것 같다. 복근은 잘 모르겠지만 허벅지와 엉덩이 근육도 전보다 늘어난 것 같다.

나는 그 변화가 생활에 얼마만큼 생활에 영향을 주는지 궁금해졌다. 한때는 철봉에 매달리는 것도 버거웠던 사람이 턱걸이를 막 몇 개씩 하게 되면, 그리고 이정연처럼 100kg 이상을 들 수 있게 되면 몸을 넘어 삶까지 조금은 변하지 않을까. 적어도 업무나 일상생활에 필요한 체력 확보에는 큰 보탬이 될 수도 있지 않을까.

이정연은 딱히 그렇지는 않다는 답을 준다. 운동이 생활화되면 일에 있어 덜 지치는 것은 맞지만, 그렇다고 해서 항상 기운이 나지는 않는다. 일은 체력만 가지고 할 수 없다. 일에 더 큰 영향을 주는 것은 스트레스다. 나는 바보 같은 질문을 해버리고 후회한다.

물론 운동은 이정연의 커리어 일부를 바꾸려 하고 있다. 만족할 만한 운동을 찾은 뒤로 2급 생활스포츠지도사 과정까지 밟고 있고, 머지않은 미래에 운동 전문 기자가 될 수 있을지도 모른다. 지난 11년간 이직 한 번 없었을 만큼 일하는 환경에 대한 만족도까지 높은 편이다. 그러나 그렇다고 해서 일의 본질이 달라지지는 않는다. 운동은 값진 데다 흥분에 가까운 즐거움까지 줄 수 있는 활동이지만 결국 일보다 길게 매달릴 수는 없는 일이다.

2018년 9월

# 다치면 안 돼, 운동을 못 하니까

이주비 | 주짓수 열정가 | 3.5년 차

- 1989년생이다.

- 2015년 3월 주짓수를 시작했다.

- 부상이 없는 한 평일 주 5회 퇴근한 뒤 두 시간 훈련한다. 주말에도
  나간다.

- 수업을 포함한 체육관 이용료로 월 15만원을 지출한다. 한 벌당 약
  20만원 하는 도복은 주짓수를 시작한 첫해에 충분히 확보했다.


- 게임 회사 마케터로, 유럽 시장을 관리하고 있다.

- 여섯시에서 일곱시 사이에 퇴근한다.

- 생활 반경이 넓다. 집은 서울 한강 아래, 회사는 경기도, 체육관은 서
  울 강북에 있다. 집-회사-체육관 사이의 모든 이동에 한 시간 반씩
  쓴다. 운동을 마치고 집에 돌아오면 열한시다.

- 혼자 살고 있다.

yoga

futsal

swing dance

strongfirst

## jiu-jitsu

boxing

running

ballet

cycle

swimming

어느 일요일 두시, 우리는 이주비가 다니는 체육관 근처 카페에서 만나기로 했다. 약속을 잡으면서 말하기를 네시면 가야 한다기에 그때 수업이 시작되는가 보다 했는데, 만나서 말을 섞고 나서야 주말 수업은 두시에 시작하고 수업이 끝난 네시에 체육관 친구를 보기로 했다는 것을 알게 되었다.

그날 이주비는 체육관 코앞까지 왔지만 운동을 하지는 못했다. 단지 나와 약속한 인터뷰 때문만은 아니었다. 운동을 할 만한 상태가 아니었다. 그날 이주비는 오른발에 깁스를 하고 나왔다. 며칠 전 부주의하게 '스파링sparring'(연습 게임)을 하다가 매트에 발이 찍혀 새끼발가락이 골절되었다고 했다. 어쩔 수 없이 2주간 운동을 쉬어야 하는 시점에 나를 만났다. 그리고 걱정하는 내게 무심하게 말했다.

"그냥 별것 아닌 골절에 불과해요. 아프고 생활이 불편한 건 별로 중요한 문제가 되지 않아요. 심각하게 다친 것도 아닌데 이것 때문에 운동을 못 하는 게 속상한 거죠."

이주비가 무려 골절을 하찮게 여기는 건 운동에 제동을 거는 더 심각한 건강 문제를 이미 겪고 있기 때문이다. 목 디스크다. 그래서 때때로 목 보호대를 하고 수업을 받고, 관장의 보호 및 지시를 따라 상대를 고르고 적당히 몸을 사리면서 기술을 연습하기도 한다.

그러나 조심한다고 해도 체육관에 계속 나가는 건 좋은 방법이 아니다. 의사는 3~4개월 휴식을 권장했지만 일주일도 참지 못하고 나가서 또 했고, 그랬더니 통증이 찾아와 병원에 다시 가야 했다. 어떤 날은 그냥 구경만 하러 체육관에 나갔다. 역시 좋은 방법이 아니다. 남들이 하는 걸 보면 하고 싶어진다. 자꾸 이러면 부상이 더 악화될 수 있다는 것을 아는데, 그러나 안 하는 것은 더 큰 고통이다.

부상으로 이야기를 시작한 까닭에 이주비가 하는 주짓수를 위험한 운동이라고만 생각할까 봐 약간 걱정스럽다. 그렇지는 않다. 주짓수라 하면 상대를 엎어뜨리거나 목을 졸라 고통스럽게 만드는 격한 이미지를 떠올리기 쉽지만, 체육관에서 이루어지는 수업은 그렇게 드라마틱하지 않다. 주짓수는 1:1로 하지만 공수 개념을 쓰지 않고 톱과 가드로 역할을 구분해 연마한 기술로 승부를 가린다. 실제 경기는 서서 시작하지만, 체육관에서는 안전을 고려해 보통 둘 다 앉거나 한 명은 서고 다른 한 명은 앉아서 시작하는 방식으로 스파링을 권장하고 있다. 손에 테이핑을 하고 훈련하는 사람들이 많은데, 손가락 관절을 보호하기 위해서다. 그 밖에도 체육관을 운영하는 관장, 관장과 함께 수업을 진행하는 사범이 안전을 위해 강조하는 여러 가지 규칙과 매너가 있다. 즉 누구든 몸을 지키면서 할 수 있는 운동이다.

이주비는 주짓수를 하기 전부터 목뼈 상태가 좋지 않았다. 그런 줄도 몰랐다가 3년간 주 5회 이상 운동하면서 서서히 몸의 문제를 발견하게 된 것이었다.

## 월 화 수 목 금

이주비는 고등학교 및 대학교 시절을 중국에서 보냈고, 호주에도 잠깐 있었다. 유학을 마치고 고향에 돌아와 잠깐 머물다가 서울에서 첫 직장을 얻어 지금까지 살고 있는데, 연고가 없다시피 한 도시에서 새로운 삶을 시작할 무렵 어느 예능 프로그램에서 천정명이 주짓수하는 걸 봤다. 호주에 살던 시절 집 근처에서 주짓수 도장을 보긴 했지만 그땐 저런 걸 어떻게 하지 싶었는데, 천정명을 계기로 작은 호기심이 생겨 검색을 이어가다 보니 운동 효과도 좋은 데다 그때만 해도 지금만큼 대중적이지 않았던 까닭에 더 매력적이라고 느꼈다. 운동하면서 친구를 많이 만날 것 같기도 했다. 여러모로 괜찮은 취미가 될 것이라는 막연한 기대로 시작했다가 아픔도 참아가며 하는 상태까지 왔다.

몸이 성한 날의 이주비는 퇴근하고 체육관에 달려가 2~2.5시간 머무른다. 먼저 도복을 갖춰 입은 뒤 수강생들과 함께 약 20분간 몸을 푸는데, 주로 구르기를 하고 달리기도 한다. 몸풀기가 끝나면 관장이나 사범이 주도하는 기술 연습을 하고, 이어서 5분 단위로 끊어서 반복하는 스파링을 한다. 여기까지 하는 데 한 시간을 쓴다. 수업이 끝나도 주짓수는 끝나지 않는다. 남아있는 사람들과 1~1.5시간가량 기술 연습을 하거나 스파링을 이어간다.

그런 일과를 한때 이주비는 '주 5회'가 아니라 '주중 5회' 소화했다. 평일에만 운영되는 체육관을 다녔기 때문이다. 주짓수 체육관은 언제든 갈아탈 수 있는 헬스장과 문화가 다르다. 체육관 사람들과 거의 한 팀처럼 끈끈한 관계가 형성되기 때문에 옮긴다는 결정이 굉장히 어렵다. 함께 몸을 부딪치면서 배우다 회식도 하고 엠티도 가고, 승급식이라고 해서 레벨에 맞춰 벨트의 색을 바꾸는 연중행사도 매년 2회씩 치른다. 승급식을 할 때마다 '띠빵'이라는 것도 한다. 승급한 사람을 허리

띠로 때리는 장난이고, 엄청 아프지만 그날만큼은 기꺼이 고통을 참을 수 있다. 그러면서 정도 많이 들었지만 이주비는 긴 고민 끝에 1년 전 체육관을 옮겼다. 주말까지 여는 지금의 체육관을 발견했기 때문이다.

덕분에 주 6회 이상 훈련을 소화할 수 있게 됐지만 이제는 몸이 안 따라준다. 병원 나가느라 쉬는 날도 많았다. 겨우 회복한 뒤 주 2~3회 나가는 것에 만족해야 하는 날도 있었다. 최근에는 발가락 골절 때문에 또 쉬고 있다. 변화된 운동 주기를 설명할 때마다 나는 이주비의 얼굴에서 그늘을 보았다. 운동하면서 겪게 되는 어떤 불편한 감정에 대해서 이야기할 때도 낯빛이 이만큼 어둡지는 않았다.

"처음부터 그렇게 즐거웠어요? 그럴 수가 있나요? 잘 모르니까 겨우 따라가면서 막 기진맥진하지 않나요?"

"저한테는 처음부터 춤이랑 비슷했던 것 같아요. 어설프게 따라 하기 시작했는데 어느 순간 남들이랑 똑같이 하고 있고, 힘든데 따라 하다 보니까 이미 한 시간 지나 있고. 시간 안 간다는 생각을 해본 적이 없어요."

이주비는 꼬박꼬박 체육관에 나가던 시절이 얼마나 행복했는지를 한참 설명했다. 성인이고 취미니까 싫으면 안 할 수 있는데, 정말로 원해서 쉬지 않고 나갔다. 직장인이라면 월요일이 다가오는 걸 두려워하기 마련이지만 이주비는 기다렸다.

체육관 가는 날이기 때문이다. 출근할 때부터 저녁에 체육관 갈 생각만 했다. 퇴근한 뒤 체육관 계단을 오를 때마다 마음이 두근거려 몸까지 떨렸다.

내가 아는 유일한 주짓수 열정가가 떠올랐다. 나는 그를 알지만 그는 나를 모른다. 만화가 양영순이다. 마감하고 기쁜 마음으로 체육관에 가는 작가의 일과를 몇 번이나 인스타그램에서 봤다고 말했더니 이주비는 양영순이라는 이름은 몰랐지만 그가 하는 작품 <덴마>는 안다고 했고, 그렇게 주짓수를 지속하는 작가의 마음도 충분히 이해할 수 있다고 말했다. 일단 시작하면 대부분 그렇게 재미있게 배우고, 그만둔다면 이직이나 이사 같은 중요한 이유가 있지 않고서야 자신에게 맞지 않는 운동이라는 걸 깨닫고 빨리 떠나는 사람이라 했다.


## 힘 만 가 지 고 는 안 된 다

왜 누군가는 일찍 떠날까. 이주비는 "자존심 문제"일 수도 있을 것이라 말했다.

이주비에 따르면 주짓수는 "아무리 몇 번이고 눈으로 보고 익히고 몸으로 따라 한다 해도 잘할 수 없는" 분야다. 성장이 아주 느리다. 수준 높은 기술이 아닌 기본 동작마저도 한계와 계속해서 싸워야 한다. 이주비는 한때 눈물까지 났다. 너무

하고 싶었지만 너무 안 됐기 때문에 너무 속상해서 흘린 눈물이다.

'내가 진짜 멍청한가? 맨날 그렇게 보고 배우고 연습을 이렇게까지 많이 하는데 왜 못하지?'

자존심이 세고 승부욕이 강한 사람이라면 우는 대신 진작 떠난다. 처음부터 잘할 수가 없는 분야라는 것을 모르면 스파링하는 내내 계속 아래 깔려 있고, 기술을 배웠다 해도 깔린 상태에서는 아무것도 시도할 수가 없으니 자신과 맞지 않는 운동이라 판단하고 짐을 싸는 것이다. 떠나는 대신 눈물을 흘렸던 이주비의 관찰에 따르면 떠날 준비를 하는 남성은 대체로 이런 고민을 하는 것 같다.

'나 평소에 힘센데? 이 여자보다 센데? 근데 왜 내가 계속 아래에 있지?'

주짓수는 1:1 게임이고, 상대의 움직임을 읽고 거기서 허점을 찾아야 기술을 써서 상대를 눕힐 수 있다. 상대는 목석이 아니다. 내가 움직이는 만큼 상대도 움직이기 때문에 상대의 움직임을 예측하는 게 쉽지 않다. 내가 상대의 다리 한쪽을 잡는 일에 성공했다 해도 상대는 다리가 묶인 채로 이쪽으로도 저쪽으로도 이동할 수 있다. 게다가 내가 아는 기술을 상대도 안다. 따라서 승리란 겨우 해낼 수 있는 어려운 일이다.

이주비의 설명에 따르면 수업 뒤 이루어지는 스파링의 목적은 "무한한 변수 앞에서 끊임없이 수련하기 위해서"다. 수업과 스파링이 반복되면 힘이 이동하는 원리를 볼 줄 알게 되고 힘이 이동하는 다양한 방향 또한 조금씩 읽게 되는데, 그러면서 배운 기술을 성공시킬 수 있는 확률에 겨우 근접해진다. 즉 주짓수는 힘으로만 하는 운동이 절대로 아니다. 힘도 필요하지만 힘이 어디로 가는지를 알아야 기술을 써서 상대를 누를 수 있는 수준에 조금 가까워진다.

그런데 힘은 어디서 와서 어디로 가는 것일까. 힘의 원리에 어느 정도 통달한 이주비가 힘의 이동을 설명하는 방식은 좀 아리송했다.

"제가 상대의 옷깃을 잡아 제 앞으로 오게 만들면, 상대는 저랑 멀어져요."

무슨 말인가. 내가 앞사람 멱살을 잡으면 당연히 거리가 가까워지는 것 아닌가? 주짓수에서는 그렇지 않다. 내가 상대의 옷을 잡아당기면 상대는 잡히지 않으려고 더 힘을 쓰기 때문에 멀어진다. 저항에도 상당한 힘이 필요하다는 것인데, 그 힘을 이해하고 이용해 상대를 통제하는 것이 주짓수 기술의 핵심이다.

그런 의미에서 상대를 내 위로 들어 올려 넘기는 것이 최종 목적이라고 한다면, 상대를 당길 것이 아니라 상대를 밀어서 거리를 만드는 것이 우선이다. 밀린 상대가 바로 가까이 다가와 거리를 다시 좁히기 때문이고, 그 틈에 기술을 쓸 여지를 얻기 때문이다. 즉 주짓수는 위치의 이동이 아니라 힘의 이동이며 타이밍의 기술이다.

이런 걸 모르고 가진 힘만 믿는 어떤 초보는 어떻게든 상대를 눕히고 싶어한다. 그러나 힘만 쓰면 금방 불리해진다. 기술에 집중하는 사람에 비해 체력이 더 빨리 소모되기 때문이다.

힘에 대한 일차원적인 인식이 주짓수에서 어떻게 무너지는지를 설명하고자 이주비는 막 체육관을 드나들던 무렵 만났던 "아주 왜소한 언니"를 이야기했다. 이주비보다 나이가 훨씬 많았고 체구는 훨씬 작았다. 그런 언니와 했던 스파링을 이주비는 "5분 내내 팔을 빼려고만 했는데 그마저도 안 됐던" 시간으로 기억하고 있었다. 참고로 이주비의 키는 170cm가 넘는다. 그때 이주비는 주짓수가 이런 운동이구나 했다고 말했다.

한편 170cm가 넘는 이주비는 그 체형 때문에 가끔 불편한 칭찬을 듣는다.

"네가 힘이 세니까 내가 너를 이길 수 없는 게 당연해."

칭찬처럼 들리지만 이런 말 별로다. 이주비는 상대를 쓰러뜨리고자 힘이 아닌 기술을 쓴다. 그 기술을 마침내 쓸 수 있을 때까지 눈물 날 정도로 오랫동안 바닥에 깔려 있었다. 잘하려고 여태까지 지는 걸 감수해왔다는 것이다. 오늘의 승부는 기나긴 훈련과 굴욕 끝에 겨우 얻어낸 성과이지 절대로 힘과 체격으로 이긴 것이 아니다.

불편한 칭찬에 이어서 이주비는 희망을 말했다. 주짓수를 하는 한 힘이 센 게 유리할 수 있지만, 그렇다고 힘이 약한 여성이 불리하다고 절대로 단정할 수 없다. 오히려 나는 약해서 안 된다고 생각했던 사람들이 점차 변하는 것을 본다. 이는 이주비가 아주 왜소한 언니와 붙어 5분 내내 팔만 빼려고 했던 스파링에서 이미 경험했으며 자신 또한 숙련된 남성과 계속 붙으면서 겪고 있는 변화다.

주짓수에서 성과는 가진 힘이 아니라 인내력으로 좌우된다. 느는 속도가 정말 느리고, 더 오래 버틸수록 더 큰 성과를 얻는다. 이주비는 주짓수로 인한 기쁨을 말할 때마다 자존감이라는 표현을 자주 썼다. 주짓수를 만나기 전까지는 많이 쓰지 않았을 말 같았다.


## 남자와 여자가 정말 다를까

앞서 만난 스윙댄스 열정가 오새날에게 배우는 과정에서 필연적으로 발생하는 신체 접촉의 부담을 물었다. 장르가 아주 다르지만 그래도 1:1로 하는 데다 남성 수강생이 많을 것이

라 예상했던 만큼 주짓수 열정가 이주비에게도 같은 질문이
필요했다.

"불편하지 않았어요?"

"처음엔 부끄러워서 막 얼굴이 벌게졌어요. 주짓수가 뭔지
는 대충 알았지만 이렇게까지 몸을 격렬하게 섞으면서 하는
운동인 줄은 몰랐거든요."

그러나 꾹꾹 눌러 담으면서 배웠다. 부끄러워하는 걸 들키
면 자신은 물론 상대까지 힘들어질 것 같았고, 지속하면서 여
자라고 수줍음을 타면 상대의 운동에도 지장을 준다는 걸 차
차 알게 되었기 때문이다. 따라서 주짓수를 지속하려면 신체
접촉에 무감해지는 태도가 필요하다고 이주비는 말했다.

그러면서 남자들과 겨루는 즐거움도 알게 되었다. 가르치
는 관장과 사범이 모든 수강생을 돌볼 수 없기 때문에 함께 운
동하는 사람들로부터 꽤 많이 배우게 되는데, 대체로 이주비
보다 신체 조건이 좋고 경험이 많은 남자 수강생으로부터 얻
은 것이 많다. 그들과 붙을 때마다 이주비는 자신이 더 성장하
는 느낌이라고 말했다.

"아무리 소심하고 소극적인 사람이라도 하다 보면 상대와
계속 말을 섞게 되니 성격이 변하기도 해요. 관장이 모든 것을
해결해줄 수 없고, 더 많이 경험한 사람한테 물어보면서 해야
기술이 느니까요. 남녀를 계속 구분해서 생각하면 배움의 폭

**jiu-jitsu**                                                    149

이 줄어요."

따라서 더 오래 했고 더 체격 좋은 남자랑 붙어야 더 많이 배운다. 그들은 더 잘하기 때문에 아직 숙련되지 않은 사람에게 기술적으로 좋은 영향을 줄 수 있기도 하지만, 더 오래 경험한 사람일수록 주짓수에 필요한 배려를 잘 안다. 이주비는 한때 그런 남자들을 "활용해서" 많이 배웠다. 초기 시절의 이야기다. 그때만 해도 숙련자 여성이 그리 많지 않았지만 요새는 상대하기 어려운 여성을 자주 만난다. 3년이 흐른 지금 함께 체육관에 드나드는 수강생의 40%가 여성이다.

반대로 스파링을 거듭하면서 "도움이 안 되는" 남자와 붙기도 한다. "어떻게 여자가 남자를 이겨?" "네가 파란 띠라 해도 내가 이길 수 있어" 하는 승부욕만 가지고 덤비는 경우를 말한다. 그런 수강생과 붙으면 다칠 수도 있고, 사고가 없더라도 5분의 스파링이 매우 재미없게 끝날 수도 있다. 5분에 지나지 않는다 해도 모든 스파링을 소중하게 여기는 이주비는 그 5분을 허투루 쓰고 싶지 않다.

작정하고 힘을 쓰려는 남자와 붙었을 때 기술로 이기면 이주비는 아주 기분이 좋아진다. "네가 그래봤자" 싶은 순간이기도 하다. 숙련도 이전에 체격이 상대적으로 너무 커서 이길 수 없는 남자도 만난다. 그런 남자는 그래도 괜찮다. 지금은 못 이겨도 기술을 더 익히게 된다면 이길 수 있다는 확신을 주는 상대이기 때문이며, 시간이 흘러 그런 사람을 기술로 이겼을 때 누리는 성취감은 정말로 크기 때문이다.

따라서 주짓수는 성별 구분이 전혀 중요하지 않은 운동이라고 이주비는 거듭 말했다. 아직 경험하지 않은 사람들에게는 남성적이고 엄청 격렬한 운동으로 인식될 수 있지만, 하다 보면 오히려 여성에게 더 크게 보탬이 되는 운동이라고 강조했다. 자신감을 얻는 일에 크게 기여하기 때문이다. 앞서 말한 것처럼 왜소한 언니가 이길 수도 있고, 이주비가 자신보다 덩치 큰 남자를 눕히는 일에 성공하는 분야가 주짓수다. 그 밖에도 이주비는 운동과 함께 친목을 나누면서 성별 고정관념이 뒤집히는 순간을 자주 만난다. 체육관에 가면 꽃꽂이를 하는 여성이, 요리를 잘하는 여성이, 대학생 딸을 둔 오십 대 여성이 자신만큼 주짓수에 매달리면서 오늘도 누군가를 쓰러뜨리고 있다.

한편 주짓수는 여성과 남성 구분 말고도 연예인과 비연예인의 경계까지 희미해지는 운동이다. 이주비는 과거 체육관에서 만났던 두 명의 젊은 남자 배우와 한 명의 이종격투기 남자 선수를 이야기했다. 그 가운데 하나는 줄리엔 강이다. 그들 모두가 순수하게 주짓수를 좋아해서 체육관에 왔다. 관장도 그들을 연예인이라 해서 특별 대우하지 않았고, 수강생들도 초반에 그들과 사진 한 번씩 찍어본 게 다였다. 처음에는 그런

사람들과 스파링을 한다는 게 낯설고 민망하게 느껴졌지만
곧 모두가 동등해졌다. 꼬박꼬박 나오다가 비연예인에게는 없
는 촬영 스케줄을 따라 떠난 것이 유일한 차이였다.

## 주 짓 수  에 티 켓

힘만 써서 이기려고 애쓰면 체력 고갈로 불리해지기도 하
지만 반대로 상대가 위험해질 수도 있다. 통제가 어려울 때면
관장이나 사범이 나타나 중재를 한다. 몸으로 깨닫게 만들기
도 하지만 말로 설득하기도 한다.

"그렇게 힘으로 하면 안 돼요. 이건 이기려고 하는 운동이
아니에요."

몸과 힘을 쓰는 한 누구든 위험에 빠질 수 있다. 덜 다칠 수
있는 방법 하나는 충분한 몸풀기다. 이어서 이주비는 본격 운
동에 진입해 스파링을 할 때는 사고 예방을 위해 "'탭tap'을 친
다"고 설명했다. 상대의 몸을 가볍게 툭 쳐서 "이제 그만"이라
고 신호를 보내는 것이다. 항복의 의미다. 스파링을 하면서 본
격 기술에 진입하면 누군가는 '암바arm bar'(상대의 팔을 꺾어 팔로
하는 공격을 통제하는 기술)나 '초크choke'(상대의 목을 졸라 호흡을 어
렵게 만드는 기술)를 걸 수도 있다. 암바 상태를 빠져나가려고 힘
만 쓰다가는 팔이 부러질 수도 있고, 초크로 누군가는 기절할

152

수도 있다. 기술에 집중하다 보면 때때로 상대가 얼마나 위험한 상태에 처했는지를 모른다. 탭을 쳐야 안다. 탭을 치는 타이밍도 중요하다. 안 치거나 늦게 쳤다가는 인대가 늘어날 수도 있다.

이주비는 자신을 두고 "빠른 탭"에 능하다고 말했다. 빠른 탭은 부상 확률을 낮추는 가장 기본적인 방법이다. 제때 탭을 안 치면 "나만 손해"라고 말하기도 했다. 다치면 운동이 장기간 중단될 수 있다. 나로 인해 상대가 다치는 것도 곤란한 일이다. 깊은 죄책감이 따르는 일이기도 하거니와 동료가 다쳐 체육관에 나오지 못하면 함께 스파링할 상대가 줄어들어 모두의 운동에 지장을 주게 된다.

지도자도 늘 당부한다.

"체육관은 경쟁하는 장소가 아니에요. 경쟁은 대회에서 해요. 시합 때는 격하게 해도 되지만 체육관에서는 그렇게 하지 마세요."

그 밖에도 안전을 위한 여러 가지 작업이 동반된다. 체육관에 가기 전에 손발톱을 짧게 깎는 것 또한 모든 수강생에게 반드시 필요한 예의다. 날카로운 손톱이 뜻하지 않게 상대를 할퀼 수도 있다. 몸에 걸어둔 각종 액세서리도 수업 전에 다 빼둬야 피 흘리는 끔찍한 사고를 예방할 수 있다. 맨손과 맨발로 하는 운동이기 때문에 수업이 시작되기 전에 손발도 깨끗하게 닦아야 한다.

복장에도 약속이 따른다. 깨끗한 도복을 입고 수업에 임해
야 한다. 입었던 도복을 세탁하지 않고 또 입었다간 내가 모르
는 불쾌한 땀 냄새를 상대가 느낄 수도 있다.

도복 안에 입는 옷도 신경 써야 한다. 상의를 입기 전에 래
시가드부터 챙겨 입는다. 체육관에서도 모두에게 요구하는 복
장이다. 그래야 상대 가슴에 머리를 파묻는 기술을 쓰면서 서
로 불편해지는 상황을 면할 수 있다. 남자 수강생 대부분은 도
복 하의만 입지만 여자 수강생 대부분은 스포츠 레깅스까지
챙겨 입는다.

예의를 지킨다는 건 끊임없는 관리가 필요하다는 뜻이다.
즉 빨랫감이 느는 일이다.

"5일 연속으로 나가면 빨래도 엄청 쌓이겠네요. 끝나고 집
에 들어오면 밤일 텐데, 매번 빨래하는 게 번거롭지 않았나
요?"

"집에 오면 그냥 세탁기부터 돌려요. 쾌속으로 하면 금방
끝나요."

'1일 1세탁'은 습관이 되었지만 어느 날 빨래를 쉰다 해도
큰 문제는 없다. 그동안 샀던 도복이 열 벌 정도나 되기 때문
이다. 그런데 그 옷은 다 무사할까.

"매일매일 빨래하면 해지고 상할 텐데, 도복이 튼튼한 편

주짓수 열정가 이주비는
도복을 약 열 벌 정도 샀다.
운동을 마치고 집에 돌아오면 바로 세탁기부터 돌린다.
3년 넘게 하는 동안 딱 한 벌만 찢어졌다.

인가요?"

"딱 한 벌만 찢어졌어요. 그건 소재가 약한 것이라 그랬던 것이고, 그동안 옷 버린 적 한 번도 없어요. 자주 돌려 입어서 그런 것 같기도 하고, 비싸서 그런 것 같기도 하고. 한 벌에 보통 20만원 하거든요. 10만원짜리도 있지만 20만원짜리 입기 시작하면 못 입어요."

이주비는 한때 도복 디자이너를 막연하게나마 생각해본 적이 있다. 가격이 있는 만큼 품질이 훌륭한 편이고 브랜드도 다양하며 아름다운 디자인도 참 많다. 게다가 주짓수 도복은 유도복에 비해 조금 더 얇고 통이 작아서 입었을 때 훨씬 폼이 난다.

"도복 입고 거울 보면 기분이 좋아지나요?"

"그럼요. 주짓수하는 사람 다 그렇게 느낄 걸요. 도복 갖춰 입고 띠까지 매고 거울 앞에 서면 제가 진짜 멋있는 사람 같아요."

## 몸 의 변 화

시작한 지 얼마 되지 않았을 때 이주비의 다리는 늘 멍투성이였다. 이리저리 부딪쳐서 생긴 것인데, 아프지는 않았고 훈장처럼 느껴져서 볼 때마다 만족스러웠다. 멍들지 않을 만큼 운동에 익숙해진 뒤에는 다른 부상을 입었다. 하다 보면 상대방의 옷깃을 자주 잡게 된다. 너무 세게 잡다가 손가락을 삘 때가 있었다. 최근 겪은 사고처럼 매트에 발을 부딪쳐 깁스도 해봤다. 목 디스크도 발견했다.

반대로 자부할 만한 몸의 변화도 있었다.

'어, 있네?'

어느 날인가 이주비는 "미세한 복근"을 발견했다. 다른 어딘가에도 "희미한 근육"이 잡혔고, '힙업'으로 뒤태가 전과 달라졌다는 것도 느꼈다. 배우는 기술에 따라 발달하는 근육이 달라지긴 하지만 그래도 주짓수는 전신을 다 써서 하는 운동이다. 그래서 매달린 시간만큼 몸 전체가 서서히 변화하는 운동이다.

이주비는 주짓수를 시작한 지 1년 반쯤 됐을 때 인바디를 측정한 일이 있다. 체지방은 14%, 근육량은 표준 이상이 나왔다. 전에 쟀던 수치가 어땠는지는 정확하게 기억하지 못하지만, 체지방은 훨씬 많았을 것이고 근육량은 훨씬 적었을 것이다. 처음 시작했을 때는 체중이 쑥쑥 빠졌다. 먹는 양이 늘면서 곧 체중은 회복됐지만 근육은 계속 성장했다. 온몸을 다 써서 몰입하는 격렬한 운동이기 때문이다.

가르치는 사람은 몸을 더 많이 강화할 직업적 의무가 따른다. 이주비가 다니는 체육관의 관장은 한때 교직원이었으나 취미로 주짓수를 시작해 사범 과정을 거쳐 체육관을 열게 된 사람으로, 체육관을 운영하면서 매일 주짓수를 하고 가르치는 동시에 앞서 만난 운동 열정가 이정연이 하는 스트롱퍼스트를 주 2회 소화하고 있다. 하던 운동을 잘하기 위해서 또 다른 운동을 한다는 게 처음엔 이해되지 않았는데, 운동이 깊어지면서, 또 목 디스크로 고생하면서 이주비는 그게 다 이유가 있음을 알게 되었다. 몸이 튼튼하면 덜 다칠 수 있다. 그리고 주짓수를 하다 보면 때때로 폭발적인 힘이 필요할 때가 있다. 웨이트 트레이닝 같은 추가 단련이 따른다면 그런 순간을 대비할 수 있다. 승부욕이 지나치게 강한 것도 경계할 만하지만, 지도자 정도의 레벨이라면 경쟁을 의식하는 한편 각종 대회도 준비해야 한다.

이주비는 주짓수를 설명하면서 요가에서 쓰는 표현을 자주 썼다. 수련이다. 주짓수가 삶이 되면 관장처럼 이미 높은 경지에 올라 있는 사람도 수련을 멈추지 않는다. 관장의 일과를 살펴보면 부가적인 운동으로 체력을 강화하는 한편 각종 시합 영상을 참고하면서 꾸준히 공부하고 있는데, 계속해서 경향이 변하고 있기 때문이다.

주짓수의 기원을 따라가면 1909년 브라질에서 시작되었다는 기록이 나온다. 원형이랄 수 있는 유도에 비해 입지가 아직 작아서 국내에서는 엘리트 체육까지 논하기 어렵지만, 그래도 꾸준히 발전하고 있어 국제 대회도 점차 늘고 있는 추세다. 일례로 주짓수는 2018년 자카르타에서 열린 아시안 게임에서 최초로 채택된 종목이며, 한국 여자 선수 1명과 남자 1명이 출전했다.

이주비도 시합 경험이 있다. 이주비는 시합의 기억을 떠올리면서 약간 중언부언했다.

"너무 떨려서 다시는 하고 싶지 않으면서도, 다시 하고 싶다는 생각이 들기도 하고, 그날을 계기로 좀 늘었던 것도 같고."

주짓수로 인한 '멘붕'은 시합 말고 다른 날에도 있었다. 소개팅하면서 그랬다. 그날을 이주비는 "처음 보는 남자 앞에서 주짓수 얘기만 하다가 소개남의 멱살을 잡은 날"로 요약했다. 모르는 사람을 만나면 관심사와 취미 같은 개인 정보의 상호 교환이 필요하기 마련인데, 주짓수 이야기가 나오자 신이 나서 시범까지 보이고 말았다는 것이다. 소개남은 애인이 아니라 친구가 되었다.

"요새는 운동 안 하는 사람한테 전혀 흥미가 없어요. '주말에 뭐 해요?' 하고 물었을 때 '그냥 집에 있어요' 하면 매력이 반감돼요. 몸을 쓰는 사람이 좋고, 좋아하는 것에 대해서 적극적으로 말하는 사람한테 더 이끌리게 됐어요. 제가 그렇게 됐으니까요."

애인 후보에 대한 기준은 사실 조금 더 구체적이다. 주짓수를 한다면 자신보다 잘하는 사람이어야 한다. 주짓수를 안 한다면 다른 운동에 열정적인 사람이어야 한다. 즉 애인과 주짓수 이야기를 한다면 끊임없이 하거나 아예 안 하거나 둘 중 하나여야 한다.

이것이 관계 유지를 위해 꼭 필요한 조건이라는 것을, 이주비와 긴 이야기를 이어가면서 나도 충분히 이해하게 되었다. 어느새 이주비를 따라 체육관에 드나들게 된 친구도 이미 여럿이다. 이주비는 여기서만큼은 중간을 모른다.

이주비는 내게도 기습적으로 물었다.

"작가님 주짓수할 생각 없어요?"

너무 웃겼지만 도망가야 했다. 나한테도 목 디스크가 있다는 것이 다행일 때가 있었다.

## 집  회 사  체 육 관

주짓수 전도사 이주비를 내가 만나게 된 과정이 조금 복잡하다. 사실 복잡하다기보다는 내가 잘 모르는 과정이 있다는 말이 정확하겠다. 내게는 식당을 운영하는 친구가 있는데, 책을 목적으로 지속적으로 운동하는 여성을 찾고 있다고 하니 친구 하나가 주짓수를 하고 있으며 함께 운동하는 무리와 자주 식당에 드나들고 있어 물어봐줄 수 있다고 했다. 이주비는 식당 사장의 친구가 아니라 그 친구가 어울리는 주짓수 무리 가운데에서 선발된 사람이다.

어떤 과정을 통해 선발되었는지는 잘 모르지만, 과정이 어찌 되었든 나는 고마운 인연 덕분에 운동의 지속성과 기쁨을 아주 깊게 말해줄 수 있는 사람을 제대로 만났다. 그간 만난 열 명의 운동 열정가 가운데 누구도 소개팅 하다가 멱살 잡았다는 시트콤 같은 후일담을 들려주지는 않았다. 만난 지 한 시간 만에 "이거 한번 배워볼래요?" 하고 귀엽게 물은 경우도 없었다.

나는 그동안 만난 모든 운동 열정가에게 출퇴근 시간, 그리고 집, 회사, 운동하는 환경의 위치와 거리를 물었다. 이주비가 들려준 답은 효율과 거리가 멀었다. 집은 서울 한강 아래, 직장의 위치는 경기도, 체육관은 서울 강북 한복판이다. 집에서 회사까지, 회사에서 체육관까지, 그리고 체육관에서 집까지 모든 이동에 한 시간 반이 걸린다. 그 시간의 무게를 뚫고 이주비는 주 5회 이상 주짓수를 했고 발가락을 다친 이제는 그렇게 못 해서 울상이다.

이주비는 이커머스 기업에서 해외 영업으로 첫 번째 경력을 만들었다. 이직한 현재 직장은 게임 회사로, 유럽 시장 개발 및 관리 업무를 맡고 있다. 꽤 오랜 기간 게임을 잘 몰랐지만 입사한 뒤부터 주말마다 피시방에 간다. 직접 관여하고 있는 게임이라 재미있게 하고 있다.

큰 스트레스 없는 직장이라 생각했지만 요새는 약간의 위기를 느낀다. 그간 퇴근 시간이 보장되었던 까닭에 일 마치고 한 시간 반을 달린 끝에 여덟시에 시작되는 수업에 무리 없이 참여했지만, 업무가 조금씩 늘고 있어 퇴근까지 늦어지는 요새는 수업에 늦는 날이 늘고 있다. 앞으로 일이 더 많아진다면 다시 어려운 결정을 내려야 할지도 모른다. 정든 체육관을 떠나 회사 앞으로 옮겨 다시 새로운 팀에 적응해야 할 것이다.

이주비가 하는 걱정과 내가 하는 걱정은 다르다. 내게는 체육관을 바꿔야 하느냐 마느냐 이전에 출퇴근에 세 시간을 쓴다는 것부터가 아득하게 들린다.

"회사에서 체육관까지 한 시간 반이랬죠? 체육관에서 집까지도 한 시간 반이고요. 매일 그런 일과를 보내면 지치지 않나요?"

"지치긴 하는데 그것보다 다른 아쉬움이 더 커요. 한 시간 반이면 스파링이 몇 번인데, 그 시간을 이동하느라 길에 버리고 있어요."

일로 시작해 운동으로 끝나는 바깥 일과를 마치고 집에 들어오면 열한시가 된다. 도복을 세탁기에 돌리고, 내일 운동하기 전에 챙겨 먹을 수 있게끔 샐러드를 준비하는 시간이다. 빨래와 도시락 준비를 마치면 그때야 눕는다. 혼자 살기 때문에 하루의 일과는 이쯤에서 마무리될 수 있다.

그런데 고작 샐러드만으로 끼니가 될까. 이주비가 말하기를 주짓수는 전신 운동이랬는데 샐러드가 과연 마땅한 에너지원이 될 수 있을까. 많이 먹으면 오히려 운동이 더 힘들고, 가볍게 먹고 운동하는 일에 적응해서 이제는 괜찮다고 말하면서 이주비는 다른 이야기를 덧붙였다. 만나기 전에 내가 문서로 보냈던, 어려운 질문에 대한 답을 마침 찾은 순간이기도 했다.

"운동으로 인해 무엇을 희생하고 있는지를 물어보셨잖아요? 그 질문이 가장 어려웠어요. 예전에는 퇴근하고 나면, 또 주말이면 쉬어야 한다고 생각했어요. 그래서 그냥 집에 있거나 친구들 만나서 술 마시는 게 전부였는데, 이제는 운동으로 매일 바쁘다는 게 엄청 만족스럽거든요. 그래서 희생한 게 없다고 생각했어요. 그런데 지금 생각해보니까 집에서 밥해 먹을 시간을 잃었네요. 예전에는 뭔가 만들어 먹곤 했는데 지금은 간단하게 샐러드 준비만 해요. 근데 딱히 아쉽지는 않아요."

요리 말고 다른 싱거운 과거도 들었다. 일단 운동과 그리 가깝지 않았다. 이주비는 전까지 수영을 조금 배우다 만 게 운동 경험의 전부라고 했다. 어린 시절에도 체육을 딱히 좋아하지 않았다. 학창 시절 앞구르기를 하다가 목이 삐끗하는 바람에 트라우마가 생겼다고 생각했는데, 이제는 주짓수를 하면서 본격 수업 전에 온 힘을 다 써서 여러 방향으로 떼굴떼굴 굴러야 몸이 풀린다.

한때 이주비는 개인 정보를 적어야 하는 종이를 받아 들 때마다 취미 항목에 독서나 조깅이라고 쓰면서 자신이 시시하고 초라한 사람으로 보이지 않을까 걱정하곤 했다. 이주비는 이른바 '덕질'에도 전혀 관심이 없는 사람이었다. 누군가 취미를 물을 때마다 곤란을 느꼈을 만큼 무언가에 깊게 빠져본 적이 없었다.

이제는 좋아하는 것에 대해 자신 있게 말할 줄 안다. 나아가 어떻게든 삶에서 운동을 떼어놓지 않으려 애쓰는 사람이 되었다. 한때 중국 장기 출장으로 체육관에 못 갔을 때는 출장지 근처 체육관을 찾아내서 중국어로 주짓수 수업을 들었다. 미국 출장에 다녀왔던 해에도 월드 챔피언을 배출했다는 어느 유명한 체육관 정보를 접했지만 들를 시간이 나지 않았던 것이 좀 아쉽다. 거길 갔다면 체육관 사람들에게 부러움을 샀을 것이다.

## 운동이 바꾼 것

나는 그동안 다양한 운동 열정가를 만나 해당 운동이 지속 가능했던 배경에 대해 조금 집요하게 물었고 들은 답을 정리해 그 원인을 분석하려 시도했다. 그런데 이주비는 답을 명확하게 정리하기 어려웠던 경우다.

혼자 살고 있으며 퇴근 시간을 보장받고 있다는 삶의 조건은 각각의 운동을 지속할 수 있었던 어떤 열정가들과 비슷했다. 그러나 이주비는 운동을 중심으로 왕복하는 데만 평일 세 시간을 써야 하는 사람이다. 그러느라 운동할 시간을 손해 본다고 아까워하는 사람이다. 그리고 뭐든 과몰입했던 경험이 없는데 주짓수를 발견한 뒤로 완벽하게 변한 사람이다. 나는 운동의 지속 가능성을 물으려 이주비를 찾았지만 이주비는 운동이 사람과 삶을 어떻게 바꿀 수 있는가에 대한 긴 답을 들려주었다.

인생의 운동을 발견한 사람에게 보낼 수 있는 말은 짧다. 이주비의 목 디스크가 부디 호전되기를, 더는 부상이 없기를 바라고 있다.

건강 기원으로 훈훈하게 마무리하려 했으나 보태야 할 말이 생겼다. 원고를 다 쓰면 해당 운동 열정가에게 보여주고 검수하는 과정을 항상 거쳤다. 주로 잘못 기재한 것을 수정하거나 문제가 될 만한 부분을 걷어내곤 했는데, 이주비는 무언가 더하고 싶어했다. 넘치던 'ㅋㅋㅋ'를 생략하고 우리가 주고받은 메시지의 일부를 옮긴다.

"저기. 저 시합 나갔을 때 금메달 따고 왔어요(소곤소곤)."

"이거 써도 되죠? 쓸게요!"

"부끄러운데."


2018년 10월

# 글러브는 10분이다

정다예 | 복싱 열정가 | 3년 차

- 1992년생이다.

- 2015년 8월 복싱을 시작했다.

- 퇴근한 뒤 평일 3~4회 체육관에 가서 1~1.5시간 훈련을 소화한다.

- 체육관 이용료로 월 9~13만원을 쓴다. 시작할 무렵에 샀던 글러브
  세 개를 돌려 쓰고 있고, 가지고 있던 스포츠 레깅스를 입고 훈련하
  고 있어 추가 장비 비용이 따르지 않는다.

- 화학 기업 연구소에서 원가 분석 업무를 맡고 있다. 3년 차다.

- 여덟시 반에 출근한다. 퇴근은 주 52시간 근무제 도입 이전까지 일
  정하지 않았다. 열한시에 퇴근해도 체육관에 갔다.

- 집은 경기도, 회사는 서울이지만 자차로 20분 거리다. 체육관은 집
  앞에 있다.

- 부모와 함께 살고 있다.

- 체육관이 문을 열지 않는 주말에는 요가 및 필라테스 원데이 클래스
  를 듣는다.

yoga

futsal

swing dance

strongfirst

jiu-jitsu

**boxing**

running

ballet

cycle

swimming

"그렇게 앉아서 일만 하면 몸이 썩어."

정다예는 어느 화학 기업 연구소 소속으로, 원가 분석 업무를 맡고 있다. 3년 전 정다예가 입사했던 시절부터 함께 일하는 선배들은 신입 사원을 대상으로 건강 관리가 얼마나 중요한지를 강조해왔다. 사무직에 종사하는 사람들 대부분이 근무 시간 내내 한 자세로 앉아서 일만 한다. 그러니 몸이 굳기 전에 어떻게든 시간을 쪼개 운동으로 땀을 빼든 영양제를 챙겨 먹든 해야 한다는 것인데, 실행이 얼마나 어려운가를 따지기에 앞서 일하지 않을 수 없는 우리도 함께 생각해볼 만한 지침이다.

정다예는 선배들의 조언을 잘 따르는 신입 사원이었다. 입사한 뒤부터 한 시간쯤 일찍 출근해 40~50분 정도 사내 헬스장에서 땀을 흘린 뒤에 책상에 앉았다. 하지만 그렇게 하는 운동의 시점, 시간, 강도 모두가 마땅하지 않다고 느꼈다. 운동하고 곧바로 책상에 앉으면 몸에 열이 차서 일에 집중하기 어렵기도 했고, 출근 시간에 쫓기느라 만족할 만한 운동량을 채우지도 못했다. 정다예는 더 길게, 더 깊게 운동할 수 있는 사람이다. 누군가 권하기 전에 스스로 운동하는 습관을 진작 들여왔기 때문이다.

일하는 사람의 체력 고갈 문제를 실감하기 전부터 정다예의 삶에는 운동이 있었다. 어린 날 YMCA 유치원에서 수영과 발레와 각종 마루 운동을 배웠고, 수영은 4학년 때까지 했다. 피구와 농구를 좋아했고, 점심시간이면 축구하는 남자아이들을 부러워했다. 중학교 시절에는 어머니를 따라 동네 문화 센터에서 열리는 요가 수업에 참여했다. 스물세 살부터 PT를 받았고, 어느 순간부터는 트레이너 없이 혼자 규칙적으로 헬스장을 드나들었다. 좋아하기도 했지만 필요하다는 것 또한 잘 알고 있었기 때문에 운동을 내려놓을 수 없었다고 정다예는 말한다.

"이십 대 초반에 체중이 10kg 가까이 늘었어요. 친구들이랑 어울리면서 맛있는 거 먹고 노는 생활이 너무 즐거워서 체중이 늘었어도 행복하다고 느꼈는데, 그땐 교환학생 시절이었거든요. 그런데 한국에 돌아오니까 나만 빼고 다 마른 거예요.

특히 강남역에 갔을 때 그렇게 느꼈어요."

이를 계기로 정다예는 식이를 동반한 PT를 3개월간 집중적으로 받았다. 먹고 싶은 걸 먹으려면 운동하는 게 당연하다 생각했고, 뷔페에 다녀온 날이면 더 많은 땀을 흘렸다. 먹기 위해서, 먹은 걸 빼기 위해서 운동했다. 체중이 회복되고 운동이 규칙적인 습관이 되자 식이도 내려놓을 수 있었다. 운동이 필수적인 일과가 되어야 한다고 인지한 시점이기도 했다.

PT가 아닌 다른 운동을 하는 지금도 정다예는 음식 앞에서 참지 않는다. 3년 전 시작한 복싱은 훈련의 강도가 대단히 높기 때문에 일정하게 운동량을 채우기만 하면 먹는 걸 조절하지 않아도 체중이 유지된다. 그때 없었던 근육도 복싱을 하면서 얻었다. 동시에 몸과 미에 대한 관점도 변했다. 이제는 마른 몸이 아닌 단단한 몸이 아름답다고 느낀다. 지난 3년간 주 3~4회 체육관에 드나들면서 얻은 변화다.

## 복 싱 의  발 견

정다예는 이십 대 초반 친구들을 통해 UFC를 접했다. 중요한 경기가 열리는 날이면 친구들과 함께 펍에 모였다. 교환 학생으로 독일에 머물렀던 몇 해 전의 이야기다. 국적과 문화가 다른 친구들과 술 한잔 나누며 어울리는 것까지는 즐거웠지만, 화면을 제대로 따라가는 건 힘들었다. 잔인하고 폭력적인 경기라고 느꼈고, 거기 환호하는 친구들을 이해할 수 없었다. 그러나 몇 차례 경기 관람이 반복되고 각 경기에 따른 친구들의 논평이 이어지자 조금씩 기술이 보였다. 정다예의 표현에 따르면 "단순히 싸움질하는 경기가 아니"었다.

그러면서 UFC가 포함하는 다양한 종목들, 이를테면 복싱, 킥복싱, 주짓수, 가라테 등 과격한 격투기에 대한 편견이 사라졌다. 그 가운데 자신이 접근할 수 있을 영역이 무엇인지도 조금이나마 보였다. 당장 UFC에 뛰어들 수는 없다고 생각했다. 맨몸으로 하는 종목이라 부상 위험이 크다. 그에 반해 복싱은 헤드기어와 글러브가 주어진다. 여전히 정다예가 복싱을 좋아하는 이유 가운데 하나도 장비 덕분에 덜 다칠 수 있다는 것이다. 상대의 몸을 공격할 수도 있지만 복싱은 결국 얼굴에 타격할 기회를 노려 승기를 잡을 때 보다 유리하게 풀리는 게임이다. 물론 맞으면 아프다. 그래도 쿠션 덕분에 다음 날이면 회복된다.

독일 생활을 마치고 서울로 돌아온 정다예는 대학 졸업반 무렵 학교 근처 체육관을 찾았다. 복싱이 무엇인지 대강이나마 이해했다고 생각했을 때였다. 그러나 한 달 만에 그만뒀다. 복싱을 제대로 하려면 굉장한 인내가 필요한데 그걸 견디지 못했다.

"그때는 다이어트 복싱에 홀려서 그랬던 것 같기도 하고, 갔더니 줄넘기랑 스텝 연습만 시키니까 지루해서 그랬던 것 같기도 하고요. 시간이 흐르면서 그게 왜 필요한지 알게 되었지만요."

복싱에서 스텝이란 제자리에서 줄넘기 높이로 쉬지 않고 가볍게 폴짝폴짝 뛰는 것을 말한다. 링 위에서 상대와 게임을 할 때 낮고 가벼운 점프를 반복하면서 몸을 계속 움직여야 상대의 빈틈을 찾을 수 있고, 마침내 빈틈을 발견했을 때 연마한 모든 기술을 매끄럽게 연결해 적용할 수 있다. 뛰기만 해도 힘들고 정신없을 텐데 뛰면서 어떻게 상대의 빈틈을 찾기까지 한다는 것인지 나는 잘 이해할 수 없지만, 어쨌든 정다예 설명에 따르면 끊임없이 뛰어야 공격에 유리한 상황이 만들어진다. 프로는 이를 역이용해 엇박으로 뛰면서 상대를 혼란스럽게 만들기도 한다. 그런 미래는 매우 멀다. 초보는 정석을 따라 힘들고 지루한 스텝 연습을 반복해야 한다.

스텝 연습이라고 해서 발만 놀리는 것이 아니다. 뛰면서 어깨, 팔, 손을 계속 써야 한다. 스텝과 함께 처음 배우는 동작의 이름은 '잽jab'이다(사실 정다예는 잽을 두고 '처음 배우는 동작'이라 하지 않고 "처음 배우는 주먹"이라고 표현했다). 주먹을 꽉 쥐고 팔을 곧게 뻗어 펀치를 날리는 것인데, 잽의 최종 목표는 팔과 주먹에 힘을 실어 상대를 가격해 충격을 주는 것이다. 정다예는 뛰면서, 동시에 "팔이 떨어져 나갈 때까지" 팔을 굽혔다 폈다를 반복하면서 과연 이 팔로 상대를 칠 수 있을까 의심스러웠다. 첫 스텝 연습은 "고작 3분" 진행됐다. 3분이 30분처럼 느껴졌다.

정다예 설명에 따르면 복싱을 배우러 체육관에 찾아가도 바로 글러브 못 낀다. 첫날부터 줄넘기를 20분씩이나 시키고, 그게 끝나면 스텝 연습으로 넘어간다. 샌드백이 눈앞에 있지만 초보가 거기 접근하는 것을 체육관은 허용하지 않는다. 자세가 몸에 익을 때까지 점프하고 팔을 뻗는 연습만 한다. 대학생 시절 도전했던 정다예의 첫 복싱은 링 위에 한 번 오르지 못한 채 한 달 만에 종료되었다.


**복 싱 의  재 발 견**

복싱을 다시 만났다. 간절하게 원해서 찾은 것이 아니다. 선택권이 별로 없었다. 앞서 말한 것처럼 전까지 출근 전에 헬스장에 드나들었지만 퇴근하고 보다 마음 편하게 몰입할 수 있는 운동을 찾다가 집 앞 복싱 전문 체육관을 발견했다. 자정까지 운영되는 곳이다.

기본 동작은 여전히 힘들었지만 마음은 그때와 달랐다. 불안했던 '취준생' 시절과 달리 생활이 어느 정도 안정됐을 때 시

복싱 열정가 정다예는 운동을 시작할 무렵
글러브를 세 개 샀다. 현재까지 돌려 쓰고 있다.
글러브를 끼고 각종 기술을 연습하고,
실전 게임도 한다.

작한 운동이기도 했고, 퇴근하고 난 뒤에 할 수 있는 자기 관리 가운데 하나라고 생각해 유익한 것으로 받아들였다. 당장은 글러브도 못 끼는 상태지만 이번엔 오래 버텨서 체육관에서 중급 정도쯤 되는 사람이 되겠다는 꿈도 꿨다.

그로부터 3년이 지났다. 정다예는 중급 정도를 넘어 체육관에 드나드는 관원의 일부를 가르칠 수 있는 복서가 되었다. 복싱은 코치의 지도가 필요하지만 코치가 모든 관원을 매 순간 따라다니면서 돌볼 수는 없다. 파트너가 필요한 분야인 만큼 서로 협력하면서 배운다. 정다예는 요새 남자 관원을 봐주는 날이 많다.

아래는 정다예가 3년째 지속하고 있는 체육관 일과다. 개인마다 선택하는 프로그램이 조금씩 다를 수 있고 정다예 또한 목표에 따라 그날그날 조금씩 내용을 바꾸기도 하지만 대체로 이 같은 순서를 따른다. 1~1.5시간 진행되는 훈련이다.


1) 스트레칭

2) 줄넘기

3) 자세 연습

4) 콤비네이션 연습

5) 섀도복싱 연습

6) 블로킹 연습

7) 미트 치기 연습

8) 샌드백 치기 연습

9) 매스 혹은 스파링

10) 근력 운동과 스트레칭


각 과정에 따른 부연이 필요할 것 같다.

스트레칭은 그날그날 쓰는 시간이 다르다. 6~12분 정도를 기본으로 하지만, 꼼짝없이 책상에 붙어 일만 했던 날이면 목과 허리에 집중해 최장 15분까지 한다.

줄넘기는 정다예의 표현에 따르면 "무조건 해야 하는" 과정이다. 줄넘기로 몸을 충분히 풀지 않은 상태로 다음 단계로 넘어갔다가는 금방 발목이 삔다. 복싱은 풋 워크, 즉 발을 얼마나 잘 놀리느냐로 실력이 좌우된다. 최대한 몸을 가볍고 빠르게 움직여야 하고, 상대와 거리를 좁히는 스텝이 굉장히 중요하다. 이렇게 기초 체력을 만들어야 기술도 잘 쓸 수 있고 부상도 예방할 수 있다.

자세 연습은 줄넘기 강도로 가볍게 뛰면서 앞서 설명한 잽을 비롯해 '스트레이트straight' '훅hook' '어퍼컷uppercut' 등 복싱에 필요한 주먹을 다지는 것이다. 이어지는 콤비네이션은 복싱의 기본적인 주먹을 섞은 것이다. 보통 '원투' '원투원' 같은 용어를 쓴다. 여기서 원은 잽이고 투는 스트레이트다. 이 같은 기본이 있고 보다 길고 복잡한 응용도 있는데, 게임에서 콤비네이션을 다양하게 구사할수록, 즉 상대방이 예측하지 못하는 콤비네이션으로 연속 공격을 할수록 이후에 진행될 게임이 유리하게 풀린다.

'섀도복싱shadow-boxing'은 이미지 트레이닝이다. 허공에 상대가 있다고 가정하고 필요한 자세를 연습하는 것이다. 거울을 보면서 할 수도 있다.

블로킹은 말 그대로 방어다.

미트와 샌드백은 어떻게 다르고 왜 구분해서 연습하는지를 물었다. 미트는 파트너가 필요하다. 보통 관장이나 코치가 미트를 잡고 '원투원투 백 원투' '투 훅 어퍼' 같은 방식으로 콤비네이션을 주문하면 소화해야 한다. 익숙하지 않은 콤비네이션을 요구할 때면 버벅거리기도 하고 힘을 제대로 싣지 못할 수도 있는데, 이어지는 샌드백 훈련을 통해 이를 복습할 수 있다. 샌드백은 천장에 매달려 있다. 미트와 달리 혼자 할 수 있다. 그 밖에도 샌드백을 통해 자세 연습을 하고 섀도복싱도 하며 거리감도 익힌다. 정다예의 설명에 따르면 샌드백 훈련은 복싱에 필요한 모든 기술을 혼자서 연습하는 과정이다.

'매스(정다예의 관장이 설명하기를, 주로 한국에서만 쓰는 표현이라 어원이 불분명하다고 한다)'와 '스파링sparring'은 해당 프로그램의 꽃이다. 이전 단계까지는 주로 혼자 하는 반면 여기서부터 링 위에서 파트너와 뛴다. 둘은 다르다. 매스는 파트너와 합의한 뒤 서로 기술을 주거니 받거니 하는 연습이다. 스파링에는 없는 시나리오다. 스파링은 실전과 다르지 않은 게임 연습이다. 따라서 매스보다 훨씬 강도가 높다.

"그때그때 다르지만 스트레칭은 2라운드까지 하고, 4~5라운드에 접어들면 잽을 연습해요. 스파링은 3라운드 하고요."

이 모든 과정을 설명하면서 정다예는 라운드라는 표현을 자주 썼다. 라운드는 실제 복싱 경기의 회차를 나타내는 단위이기도 하면서, 아마추어 복서 모두가 따르는 신호이기도 하다. 체육관 안에서는 3분마다 한 번씩 자동으로 종이 울린다. 종이 치는 순간 라운드가 시작된다. 라운드 전환을 통해 다음 단계의 훈련으로 넘어가기도 하고, 링 위에 올라 매스나 스파링에 돌입하기도 한다. 혹은 쉴 수도 있다. 1라운드, 즉 3분은 포기하고 싶을 만큼 치열하게 뛰기에 충분한 시간이면서 달콤한 휴식의 시간이 되기도 한다.


## 글러브는 잠깐이다

정다예가 소화하는 프로그램을 살펴보자 물을 게 많아졌다.

일단 무엇보다 3년이나 했는데도 진짜 선수처럼 뛰는 시간은 별로 없는 것 같았다. 특히나 스파링이라 불리는 연습 게임은 글러브와 헤드기어부터 마우스피스까지 복싱에 필요한 모든 안전 장비를 갖추고 상대와 진행하는 것으로, 3분짜리 라운드를 3회 소화하는 것으로 끝난다. 우리가 막연하게 떠올리는 복싱의 극적인 이미지와 달리 실제 체육관에서는 약 10분간 치르는 게임을 위해 한 시간 내내 끊임없이 혼자 몸을 굴리기만 한다. 한때 정다예는 그게 지루해서 체육관을 떠났지만 이제는 그렇게 훈련해야 하는 이유를 안다.

"글러브를 끼고 대련하는 시간은 전체 운동 가운데 10%도 되지 않아요. 그리고 90%에 이르는 나머지 훈련은 그 10%를 소화하기 위해서 체력을 만드는 일이고요."

그런데 그 10%를 치르고 나면 녹초가 된다. 시작되는 순간부터 이미 너덜너덜해진다.

"종 치고 1분 지나면 딱 죽고 싶어지거든요. 손들고 기권하고 싶어요. 그런데 그때 이 악물고 버티면 거짓말처럼 할 만해져요. 남은 2분이 그렇게 길게 느껴지지 않아요."

"그런데 기권했던 적 있나요?"

"진짜로 기권을 선언한 적은 없지만 관장님이랑 하면서 '잠깐만요' 했던 적이 있어요. 말하자면 준기권이죠. 그럴 때 관장님이 순순히 저를 기다려주면 '아, 나를 봐주고 있구나' 싶어서 승부욕이 더 타올라요."

1라운드가 진행되는 3분은 복싱을 3년이나 한 사람에게도 한계를 자각하게 만드는 엄청 값진 시간이다. 그동안 받았던 PT도 때때로 힘들었고 요가에도 힘든 동작이 있지만, 복싱의 스파링은 정다예의 표현을 빌리자면 "운동의 신세계"다. 운동 좀 해본 사람이 경험해봤을 고통과 완전히 다른 것이다. 몹시 짧은 시간이지만 그걸 못 버티고 포기할 수도 있다. 포기 비슷한 것을 하면 오히려 정신이 번쩍 든다. 그러다 버티면 '내가 이렇게 강해졌다'는 것을 깨닫기도 한다.

그러나 정다예는 그 소중한 3분을 누리지 못한 날도 많았다. 자정까지 운영되는 체육관에 열한시 넘어 도착했던 날들이 있다. 열시에 운동을 시작하는 날도 많았다. 정다예의 직장은 서울에 있고 집은 경기도이며 체육관은 집 앞인데, 자차로 20분이면 닿는 거리지만 주 52시간 근무제가 도입되기 전까지 정시 퇴근한 적이 매우 드물었다. 늦게까지 운동하는 주요 관원들은 알아서 도어 록을 채우고 체육관을 떠나기도 한다. 정다예도 그럴 수 있을 만큼 지난 3년간 신뢰를 쌓긴 했지만 매번 그러는 건 눈치가 보인다. 늦게 가면 체육관에 남아 있는 사람이 얼마 없고, 정다예랑 붙을 수준이 되는 사람이 남아 있을 확률도 떨어진다.

그러나 그렇다고 해서 딱히 아쉬울 것은 없다. 정다예는 복싱을 본격적으로 시작한 뒤 링 위에 올라 블로킹을 연습하게 되기까지 3개월이 걸렸다. 매스는 6개월 차에 처음 했다. "풀 파워로 하는" 스파링은 1년 정도 지나고 나서 해봤다. 그렇게 속도가 더뎠지만 조바심은 없었다.

"링 위에 올라가는 게 부담스러웠어요. 누군가 가볍게 매스 한번 해보라고 말할 때마다 '다음에 할게요' 하면서 피했어요. 그때는 잘한다고 생각하지 않았기 때문에 자신감이 없기도 했지만, 사실 링 위에 올라가지 않아도 충분히 운동했다고 느끼는 게 있었거든요."

정다예는 스파링에도 의미가 있지만 그 전에 소화하는 90%의 훈련에 대한 만족도가 더 크다고 강조해서 말했다. 횟수를 기억하지 못할 만큼 줄넘기를 하고, 팔이 떨어져 나갈 때까지 콤비네이션 연습을 하면서 땀 흘리는 순간을 좋아한다는 것이다. 상대를 이기는 쾌감도 당연히 크다. 하지만 승부를 두려워하지 않으려면 체력이 필요하다. 정다예는 승리보다 승리의 기반을 만드는 길고 고된 과정이 복싱을 지속할 수 있는 가장 매력적인 이유라고 생각한다.


**맞 았 으 니  때 린 다**

숙련자는 과정의 중요성을 말하지만 입문조차 두려운 자는 거창한 것부터 궁금하다. 글러브로 맞고 때리는 순간이 궁금하다.

매스를 할 때는 온 힘을 다 실어서 하지 않는 것이 약속이다. 정다예의 표현을 빌리면 매스는 "내 '케파'를 다 써서 이기는 것이 아니라" 각자 배운 기술을 적용하고 받아주면서 상호 실력을 강화하는 데 목적이 있는 연습이다. 가끔 매스를 하면서 눈치 없이 기를 쓰고 상대를 두들기는 관원을 만나기도 한다. 정다예가 안 좋아하는 친구다. 매스는 이처럼 예의가 필요한 훈련이다.

그러나 스파링은 다르다. 정다예에 따르면 스파링은 이렇게 하는 훈련이다.

"제가 복싱을 한다고 하면 사람들이 물어봐요. '어떻게 사람을 때려? 여자가 어떻게? 그런데 너도 때려?' 네. 당연히 때려요. 무차별로 때려요. 정말 싸워요."

"때릴 수도 있지만 맞을 수도 있죠. 아프지 않나요?"

"세계 챔피언이라 해도 한 대는 맞게 되어 있어요. 이건 맞아 봐야 알아요. 맞으면 때릴 수밖에 없어요."

정다예가 이어서 설명하기를 스파링에 있어 가장 중요한 건 "첫 빵"이다.

"첫 빵을 아프게 맞으면 승부욕이 타올라요. 그런 상태로 시작하면 3라운드 내내 팽팽한 긴장감이 유지돼요."

"그 첫 빵이 얼마나 아팠는지 묘사해줄 수 있어요?"

"저보다 체격이 좋은 어떤 여성 관원이랑 붙은 적이 있어요. 시작한 지 얼마 안 됐지만 주먹이 꽤 아픈 친구라고 관장님이 경고를 하긴 했는데, 그걸 흘려듣고 체급도 모른 채로 시작했다가 먼저 맞았어요. 머리도 아니고 몸이었는데 진짜 억 소리가 나왔어요. 그러니까 무서워서 슬슬 피하게 되더라고요. 여자한테 맞는 게 이렇게 아플 수도 있구나 싶었어요."

"그만큼 힘들었던 남자가 있었나요?"

"언젠가 관장님이랑 붙어서 머리부터 맞고 시작했는데, 그날은 자기 전까지 머리가 울렸어요. 다음 날 괜찮아졌지만요."

"반대로 다예 씨가 첫 빵을 제대로 날리는 것에 성공했던 적도 있나요?"

"그럼요. 제가 치고 시작하면 자신감이 생겨요. 해볼 만하겠다 싶어지는 거죠. 상대가 아파하는 걸 볼 때면 공격의 주도권이 저한테 있다고 느끼기도 하고요. 초반 1라운드가 경기의 흐름을 좌지우지해요."

정다예는 이 인정사정없는 스파링을 두고 "속되게 말하면 주먹질이나 마찬가지"라 했다. 진짜 아프게 맞고 아프게 때리기 때문이다. 정다예가 체육관을 드나드는 몇 안 되는 여성이기 때문에 양해되는 조건도 조금은 있다. 키와 덩치가 비슷한 남자와 주로 훈련을 하고, 공격 연습을 할 때만 키가 큰 상대와 붙는다. 상대적으로 작고 민첩한 정다예의 장점을 강화하는 방식이다. 그러나 그래도 근본적으로 복싱은 격렬하게 치고받으면서 승부를 가리는 종목이다.

3년을 지속한 결과 정다예는 성별과 체급이 다르다 해도 아직 역량을 갖추지 못한 관원에게 영향을 줄 수 있는 본보기 대상이 되었다. 그래서 체육관에 온 지 얼마 되지 않은 남자 관원한테 코치가 "맞는 연습도 해봐야지" 하고는 스파링 시간에 정다예랑 붙여 놓을 때가 있다. 맷집을 키우는 일도 복싱에 필요한 과정일까 싶어 물으니 그렇다기보다는 "맞아봐야 피할 수 있다" "맞아봐야 때릴 수 있다"는 답을 주었다. 정다예는 그들이 블로킹을 익힐 때 공격하는 역할을 맡았다가 "여자가 때려 봐야 얼마나 아프겠어" 하고 링 안에 가볍게 들어와서는 피하는 것에 열중하던 남자들을 종종 만났다. 아프지만 내색을 못 하는 남자도, 눈빛이 느껴지는 남자도 있었다. 당장 때리고 싶어서 불타오르던 강렬한 눈을 기억하는 정다예는 자신을 싫어하는 남성 관원이 적지 않을 것이라고 생각한다.

이처럼 여성으로서 남성에게 육체적 굴욕을 안기는 경험은 내가 정다예에게 "여성에게 복싱이 필요하다고 느낀다면 그 이유가 무엇일까요" 하고 물었을 때 돌아온 답의 일부이기도 했다. 그 밖에도 더 있었다. 복싱을 지속해 궤도에 오르면 힘과 기술에 있어 지배적이고 위협적인 입장이 된다. 그때 누릴 수 있는 엄청난 쾌감이 있다. 이처럼 편견을 뒤집는 존재가 되었음을 실감하는 순간이 현실의 여성에게 더 많이 필요할 것이라고 정다예는 생각한다.

정다예는 대체로 남성 관원과 스파링을 한다. 남자와 싸우면서 얻게 되는 기술적 진전과 자신감도 의미가 있지만, 실은 자주 아쉽다고 느낀다. 체육관에 여성이 지금보다 많으면 좋겠다. 함께 치열하게 싸우면서 성장하고 싶지만 쉽지 않은 일이다. 실력과 체급이 맞는 여성과 대련해 본 적이 있긴 하지만 딱 한 번에 그쳤다. 오후 여섯시 이후에만 가고 있기 때문에 전체 여성 회원 비율이 얼마나 되는지 정확하게 알 수는 없지만, 같은 시간대에 마주치는 여성은 두세 명 꼴이다. 그들은 정다예와 함께 계속 자리를 지킬 수 있을까. 그간 체육관에서 가장 오래 봤던 여성은 6개월 다닌 경우였다. 정다예보다 나이가 적은 여성은 더 찾기 어렵다. 밤 열시 열한시에 가면 대학생이나 야자 끝나고 찾아오는 고등학생이 많다. 다 남자다.

여성이 복싱을 중단하는 데는 여러 가지 이유가 있을 것이라고 정다예는 생각한다. 체력 확보 이전에 한때 자신이 그랬던 것처럼 다이어트 복싱이라는 키워드에 이끌려 찾아왔다가 훈련 강도에 먼저 놀라 원하는 효과를 얻지 못하고 떠났을 수도 있고, 스파링을 통해 겪은 어마어마한 펀치 때문일 수도 있다. 정다예의 말에 따르면 막 스파링을 시작해 남자한테 한 방 맞게 되면 정신 차리기가 매우 힘들다. 뭘 모르고 맞을 때 느끼는 충격은 정말로 크다. 나는 종종 정다예가 맞았던 순간을 이야기할 때마다 인상을 쓰는 것을 보았다. 때릴 수 있을 만큼 능숙해진다 해도 프로도 맞으면서 경기를 한다. 그게 복싱의 숙명이라고는 해도 맞는 것에 초연하기는 어렵다.

## 재미와 중독 사이

정다예는 복싱을 하기 전부터 그게 무엇인지 대강 알기는 했지만 복싱 자체가 매력적이라고 느껴서 선택한 것이 아니다. 앞서 말한 것처럼 시간에 쫓기지 않으면서 할 수 있는 강도 높은 운동을 찾다가 집 앞 체육관을 발견하고 간 것이다. 그간 경험했던 운동 가운데 복싱은 가장 높은 수준의 체력을 요구했고, 정다예는 수 차례 한계에 부딪히면서도 포기하지 않고 3년 넘게 하고 있다. 그리고 승부를 가리기 전에 몸을 다지는 길고 힘든 훈련에 더 큰 매력을 느낀다. 즉 정다예에겐 운동량 확보가 가장 중요한 목표였고, 복싱은 그걸 충족해주었다. 그래서 매일매일 꼬박꼬박 하다가 어느 순간부터는 중독이라 느끼기 시작했다.

정다예는 평일 주 3~4회 체육관에 간다. 열한시에도 망설이지 않고 체육관에 가는 정다예에게 '개근'도 그리 어려운 일이 아니지만 조절한 것이다. 복싱의 절정을 경험한 시점에 정다예는 운동에 지장을 주는 평일 약속에 지나치게 민감해졌다. 친구가 저녁에 보자고 해서 만나면 얼른 헤어지고 싶었다. 예정에 없이 회식이 갑자기 잡힐 때면 빨리 빠져나갈 궁리만 했다. 거짓말로 평일 약속을 취소하고 체육관에 간 적도 있다. 시합 준비를 하면서는 강박이 더 심해졌다. 운동하는 시간을 다른 것으로 채울 수도 있고 그게 때때로 더 가치 있을 수도 있는데, 정다예는 어느 순간 평일 저녁의 운동에 지나치게 집착하고 있었다.

그런 자신이 그리 아름다워 보이지 않는다는 것을 깨닫고 적당히 하기로 했다. 요새는 별 일정 없는 날에도 일부러 운동을 하루 이틀쯤 쉰다. 그렇게만 해도 운동량은 충분히 확보된다. 먹고 싶은 거 다 먹고도 죄책감이 따르지 않고, 푸시업이나 풀업 같은 근력 운동을 따로 하지 않는데도 양 팔에 근육이 제법 잡힌다. 한때는 레깅스만 입고 돌아다니기에 마땅한 하체가 아니라고 생각했지만, 이제는 옷에 밀착하는 자신의 몸을 타인의 눈으로 평가하지 않는다. 한때 이상적으로 생각했던 체형과 최근 3년간 만든 자신의 몸이 완전히 일치하지는 않는다. 다만 3년 하면서 몸의 변화를 봤고 그 변화에 만족하게 되었으며 나아가 몸과 미의 기준이 바뀌었다. 몸의 변화, 그리고 몸을 둘러싼 관점의 변화는 운동을 힘들지만 재미있고 보람찬 것으로 인식하게 만든다. 때때로 그 재미가 과해 다른 생활에 지장을 주는 중독에 이를 수도 있다. 정다예가 한때 겪었고 이제는 경계하는 것이다.

한편으로 운동의 기쁨에 가속을 붙이는 또 다른 요인은 명확한 목표 의식이다. 역시 정다예가 경험한 것이다. 체육관에 드나든 지 2년쯤 지났을 때 관장이 정다예에게 아마추어 대회 출전을 권했다. 시합을 앞두고 전에 비해 훨씬 강도 높은 훈련을 소화하면서 취미인데 이렇게까지 해야 할까 하는 생각도 조금은 했지만, '특훈'이 반복되자 취미로 운동하는 직장인 입장이라 해도 절대로 지고 싶지 않다는 열망이 점점 강해졌다. 지난 시간 정다예를 지도했던 코치는 기초 체력 확보를 중요하게 여겼지만, 시합을 앞두고 정다예를 관리한 관장은 이길 수 있는 실제 기술에 집중해 가르쳤다. 그러나 기술을 제대로 소화하려면 결국 처음으로 돌아가 체력을 다져야 하는데, 처음과 달리 폭발적으로 훈련해야 한다. 운동량을 기존보다 늘려야 했고, 보다 유리한 게임을 하려면 체중까지 줄여야 했다. 그러느라 친구들한테 거짓말까지 하면서 약속을 취소하고 체육관에 가곤 했다.

정다예는 총 세 번의 시합을 준비했다. 하루에 3km씩 달리고, 이전까지 2~3라운드씩 했던 매스를 7~10라운드씩 했다. 복근을 키우려고 링 위에서 코너에 사람을 몰아넣고 배를 때리는 훈련, 바닥에 눕혀놓고 배를 밟는 훈련도 했다. 샌드백 훈련도 3라운드씩 했는데, 제대로 힘을 실어 10분쯤 주먹을 쓸 때면 처음 복싱을 배우던 시절처럼 어깨와 팔이 떨어져나갈 것 같았다. 중간중간 이거 왜 하지 싶을 만큼 힘들었고, 집에 가면 그냥 쓰러졌다.

그런데 그렇게 죽어라 훈련하고도 여러 사정으로 시합에 못 나갔다. 똑같은 체급의 관원이 나간다고 해서 양보했던 적이 있다. 한참 준비하다 시합 일자를 받았더니 휴가 일정과 겹쳐서 내려놓은 적도 있었다.

"아깝지 않았을까요?"

"준비하면서 얻은 게 많아요. 어느 순간 엄청 늘었다는 걸 깨달았어요. 스파링이 전보다 수월해졌거든요."

정다예는 앞서 만난 주짓수 열정가 이주비의 친구다. 그런 이유로 우리의 대화에는 종종 이주비의 사례가 언급되었다. 복싱은 거울 앞에서 자세와 기술을 연습하는 경우가 많다. 도복을 입고 거울 앞에 설 때마다 스스로를 멋지다고 느끼는 이주비의 시간이 정다예에게도 있을까. 나는 마침 정다예를 만나기 직전 어느 스포츠 채널에서 발견한 여성 복서 최현미를 떠올렸다. 정다예도 스파링을 소화하면서 최현미 선수처럼 스포츠 톱을 입고 복근을 드러내면서 멋지게 뛰지 않을까. 그리고 그런 자신을 거울로 마주할 때면 어떤 생각을 할까.

"저도 주비 언니 따라서 주짓수 한 달 해봤고 도복도 샀어요. 주짓수는 전반적으로 장비의 품질과 느낌이 정말 좋아요. 그런데 복싱은 안 그래요. 그럴 수가 없어요. 체육관 티셔츠 입고 하거든요. 찜질방에서 주는 그런 티셔츠 있죠. 핏 진짜 없는 거요."

빵 터진 내게 정다예가 설명을 보탰다. 그 티셔츠는 매일 빨래할 수 없는 관원들에게 땀을 받아주는 도구로만 인식된다. 따라서 운동복을 갖춰 입은 자신이 멋지다고 단 한 번도 생각해본 적 없다. 하의는 보통 알아서 하는데, 정다예는 무릎과 발목을 보호하기 위해 스포츠 레깅스를 입는다. 하의를 아무리 잘 입는다 해도 찜질방 패션과 다르지 않은 체육관 티셔츠가 더해지는 한 멋진 그림 절대 안 나온다. 그리고 스파링을 할 때면 안전을 고려해 헤드기어를 쓰고 마우스피스까지 착용하는데, 이렇게 두툼하게 안전 장비까지 갖추는 일 또한 복서를 멋있어 보이게 만드는 일에 조금도 기여하지 않는다.

정다예가 복싱하는 자신을 더 들여다보는 순간은 이런 때다. 값비싼 장비와 사려 깊은 핏으로부터 얻을 수 없는 것이다.

"당장 죽을 것처럼 몰입했던 스파링이 끝나면 마우스피스도 빼고 헤드기어도 벗어요. 그때 거울을 보면 머리는 산발에 땀은 줄줄 흐르고 얼굴은 막 시뻘게져 있거든요. 전혀 멋있지 않아요. 그런데 그렇게 못생긴 내가 좋아요. 나한테만 집중하는 순간을 보는 것 같아서요."

## 하 두 리 와  소 녀 시 대

내가 인터뷰를 진행하면서 가장 좋아했던 순간은 마주한 운동 열정가가 몰입한 각각의 운동을 통해 몸과 체중, 나아가 아름다움에 대한 인식의 변화를 경험하게 되었다고 말할 때였다. 각각의 운동을 발견하고 1년 이상 지속했던 열정가 대부분이 공통적으로 들려준 답이기도 하면서, 늘 내가 묻기 전에 먼저 돌아왔던 반가운 답이기도 했다. 그러나 주어진 몸을 긍정하기까지 거친 과정과 순서 또한 같았다는 것은 마음이 좀 복잡해지는 일이다. 모두가 운동의 진정한 기쁨을 발견하고 몸에 대한 인식의 전환을 이루기 전까지 꽤 긴 시간 시달려왔던 체중 강박을 이야기했다. 정다예도 다르지 않았다.

정다예가 들려준 흥미로운 이야기 가운데 하나는 중학교 시절부터 요가를 했다는 것이다. 정다예보다 열한 살 더 먹은 나는 요가의 대중화를 이십 대가 되어서야 인지했고, 따라서 요가는 당연히 성인의 운동이라 여겨왔다. 이 같은 경험과 인식의 차이를 계기로 중학교 시절로 돌아간 우리는 제2차 성징을 통과한 십 대 여성에게 어김없이 찾아오는 다이어트 강박에 대한 이야기도 함께 나눴다. 나도 십 대 시절부터 내 몸을 고민하긴 했지만, 체중이라는 당시의 '문제'를 해결하는 방식은 매번 실패할지언정 저녁을 안 먹겠다고 선언하는 것이었지 정다예처럼 운동하는 것이 아니었다.

정다예는 거기에 엄청난 세대 차이가 느껴지지 않는다 말했다. 정다예에게도 그 시절 운동은 또래들 사이의 "거창한 토픽"이 아니었다. 유치원부터 초등학생 시절까지 다양한 체육 활동과 가까웠던 까닭에 어머니를 따라 요가 수업에 가는 걸 마다하지 않았다는 거였다. 운동보다 친구들과 더 많이 나눈 것은 나의 십 대와 마찬가지로 '팻 토크fat talk'(서로 자기 몸을 비하하는 대화)였다. 나와 다른 것은 당시 미의 기준을 누구에게서, 그리고 어디서 발견했느냐였다. 1990년대 중후반 각종 패션지에서 접했던 하이틴 스타 공효진, 김민희, 신민아를 꼽는 내게 정다예는 중학교 시절 자신을 포함한 친구들의 관심사와 미의 기준을 하두리, 싸이월드, 소녀시대로 정리했다. 정다예도 또래들과 마찬가지로 '직캠'의 '네임드'나 아이돌처럼 깡마른 몸을 갖고 싶었다.

"지금보다 10kg가 더 나갔던 시절이 있었어요. 진작부터 알고 있었어요. 지금처럼 먹으면 영영 그들처럼 아름다울 수 없다는 것을요. 저는 밥도 많이 먹고 군것질도 좋아하거든요."

그런 정다예에게 가족, 친구, 애인 등 친밀한 사람으로부터 몸에 대한 지적을 받은 일이 있느냐 물었지만 전혀 없었다는 답이 돌아왔다. 그런데 체중 조절이 외압의 산물이 아니라는 것을 과연 다행이라고 말할 수 있을까. 몸을 향한 직접적이고 무례한 간섭, 아니면 세대 및 나이와 상관없이 여성에게 공기처럼 만연해 있는 체중 압박 가운데 무엇이 더 유해한 것일까. 여기서 최악과 차악을 따지는 것은 과연 의미 있을까.

정다예가 한때 몰입했던 PT는 '목표 체중'을 과제로 삼았다. 아무리 강도 높은 훈련을 받아도 그것만으로는 달성이 어려워 초기에는 식이를 동반해 시작했는데, 꾸준한 운동 습관을 만든 데 이어 복싱을 시작한 뒤로는 이 같은 강박에서 완전히 자유로워졌다. "같은 몸무게, 다른 몸"을 알게 되었기 때문이다.

"눈으로 보는 내 몸이 중요하지, 체중이라는 절대적인 수치가 중요한 것이 아니라는 걸 알게 됐어요."

현재 체중이 한때 목표로 생각했던 숫자는 아니다. 하지만 이제는 다른 데에서 만족을 찾는다. 여기저기 단단해진 근육을 느낄 때마다 기분이 좋아진다. 몸이 변하면서 훈련에 따르는 자신감과 책임감도 늘었다.

이처럼 규칙적이고 지속적인 운동을 통해 정다예는 몸의 변화를 경험하고 체중에 대한 관점의 변화까지 얻었지만, 나는 한편으로 정다예가 한때 고통스럽게 겪었던 체중 조절의 기억을 언급하고 싶어진다. 시합을 앞둔 시점, 보다 유리한 승부를 위해 체급을 바꿔야 했다. 정확한 수치를 말하자면 47.5kg를 만들어야 했다. 며칠 굶고 사우나 한 번 하고 화장실까지 다녀오면 대충 되겠다 싶어 체중 조절 프로젝트를 실행했지만 좋은 기억은 남지 않았다.

"진짜 오랜만에 먹는 양을 줄여봤어요. 밥을 안 먹으니까 힘이 없고, 힘이 없으니까 줄넘기하다가도 집에 가고 싶어지고. 집에 와서까지 무기력해지고, 그러다 보니 운동이 싫어지고 그랬죠."

언젠가 가수 에일리가 했던 얘기가 생각났다. 무대를 하려면 지금보다 몸을 줄여야 한다고 생각했지만 먹는 것을 줄이자 목소리가 나오지 않았다. 행복하지 않았다. 아마추어 복서 정다예에게도 체중을 조절한다는 것은 아무리 합목적성이 따른다 한들 운동의 위기, 나아가 일과의 위기와 맞서야 하는 일이었다.

## 나이는 체력과 상관없다

지난 3년간 어떻게 주 3~4회씩 지속적으로 운동이 가능했을까에 대한 답은 어느 정도 나온 것 같다. 먼저 정다예에게 운동은 직장 생활 이전부터 진작 들였던 습관이다. 먹는 것에서 스트레스를 받지 않으려면 운동이 필요하다는 것을 경험으로 알고 있었고, 함께 일하는 동료들 또한 "앉아서 일만 했다간 몸이 썩는다"고 말할 만큼 운동과 건강의 중요성을 인지하고 서로에게 영향을 주고 있다.

그리고 평일 저녁 회사를 빠져나온 뒤에 운동의 목적지까지 이동하는 시간이 짧은 편이다. 차를 직접 몰고 있어서 서울에 있는 회사에서 경기도에 있는 집까지 오가는 시간을 20분으로 줄일 수 있고, 체육관은 집 앞이다. 덕분에 열시 넘어 퇴근하고도 정다예는 체육관에 출석할 수 있었다.

그런데 정다예는 여기서 멈추지 않는다. 체육관은 주말에 운영되지 않지만 주말 운동량을 확보하고자 TLX라는 서비스를 이용하고 있다. 회원으로 가입해 일정 비용을 지불하고 패스를 끊으면 해당사와 제휴를 맺은 각 지역별 체육관을 원하는 날짜와 시간에 이용할 수 있다. 여기서 정다예는 요가와 필라테스 원데이 클래스를 찾아 주말에 나간다.

한편 정다예는 앞서 만난 스윙댄스 열정가 오새날과 동갑이다. 둘은 책 속 운동 열정가 가운데 막내이고, 이십 대다. 나이에 따른 상대적 우위의 체력 또한 혹시 힘든 운동을 견디고 지속하는 일에 영향을 줄 수 있을까 하고 물었을 때 정다예는 아니라고 답했다. 생물학적으로는 아니다. 체육관을 드나들면서 다양한 연령대의 관원을 지켜본 결과 체력은 나이에 상관없이 꾸준히 하면 얻을 수 있는 것이다. 어쩌면 나이에 따른 환경의 차이가 운동에 영향을 줄 수는 있을 것 같다고 정다예는 덧붙였다. 정다예는 현재 미혼이며 부모와 함께 산다. 육아 의무가 따른다면 주 3~4회 체육관 출입에 제약이 생길지도 모른다.

솔직히 나는 좀 숨이 막힌다. 사람이 열시에 퇴근하면 집에 와서 그냥 쉬어야 하는 것 아닐까. 주중에 그렇게 운동하면 주말에는 좀 쉬어야 하는 것 아닐까. 운동으로 인해 누리지 못하는 것들을 떠올리면 좀 아깝지 않을까. 그러나 정다예는 퇴근한 뒤 할 수 있는 활동 가운데 운동 이상으로 가치 있는 것을 아직 찾지 못했다고 말했다.

"주말에도 운동을 찾아다니지만 그래도 운동 전후로 데이트하고 친구 만날 시간은 있어요. 평일 자정쯤 운동 마치고 집에 돌아오면 하루가 짧다고 느끼긴 해요. 그런데 운동을 안 간다고 해서 다른 생산적인 일을 과연 할까 싶어요. 운동보다 중요한 걸 발견하면 고민하겠지만 지금은 생계 다음으로 중요한 활동이라고 생각하고 있어요."

한때 정다예는 외국에서 일하는 미래를 준비하려 했지만 입사한 지 1년이 지난 뒤부터 업무량이 많아지면서 일에 따르는 책임감과 성취감도 늘었다. 그러면서 이직 계획을 접었지만 대신 다른 변동이 생겼다. 몇 달 뒤 근무지가 새로운 지역으로 바뀔 예정이다. 아마도 회사 근처에 집을 얻게 될 것 같고, 그러면 3년이나 다녔던 체육관과 작별해야 한다. 그런 정다예의 현재 고민은 새로 찾은 체육관이 과연 만족스러울까다. 지금처럼 이동에 시간을 많이 쓰지 않으며 운동량도 충분하게 확보할 수 있을까. 그럴 만한 곳을 찾으려면 여기저기 체육관을 옮겨 다니는 과정이 필요할 것이다. 예정된 시행착오 기간 동안 운동량을 지금만큼 채우지 못할 수도 있다. 그게 근무지 이동을 앞두고 현재 정다예가 하는 심각한 걱정이다.


2018년 10월

# 아이가 잘 때 나는 뛴다

조은영 | 달리기 열정가 | 8주 차

- 1981년생이다.

- 2018년 9월 1일 달리기를 시작했다.

- 주말 포함 주 4회 오전 일곱시 집 앞 탄천으로 나가 40~50분 달린다.

- 달리기 전용 무료 어플리케이션 '런데이'를 쓴다. 앱의 지침을 따라
  서 8주간 달린 끝에 쉬지 않고 30분 달리는 단계까지 왔다.

- 실제 운동에는 비용이 들지 않는다. 다만 준비하면서 계절별 상의와
  하의, 언더웨어, 양말, 모자, 신발, 블루투스 이어폰 등을 갖추는 데
  약 50만원을 썼다.

- IT 기획 13년 차로, 모바일 어플리케이션을 만든다.

- 때때로 야근하지만 출퇴근 시간이 자유롭다. 아홉시 반에 출근하고
  있지만 열한시에 가도 되는 직장에 다닌다.

- 생활권은 경기도다. 집과 회사는 자차로 5분 거리다. 집에서 탄천까
  지는 도보 10분이다.

- 배우자, 다섯 살 민준이와 함께 산다.

yoga

futsal

swing dance

strongfirst

jiu-jitsu

boxing

**running**

ballet

cycle

swimming

어느 평일 오전 열한시 반, 조은영을 만나러 경기도 판교 테크노밸리로 갔다. 주말이나 평일 저녁 서울 시내에서 만나 각각의 지속적인 운동 이야기를 들었던 기존 사례와 비교해 좀 다른 공간이고 시간이었다. 달리기 열정가이자 모바일 어플리케이션을 만드는 IT 기획자 조은영의 점심시간을 따른 것이다. 조은영은 책 속 운동 열정가 가운데 시간을 쪼개기 가장 어려운 사람이다. 유일한 워킹맘이다.

조은영의 시간 운용은 회사에 있을 때 오히려 더 자유롭다. 때때로 야근하지만, 여덟시에서 열한시 사이에 자유롭게 출근해 하루 근무 여덟 시간을 채우기만 하면 되는 직장에서 일한다. 게다가 다음 달부터는 새로운 근무 제도를 도입할 예정이라 언제 출퇴근하느냐에 상관없이 월 160여 시간만 일하면 된다. 그러나 제도가 바뀐다 해도 조은영의 출근 시간은 변함없을 것이다. 조은영의 아이 다섯 살 민준이가 초등학교에 입학하기 전까지는 지금처럼 사내 어린이집 등원 시간에 맞춰 매일 아홉시 반에 집을 나설 것이다.

조은영이 속한 업계는 이직이 잦다. 그래야 연봉도 오른다. 하지만 10년쯤 한 직장에서 일했던 조은영에게는 당분간 없는 계획이다. "국내에서 어린이집 복지가 가장 우수한 직장"에 "발목이 잡힌 상태"다. 참고로 3년 전 민준이가 입소한 사내 어린이집은 또래 300명 이상을 수용하는 시설이다.

돌봄을 나눌 손이 더 있다. 주중 2~3일 시어머니가 집에 찾아와 하원하는 민준이를 픽업하고 살림도 봐준다. 그렇다고 몇 시간짜리 약속을 잡기는 어렵다. 회사에서든 집에서든 갑자기 생기는 변수에 대처하려면 비워두는 것이 안전하다. 그렇게 확보한 시간을 대체로 야근이나 회식에 쓴다.

시어머니가 찾아오는 날 민준이는 오후 다섯시에 하원한다. 조은영이 직접 픽업하는 날은 일곱시 반이다. 그런 날이면 민준이는 어린이집에서 챙겨주는 저녁을 먹고 나와 엄마와 여가 활동을 한다. 산책을 하거나 키즈 카페에 가거나 디저트를 먹는다. 서울에서 일하고 늘 한밤에 퇴근하는 조은영의 배우자는 평일 저녁 하루쯤, 그리고 주말에 육아에 참여한다.

일과가 촘촘하니 운동하는 시간도 다르다. 평일 2회, 주말

2회 가족이 아직 잠들어 있는 아침 일곱시에 집 앞 탄천으로 나가 40~50분을 달린다. "선택할 수 있는 시간 자체가 없어서" 잠을 줄이고 뛰는 것을 택했다.

운동이 끝나면 씻고 가족과 밥을 먹고 출근한다. 아침밥은 아이가 생기기 전까지 없었던 습관이다. 직장은 집에서 걸어서 15분 거리지만 민준이와 함께 출근하기 때문에 차를 몰고 나간다.

## 판교에서 얻은 것

6년 전 조은영을 만났다. 내가 대중음악 평론가로 일하던 시절이고, 조은영은 어느 웹사이트 내 음악 콘텐츠 서비스를 외주로 기획하던 중에 나를 포함한 여러 평론가 무리와 연을 맺게 되었다. 해당 서비스가 종료되면서 만남은 소원해졌지만 SNS를 통해 각각의 근황을 꾸준히 나눌 수 있었다. 지금까지 조은영의 직장과 업무는 변함이 없지만 그사이 임신과 출산이 있었고, 1년간의 육아 휴직이 끝난 뒤에는 판교로 이사했다. 그리고 최근에는 달리기를 시작해 그날그날 운동 일정과 결과를 기록하는 SNS 계정을 하나 팠다. 그걸 보고 나는 판교로 간 것이었다.

조은영은 전까지 쭉 서울에 살았다가 3년 전 30:1의 경쟁률을 뚫고 당첨된 사내 어린이집을 계기로 판교로 왔다. "이건 기적 같은 일이라서" "포기한다는 것은 상상할 수 없어서" 배우자의 출퇴근 시간이나 이사 비용은 전혀 고려하지 않고 "거의 사법고시 통과한 것 같은" 기쁨을 안고 치른 이사였다. 3년 전에도 비쌌지만 그때보다 1.5배가 올라 대출 가능 범위를 넘어버린 아파트 시세를 제외하고, 조은영은 정착한 판교가 매우 만족스럽다 말했다. 서울과 가까워 편하면서도 서울만큼 복잡하지 않다. 주말에 여는 식당을 찾기 곤란할 만큼 주거 인구가 적어 외국에서 사는 것 같다고 느낄 때도 있다. 무엇보다도 서울에서 출퇴근하던 시절에 비해 회사가 가까워져 "삶의 행복도"가 달라졌다. 걸어서 15분 거리를 차로 순식간에 이동하니 퇴근 후 누릴 수 있는 시간을 벌었고, 그래서 아이와 더 많이 교감하기도 했지만 술도 전보다 마음 편하게 마실 수 있었다.

"동선이 짧아져서 움직일 일이 없고, 술이 느니까 체중도 늘고. 안 되겠다 싶어 먹는 양을 줄여봤더니 몸이 힘들더라고요. 원래 체력도 약했고요."

회사가 끝나면 육아가 기다린다. 하루 활동량을 생각하면 먹던 대로 먹는 것이 맞는데, 어느 순간부터 몸이 무거워졌다. 조은영의 표현을 옮기자면 "기초 대사량 자체가 비정상적으로 작동하는" 상태가 되었다. 먹는 양을 조절하는 대신 이제는 더 많이 움직이는 "새로운 방식"으로 체중을 회복하고 체력까지 얻어야겠다 싶었고, 일단 글로 운동을 이해하기로 마음먹고는 책을 잔뜩 샀다. 그 김에 막연하게나마 PT 계획도 세웠지만 비용과 시간 때문에 결정을 내리지 못하고 있던 차에 한 친구가 달리기를 권했다. 할 수 있을 거라고는 생각하지 않았다.

"달리기는 유니콘 같은 거였어요. 그게 뭔지는 알지만 내 삶에 가져올 수 있는 현실적인 운동은 아닌 것? 나와 다른 사람들이라서 하는 그런 운동?"

그때만 해도 조은영은 뛰지 못할 이유에 더 집중했다.

"나는 지금 체력이 없고, 그런 상태에서 뛰는 건 불가능하고, 나는 원래 못 뛰는 사람이고, 뛰더라도 PT를 받아서 체력을 만든 다음에 뛰는 게 맞는 것 같고."

친구는 길게 뛸 필요 없고 뛸 수 있을 만큼만 뛰어보라는 조언으로 조은영의 핑계를 일축하고는 덧붙였다.

"일단 하면 다음 날 더 뛸 수 있을걸?"

"그래? 그럼 해볼까? 그런데 못 할걸?"

한다 못한다 하는 대화가 오고간 그날은 금요일이었고, 곧 주말이니 한번 해보자 하고는 다음 날 집 앞 탄천으로 나갔다. 그때만 해도 "해보자"보다는 "안 될 거야" "안 되면 말고"로 마음이 더 기울어 있었다.

그로부터 8주가 지났다. 나는 얼마 전 조은영의 SNS 계정에서 '불토' 포스팅을 봤다. 간만에 여유를 얻어 술 한잔 나누며 해소의 시간을 보냈다고 썼고, 그 와중에 내일의 달리기를 걱정하고 있었다. 즉 조은영은 일정대로 뛰지 못하는 날을 아까워할 만큼 달리기를 지속하는 일에 성공한 것이다.

나는 여기서 조은영을 달리기 열정가로 만들어준 친구의 경험과 역량이 궁금해졌다.

"계속 달리는 친구인가요?"

"아니요. 예전에 한 번 달려본 게 전부인 것 같아요. 그렇다고 다른 운동을 많이 한 것도 아니에요."

싱거워서 재미있는 답이라고 생각했다. 운동은 어쩌면 거창한 스승을 필요로 하지 않는다. 누구든 실력과 무관하게 운동을 권할 수 있고 영향력까지 행사할 수 있다.


## 운 명 의  어 플 리 케 이 션

2018년 9월, 조은영은 친구의 조언을 듣고 그 다음 날 무작정 5분을 뛰었다. 제대로 뛰어본 적은 없어도 오래 걷는 것에는 익숙하니까 해낼 수 있을 것이라 기대했는데, 힘들어서 죽을 뻔했다. 첫날은 힘들어도 다음 날은 더 많이 뛸 수 있을 것이라는 친구의 전망도 빗나갔다. 다음 날이 더 힘들었고 더 적게 뛰었다. 절망적인 퇴보였지만 포기를 생각할 겨를도 없었다. 심각성 인지가 먼저였다.

'내가 이렇게까지 체력이 안 좋았나?'

이대로는 안 되겠다 싶어 대안을 찾던 조은영은 검색을 통해 운명의 어플리케이션을 발견했다. 그 앱의 이름은 '런데이'다. 조은영은 "개발자한테 돈을 내고 싶은 심정"이라며 극찬했는데, 거기 솔깃해진 나도 시험 삼아 내려받고 뛰어봤다. 꽤 길게 후기를 쓸 수 있을 만한 앱이었다.

런데이는 한빛소프트에서 제작한 운동 보조 앱이다. 앱에는 여러 가지 달리기 프로그램이 내장되어 있는데, 그중 하나는 조은영이 이미 달성한 '30분 달리기 도전(초보자용)'이다. 이름처럼 30분 쉬지 않고 달리는 것을 궁극적인 목표로 하지만, 무리한 요구를 하지 않는다. 처음부터 5분씩이나 달리라고 하지도, 매일 달리라고 하지도 않는다. 주 3회 시도해 한 보 한 보 확장한 끝에 8주 차에 목표치에 도달하는 과정이다.

첫날의 과제는 '1분 달리기 + 2분 걷기' 5회 반복이다. 이틀 뒤에는 6회 반복을, 그 이틀 뒤에는 '1분 30초 달리기 + 2분 걷기' 5회를 지시한다. 이틀에 한 번 주기로 차차 뛰는 시간을 늘리고 걷는 시간을 축소한 끝에 만나는 마지막 과제가 30분 달리기다. 앱을 따라 주 3회씩 8주, 총 24회 훈련을 소화하면 우리는 30분간 쉬지 않고 달릴 수 있는 사람이 된다. 막 시작한 내게는 엄청 아득한 고지로 느껴지지만, "내가 하면 누구나 한다"고 아주 확고하게 믿는 조은영이 이미 달성한 것이다.

앱을 요리조리 뜯어보고 사용까지 해봤더니 조은영이 왜 그렇게 극찬했는지 알 것 같았다. 1주차 훈련을 소화하는 데 걸리는 시간은 약 25분이다. 런데이의 강점은 작동을 시작하는 순간 25분간 꼼짝없이 여기 발이 묶인다는 것이다. 일단 켜면 PT, 즉 말 그대로 '퍼스널 트레이너' 역할을 하는 성우가 나타나 걸어라 뛰어라 한다. 이래라저래라 말만 길면 잔소리로 느껴질 텐데, 중간중간 경쾌한 음악을 들려주기도 하고 달리기와 건강 관리에 대한 각종 유용한 정보를 일러주기도 한다. "바람을 느끼며 뛰어보세요" "당신은 혼자가 아니에요" "저와 함께 뛰고 있습니다" "30초 남았습니다" "힘내세요" 같은 파이팅 메시지도 필요한 순간에 쏟아진다. 그런 말들이 고맙기도 하고 웃기기도 해서 나는 25분간 말을 엄청 잘 듣는 사람이 되었다. 조은영도 그랬을 것이다.

한편 런데이는 말 잘 듣는 러너에게 작지만 값진 선물을 준다. 그날그날 과제를 마치면 도장을 찍어주는 것인데, 조은영은 여기에 재미를 제대로 붙였다. 그걸 찍고 싶어서 더 달렸다. 최종적으로 24회 도장을 받게 되기까지 조은영은 해당 화면을 캡처해 SNS에 올리곤 했다. 나도 따라 하고 싶어졌다.

도장 자랑 말고도 나는 조금씩 조은영의 뒤를 밟고 있다. 쇼핑이다. 스마트폰을 손에 쥐고 뛰는 게 불편하다 느끼고는 암 밴드, 플립 벨트 같은 키워드로 검색을 이어가면서 사용 후

기를 읽었고, 비슷한 것을 다이소에서 판다는 정보까지 얻게
되었다. 값에 비해 품질이 꽤 괜찮다는 스포츠 레깅스도 하나
알게 되었는데, 이미 가지고 있는 것을 왜 또 사려고 할까 반
성하면서도 검색 결과를 머릿속에서 깨끗하게 지우지 못했다.
이렇듯 운동을 시작하면 장비가 필요하다는 명분으로 물욕과
싸우는 과정이 따른다. 조은영도 쇼핑에 대해 할 말이 많다.


## 달 리 기 의  비 용

맨몸 운동도 돈이 든다. 지난 8주간 '지른' 것을 묻자 조은
영은 조금 부끄러워했다. 주변에서는 조은영더러 "무슨 마라
톤 나가는 사람도 아니고" 했다. 그러나 사야 했다. 활동에 적
합한 장비가 전혀 없었다.

처음에는 그냥 아무 바지나 셔츠 입고 달리면 되지 싶었
지만, 막상 옷장을 열어보니 대충 입을 옷이 없었다. 블라우스,
스커트, 원피스만 잔뜩이었다. 복장이 매우 자유로운 현장에
서 일하지만 취향대로 입어왔던 결과다. 후디와 고무줄 바지
조차 하나 없는 옷장 앞에서 조은영은 평소 생활 패턴과 함께
자신이 "평생 활동이라고는 안 한 사람"이라는 걸 새삼 실감
하고는 쇼핑에 돌입했다.

뭘 사야 할지 몰라서 일단 요가 브랜드로 가서 레깅스와

톱을 샀다. 쫀쫀한 하의는 지금까지 잘 입고 있지만, 상의는 적합하지 않았다. 몸에 과하게 밀착하는 옷이었다. 달리기 복장은 땀을 잘 흡수하고 금방 마르는 것이 좋다. 면보다는 통기성 좋은 합성 소재가 선호된다. 초가을에 시작해 처음엔 반팔과 반바지부터 샀지만 기온이 달라져 곧 긴팔도 필요해졌다.

신발도 샀다. 신발장에 운동화 한 켤레 없는 삶이었던 까닭에 매장에 찾아가 가장 예쁜 걸 골랐는데, "멋모르고 집은 게 20만원이나" 했다. 돌려가면서 신어야지 싶어 반값 정도 되는 러닝화 하나 더 샀다. 마침 아디다스 30% 할인 쿠폰이 생겨 바람막이 재킷, 모자, 스포츠 양말, 스포츠 브라까지 샀는데, 전까지 그런 걸 사본 적이 없었던 조은영은 나이키가 아디다스보다 조금 더 비싸다는 것도 그때 처음 알았다.

그렇게 해서 장비 확보에 들인 초기 비용은 블루투스 이어폰을 포함해 약 50만원이다. 지출이 꽤 크다는 죄책감 한편에는 "PT를 받았다면 더 썼을 것"이라는 위안이 있다. 머리부터 발끝까지 마땅한 것이 없어 샀고, 잘 몰라서 샀던 요가용 상의를 제외하고는 복장부터 이어폰까지 잘 쓰고 있다.

계산에 넣지 않은 또 다른 지출이 있다. 책이다. 그동안 읽은 달리기 책만 클레어 코왈의 <여자의 달리기>, 조지 쉬언의 <달리기와 존재하기>, 스콧 주렉과 스티브 프리드먼의 <잇앤런>, 조엘 H. 코언의 <마라톤에서 지는 법> 등 열 권이 넘는다.

달리기 열정가 조은영은
스포츠 매장에 찾아가 신발을 골랐다.
가장 예쁜 것을 골랐는데,
"멋모르고 집은 게 20만원이나" 했다고 말한다.

달리기 말고 폭넓은 관점에서 몸과 운동을 다룬 책까지 포함하면 더 많다.

이 같은 몰입형 독서는 체중의 변화 말고도 육아의 고충에서 시작된 것이기도 했다. 점점 크는 아이가 뛰어다니는 걸 따라가기 힘들다고 올해 처음 느꼈다. 살기 위해서 이제는 운동이 필요하다는 것을 인정하면서도, 한편으로는 왜 굳이 돈과 시간까지 쓰면서 운동해야 하나 싶어 "뭉그적거리는 게" 있었다. 과거 몇 차례 운동을 경험한 적 있지만 어느 것도 지속하지 못했다. 이제 그만 미루고, 운동해야 할 명확한 이유를 얻고 효과 또한 자세하게 알고 싶어서 책을 파기 시작한 것이다.

그리고 조은영은 언젠가 SNS에서 접한 러네이 엥겔른의 책 <거울 앞에서 너무 많은 시간을 보냈다>를 말했다. 그건 쑥스럽게도 내가 쓴 걸 가리키는 것이었다. 우리의 몸을 부위별로 쪼개서 평가할 것이 아니라 세상을 탐험하는 도구이자 기능의 집합체로 인식하자고, 작가가 책과 테드 강연을 통해 말한 것을 나는 썼다. 그리고 작가가 내준 숙제에 관해서도 썼다. 작가는 내 몸 가운데 가장 매력적인 부분이 어디인지를 찾아보라고 했고, 이어서 내 몸으로 무엇을 할 때 행복을 얻고 스스로가 강하다고 느끼는지를 생각해보라고 했다. 첫 번째 질문은 그냥 넘겼다. 하지만 두 번째 질문에 답하고자 몸의 기능을 찾는 과정은, 약간 눈물이 날 만큼 가슴이 벅차오르는 경험이었다. 내가 선택한 것이 아니라 주어진 것이라고 체념해왔던, 그래서 아름답지 않다는 원망과 줄여야 한다는 강박에만 익숙했던 내 몸으로 나는 잘하지 못하지만 잘하고 싶어하는 것을 한다. 요리를 하고 운동을 하고 책도 하며 사랑도 한다.

조은영도 나와 비슷한 것을 느꼈다. 조은영의 화려한 옷장과 신발장은 "남이 바라보는 나"만 신경 써왔던 삶의 기록이다. "임신과 출산 말고는 내 몸이 기능한다는 걸 몰랐다"고 말하는 것으로 나를 뭉클하게 만든 조은영은 "점점 커가는 아이의 호흡을 따라 뛰고 싶었다"고, 그러나 아무리 훌륭한 책을 통해 몸의 기능을 깨닫는다 한들 "남이 나를 어떻게 생각하는지를 여전히 못 버릴 것 같다"고 이어서 말했다. 그리고는 "그래서 더더욱 운동이 필요하다고 느꼈다"고 덧붙였다.

책은 역할을 충분히 했다. 조은영은 책을 통해 운동의 필요와 효과, 그리고 가능성을 읽고 실천에 옮겼다. 크리스토퍼 맥두걸의 <본투런>은 조은영의 요약에 따르면 인간은 치타만큼 빠르지는 못하지만 치타보다 오래 달릴 수 있다는 것, 즉 인간은 생태학적으로 오래달리기에 적합한 생물이라는 사실을 일러준 책이다. 조은영은 여기서 "인간의 유전자가 원래 이러니까 나 같은 사람도 달릴 수 있다"는 희망을 얻었다.

가쿠타 미츠요의 <어느새 운동할 나이가 되었네요>는 인간은 성숙한 존재가 아니라서 마음은 영원히 이삼십 대에 머물러 있는데, 육체 연령은 그로부터 점점 멀어지기 때문에 몸의 노화와 함께 우울이 찾아온다는 논지를 전개하는 책이다. 작가가 노화와 우울을 방지하고자 선택한 운동은 마라톤이다. 마라톤 이상으로 술을 좋아하는 작가는 매일 뛰기 때문에 술을 계속 마실 수 있다고 말한다. 조은영이 기대하는 미래다.


## 엄마의 고민

그간 열어봤던 책이 운동의 의미를 이해하고 실행하는 일에 꽤 기여했지만, 사실 아주 마음 편하게 읽지는 못했다. 부모가 되고 나서부터 하게 된 고민을 말하다가 나온 이야기인데, 말의 배경은 이렇다. 아이를 낳고 나니 시간을 마음대로 쓸 수 없다. 나아가 인생을 마음대로 설계하기도 어렵다. 조은영의 표현을 옮기자면 "내가 변수고 아이가 상수"라서 하다못해 먹고 자고 화장실 가는 시간부터 제약이 따르고, 퇴근하면 영화나 TV를 보고 싶어도 당장 아이를 둘러싼 급한 일부터 해결해야 한다.

민준이가 지금보다 어릴 때는 육아로 인한 육체적인 고통이 컸지만 이제는 더 어렵고 심각한 고민을 한다. 부모라면 아이를 사회에 잘 적응하는 올바른 인간으로 만들어야 할 의무가 있는데, 자신이 뭔가를 해줌으로써 혹은 안 해줌으로써 아이의 삶이 바뀔 수 있다는 것이 때때로 두렵다. 잘하고 있는 것일까. 실수를 모르고 있는 것은 아닐까. 자신의 부모도 같은 고민을 했을 것이고 그 시행착오의 결과가 결국 자신이겠지만, 다섯 살이 된 민준이는 슬슬 엄마의 통제를 벗어나기 시작했다. 일은 계획을 세워 진행할 수 있는데 육아는 생각한 대로 되는 게 없다.

그러니 아이한테 더 많이 신경을 쏟아야 한다고 생각하지만, 그럴수록 자신의 일과 인생은 희생된다. 자신의 삶이 사라지는 걸 원하지 않는데, 그러면서도 다른 부모들이 아이한테 하는 걸 볼 때면 두려워진다. 표현을 그대로 옮기자면 조은영은 "다른 부모가 아이한테 필요한 교육 서적을 읽고 있을 때, 나는 내가 읽고 싶어서 달리기 책을 사는 엄마"다.

비교하기 시작하면 한도 끝도 없이 초라한 부모가 된다. 모든 걸 잘할 수는 없으니 조은영이 선택한 모델은 좋은 음식 만들어 챙기고 교육에 투자하는 대신 아이가 원하는 것을 더 많이 해주고 감정을 더 많이 나누는 쪽이다. 평일 저녁 민준이를 직접 픽업할 때면 바로 집에 가지 않고 공원도 가고 키즈카페도 가고 그런다. 주말에 하루 종일 집에 있으면 아이의 에너지 감당이 안 되니 놀이동산이나 시외로 나갈 계획을 세우기도 한다.

평일에 늘 늦게 퇴근하는 조은영의 배우자는 주말이면 육아에 적극적으로 참여하지만, 때때로 중요한 개인 일정을 따라야 할 때가 있어 둘 중 하나가 육아를 전담하기도 한다. 그건 말 그대로 독박 육아라 힘들다. 조은영의 첫 달리기부터 제동이 걸렸다. 주말 오전에 혼자 나가서 뛰고 오겠다 하니 배우자는 아이와 함께 다 같이 나가자 했다.

"제대로 뛸 수가 없더라고요. 아이가 어디 있는지 계속 살피고 따라가야 하니까요."

부부의 고충이 육아로만 한정된다는 것은 다행스러운 일인지도 모른다. 그들 부부는 집안일로 신경전을 하지 않는다. 집이 잘 정리되어 있지 않아도 큰 불편을 느끼지 않는다. 이 불편은 주 2~3일 조은영의 집에 방문해 민준이를 픽업하고 청소와 빨래와 식사 준비를 맡는 시어머니 홀로 느끼는 것이다. 그래서 늘 감사하면서도 죄송한 마음이다. 시어머니 없는 날은 거의 대부분 외식이다.

"워킹맘은 결국 시간 싸움이니 뭐 하나는 포기해야 해요. 저는 일과 아이를 택했고 집안일은 내려놨어요."

나는 이런 이야기를 듣고 싶어서 조은영에게 만남을 청한 것이었다. 조은영은 열 명의 운동 열정가 가운데 마지막 섭외 대상이었다. 반려 동물을 계산하지 않고 정리하자면, 전까지 만난 아홉 명은 혼자 살거나(4명) 부모와 살거나(1명) 또래 동반자(4명)와 살고 있다. 나는 책의 기획 의도를 설명하고 인터뷰를 제안하면서 워킹맘의 운동 사례를 꼭 나누고 싶다고 했고, 조은영은 "엄마 대표로 참여해보겠습니다" 하는 답을 돌려주었다. 그 답이 많이 고마웠고 조금은 아팠다.


## 아침 일곱시

달리기를 본격적으로 시작하면서 조은영은 평일 두 번, 주말 두 번 실천을 다짐했다. 달리는 날은 식구들보다 먼저 깨는 날이기도 하다. 오전 일곱시에 나가 40~50분을 뛰는데, 그 시간에 탄천에 나가면 어르신이 많다. 테크노밸리 주변이라 그런지 외국인도 간간이 보인다. 달리기하는 또래는 별로 없다. 대신 자전거로 출근하는 사람들을 본다. 일과를 마친 밤에도 뛸 수는 있지만 배우자가 막는다. 안전하지 않다고 느낀다. 판교는 출근 인구는 북적이지만 그에 반해 주거 인구는 적은 신도시다.

엄마의 달리기를 인지하기 시작한 민준이는 가끔 "엄마는 달리기나 해" "엄마 달리기해서 힘들잖아" 한다. 투정이다. 회식이 있거나 야근이 길게 이어지는 날이면 집에 들어와서도 민준이 얼굴을 못 본다. 다음 날 일어난 민준이는 엄마가 아침에도 없는 것을 알고 실망한다. 그게 마음에 걸려서 달리기를 쉰 적도 있지만, 아이가 서운해할 것을 알면서도 그냥 나갔던 날도 있다. 그럴 때마다 조은영은 고민한다.

'아이 볼 시간을 쪼개 운동하는 나는 이기적인 엄마일까. 그런데 엄마한테도 인생이 있다는 걸 애한테도 알려줘야 하지 않을까.'

달리기를 시도하기 전까지 조은영은 운동을 한다면 지도자가 있는 분야를 선택할 것이라고 생각했다. 전문가를 통해 기술을 익히면서 체력까지 확보하는 활동을 운동이라 여겼고, 길게 하지는 않았지만 그간 몇 번 운동을 시도하면서 강사와 나누는 '케미'는 물론 같이 운동하는 사람들과 관계 맺기도 중요하다고 느끼곤 했다. 그러나 막상 혼자 하니까 아무하고도 말을 섞지 않아도 되는 이 시간이 얼마나 소중한지를 깨닫게 되었다. 혼자 있는 시간을 낼 수 없는 조건이라 그런 것 같다고 조은영은 말했다.

오래 걸어본 적이 있지만 그때는 잡생각이 많았다. 얼마 전까지만 해도 그런 시간도 필요하다고 생각했다. 아이가 생긴 뒤로는 잡념도 사치가 되었기 때문이다. 그러나 뛰기 시작하니 머릿속이 텅 빈다. 최근 몇 년간 누려본 적 없는 시간이고, 이제야 "아무 생각을 안 할 수 있는 몇십 분"의 가치를 이해하게 되었다. 이것이야말로 진짜 필요한 시간이었다.

내가 아는 조은영은 이따금씩 SNS에 "일을 좋아하는 엄마라서 미안해" 하는 글을 올리는 친구였다. 그리고 조은영은 출산한 뒤 육아 휴직으로 1년을 쉬었다. 휴직 기간 동안 여유가 얼마나 달콤한 것인지 새삼 느끼기도 했지만, 1년이 지나 일로 복귀하면서는 '맞아, 나는 이런 걸 좋아하는 사람이었지' 했다. 조은영의 일터는 휴가와 월차는 물론 휴직 또한 누구든 눈치 보지 않고 쓸 수 있는 곳이다. 규모가 있는 어린이집을 비롯해 그 밖에도 우수한 사내 복지 사례를 종종 들려주었던 게 생각나 물었다.

"워킹맘이라서 승진이나 기타 대우에 있어서 불이익을 받은 적 있나요?"

"그런 적은 없는 것 같아요."

"아이들은 생각보다 자주 아프죠. 병원 갈 일 생기면 자리를 비워야 하는데, 그런 일이 반복되면 양해를 구할 일도 많아지고 동료들보다 일에 집중할 시간이 부족해지겠죠. 이게 실적이나 고과로 연결될 수도 있는데, 워킹맘의 이런 조건 또한 이해되나요?"

"그런 것까지 고려해주는 회사는 없을걸요. 워킹맘의 사정은 이해해주는 편이지만, 야근이나 주말 근무로 부족한 부분을 채우는 것도 워킹맘에겐 사치로 느껴질 때가 있어요."

조은영은 일 욕심 많은 사람인데, 아이가 생기고 나니 일에 있어 뒤처진다는 불안을 자주 느낀다. 조은영이 10년 넘게 하고 있는 일은 기획이다. 프로젝트 리더로서 모바일 어플리케이션을 만드는 일이다. 어떤 데이터를 넣고 빼야 할지를 계속 생각하고, 개발자 및 디자이너의 일정과 입장을 헤아려 중재하고 조율해야 한다. 한때는 주말에도 일하고 집에 와서도 일 생각을 하면서 결과를 만들곤 했다. 그러나 지금은 육아로 인해 치열하게 일만 고민할 시간이 부족한 상태다. 초과 근무를 하지 않아도, 일하지 않는 시간에 머리와 가슴을 비우는 것만으로도 일로 복귀한 뒤 생산성을 낼 수 있다. 달리기를 계기로 최근 겨우 확보된 시간이다. 그러나 충분하지는 않다.

## 운 동 의  시 행 착 오

어린 날의 체육 활동을 물었을 때 조은영은 "체력장 5급" "100m 20초" 같은 인간적인 답을 들려주었다.

성인이 되고 난 뒤에 접한 운동을 묻자 "한 달 미만으로 하고 그만둔 운동"으로 클라이밍과 스쿼시를 말했다. 둘 다 활동량이 많이 요구되는 운동이다. 한번 해봤더니 몸이 쑤시고 힘들었다. 큰일 나는 줄 알고 진작 관뒀다. 운동을 소화할 체력이 부족하다는 게 문제라는 걸 그때는 전혀 몰랐다.

"한 달 이상 했던 운동"은 두 개다. 하나는 수영이다. 이전까지는 자신이 물을 무서워하는 사람인 줄 알았으나 접영까지 배우자 물을 좋아하게 되었다. 출산 전에 했던 운동인데, 출산을 계기로 중단한 것은 아니다. 꽤 오랜 시간 조은영에게 운동이란 시간이 주어져도 안 하고 어쩌다 하기 시작해도 꾸준하게 하지 못하는 것이었다.

다른 하나는 필라테스다. 격한 운동이 아니라 자세 교정이라는 생각으로 접근해 6개월쯤 지속했다. 점심시간에 동료랑 주 1~2회 2:1 수업을 받았다. 계속하다 보니 상체를 숙였을 때 손으로 바닥을 짚을 수 있는 수준까지 왔지만, 소규모 인원으로 배워 비용이 상당하기도 했고 계절이 바뀌자 씻고 일로 복귀하는 과정이 번거롭게 느껴져 관뒀다.

출산과 이사로 삶이 변하고 몸도 변했을 때 조은영은 달리기를 만났다. 6개월 했던 필라테스나 접영까지 배운 수영보다 8주차에 이른 달리기에 할 말이 더 많다. 이전까지 달리기는 "아무나 하는 게 아닌" 운동인 줄 알았는데, 이를 뒤집는 경험과 정보가 두 달 사이에 제법 쌓였다.

조은영이 어느 책에서 본 내용에 따르면 수영이나 테니스 같은 운동은 내가 나아졌다는 걸 느끼려면 일정한 기간이 필요하다. 기술 운동이기 때문이다. 기술 하나를 습득해야 다음으로 넘어갈 수 있고, 기술의 습득이 곧 성장이다. 그러나 달리기는 운동을 제대로 해본 적 없는 사람에게도 빠르게 효과를 준다. 일단 쉽다. 누가 가르쳐주지 않아도 혼자 할 수 있는 본능적인 운동이다. 반복을 통해 조금씩 달리는 시간을 늘릴 수 있고, 그러면 하루하루 체력이 느는 게 느껴진다. 달리기를 하기 전까지 조은영은 아이와 외출할 때마다 조금만 걸어도 지쳤다. 8주가 지난 이제는 "일반인 체력 정도"가 된 것 같다. 처음에는 5분 달리고 탈진했지만 서서히 재미를 붙인 끝에 8주만에 30분을 쉬지 않고 달리는 수준까지 왔다.

가족은 물론 친구들까지 놀라는 이 성취를 말할 수 있게 되기까지 조은영은 늘 의심했다. 앱에서 하라는 대로 따라 하고는 있는데 이게 과연 될까 싶었다. 그런데 10분 연속으로 달렸던 날 가슴이 두근거렸고, "38년을 살면서 처음으로 내일 아침을 기다리는 사람"이 되었다. 이전까지 조은영은 시간을 얻으면 눕거나 잤다. 쓸데없이 몸을 움직이는 게 낭비라고 생각했다.

조은영은 몸을 움직이면 땀이 난다는 것도 잘 몰랐다고 말했다. 그만큼 활동이라는 걸 전혀 모르고 살았는데, 이제는 몸에 열이 오른 상태로 하루를 시작하는 게 좋다. 체온이 1℃만 올라도 체중에 영향을 준다는 이야기를 들은 것도 생각났다. 그러나 체중 변화는 아직 없다는 것이 조금 실망스럽다. 뛰니까 배가 고프다. 요새는 먹는 것을 바꿔볼까 하는 생각도 한다. 마침 채식주의자이면서 울트라 마라톤을 하는 어느 미국 작가가 오트밀과 후무스 식단을 권했다. 재료를 사긴 했지만 아직 뜯지는 않았다.

## 일단 뛰어 봐요

조은영을 마지막으로 나는 지난 몇 달간 열 명의 운동 열정가를 만났고, 열 가지 운동의 강점과 매력을 쭉 들었지만 그 모든 것을 내 삶에 당장 가져오기는 어려웠다. 조은영의 달리기는 내가 책을 하면서 유일하게 따라서 시도했던 분야다. 조은영이 다음과 같이 말한 덕분이다.

"다른 운동은 준비가 많이 필요하잖아요? 위치도 고려해야 하고, 날짜 맞춰서 등록도 해야 하고. 그런데 달리기는 내일 집 밖으로 나가기만 하면 돼요. 일단 해보고 아니다 싶으면 말면 돼요."

이를 말하면서 조은영은 살면서 그동안 달리기에 호기심을 한 번도 느껴본 적 없었다고 다시 강조했다. "나 같은 사람도 하고, 그러면서 생각도 바뀌었다"고 이어서 말했다.

나는 달리기 3회 차에 접어든 시점에 이 글을 쓰고 있다. 고작 3일 뛰었고, 3일간 웜업(몸풀기 걷기), 쿨다운(마무리 걷기), 그리고 중간중간 휴식처럼 걸었던 시간을 빼고 순수하게 달린 시간을 합쳐봐야 20분이 채 되지 않는다. 그랬다고 발이 아프네 종아리가 당기네 어쩌고 징징거리고 있다. 이런 상태에서 과연 몇 주 지나 30분간 쉬지 않고 달리는 인간이 될 수 있을까. 달리기를 한다고 정말로 의식의 변화까지 이룰 수 있을까. 아무것도 확신할 수 없지만 계속해보려고 한다. 내게는 명확한 사례가 있다. 달리기로 얻은 성취의 기쁨 이상으로 자신이 가진 운동 능력이 얼마나 초라한지를 몹시 강조했던 조은영이다.

그리고 지금은 조은영과 비슷한 고민을 한다. 계절의 변화에 대처하는 방법이다. 우리는 가을에 만났다. 곧 겨울인데 날씨가 추워져도 지금처럼 달릴 수 있을까를 물었을 때, 조은영은 쇼핑의 곤란부터 먼저 말했다. 외국인 작가가 쓴 달리기 책을 열어보니 뭘 사서 껴입으라고 하던데, 한국에서 쓰는 용어가 달라서인지 정확히 뭘 사야 하는 건지 모르겠다.

정 안 되면 수영을 하거나 러닝머신에 오를까 조은영은 생각하고 있다. 그러려면 시간 계산을 잘 해야 한다. 실내 운동은 지금과 달리 왕복을 포함해 더 많은 시간을 요구한다. 몇 년 뒤면 민준이는 학교에 입학할 것이고, 일곱시 반까지 돌봐주는 어린이집도 떠나야 한다. 그때도 과연 지금처럼 일하고 뛸 수 있을까 하는 걱정은 둘째 치고, 당장 하루 두 시간의 운동부터가 확신하기 어려운 미래다.


2018년 10월

# 퇴근 발레를 중단했다

진영 | 발레 열정가 | 4년 차

- 1984년생이다.

- 2014년 1월 취미 발레를 시작했고, 2018년 2월 중단했다.

- 퇴근한 뒤 주중 2~3회 발레 학원으로 가서 밤 아홉시에 시작되는 한 시간 반짜리 레슨을 받곤 했다. 주말 수업도 들었다.

- 수업료로 매월 약 20만원을 썼다. 이따금씩 소그룹 집중 수업을 듣거나 발레 전용 복장을 살 때 추가 비용이 발생했다.


- 10년 차 공무원이다.

- 공무원에 대한 일반적인 인식과 달리 새벽에 출근하기도 하고, 늦게까지 일하기도 한다. 일주일에 한두 번쯤 운 좋게 정시에 퇴근하던 시절 발레 학원에 다녔다.

- 생활권은 서울이다. 발령에 따라 직장 위치가 계속 변했고, 발레 학원도 몇 번 옮겼다. 따라서 회사-학원-집을 오가는 데 걸린 시간이 일정하지 않았지만, 퇴근한 뒤 운동을 둘러싼 이동에 평균 한 시간 이상을 썼다.

- 두 고양이와 함께 산 지 6년이 넘었고, 2018년부터 동거인이 생겼다.

- 현재는 발레를 내려놓고 요가원에 다니고 있다.

yoga
futsal
swing dance
strongfirst
jiu-jitsu
boxing
running

**ballet**

cycle
swimming

진영은 지난 4년간 몰입했던 발레를 중단하고 요새 요가원에 나간다. 마침 나를 만난 토요일 오후 요가 바지를 입고 나왔길래 후딱 끝내고 보내야 하나 싶어 일정을 물었다. 요새 어딜 가나 항상 이렇게 입고 다닌다는 답이 돌아와 일단 마음을 놓긴 했는데, 항상의 범위는 어디까지일까. 다니고 있는 직장이 2009년부터 복장 제한을 두지 않고 있다고 말해주긴 했는데 아무리 그래도 요가 바지까지 허용할까. 어쨌든 첫 만남을 전후로 확보한 사실 몇 가지는 진영은 7급 공무원이며 대체로 운동화를 신고 출근한다는 것이었다.

운동화를 허용하는 직장이지만 가끔 국정 감사 같은 일정이 있을 때면 구두를 신어야 한다. 그런 날 퇴근하고 발레 수업을 듣는 날이면 종일 구두에 시달린 탓에 발은 물론 온몸에 힘을 쓸 수가 없어 수업을 따라가지 못했다.

보이지도 않는 발 때문에 망가진 하루를 설명하던 진영은 곧 발을 넘어 몸에 관한 긴 이야기를 들려주었다. 거의 모든 운동은 주어진 몸과 기대되는 몸을 진지하게 돌아보게 만든다. 사실 운동을 안 해도 늘 의식하게 되는 피곤한 문제이긴 한데, 생각하는 주체가 페미니스트이고 종목이 발레라면 고민이 더 깊을 수밖에 없다.

## 발레와 여성의 육체

요가와 발레가 있기 전 수영이 있었고, 운동을 모르던 시절에도 진영의 몸은 지금과 크게 다르지 않았다. 노력의 결과가 아니라 주어진 것이니 몸과 콤플렉스에 관해 의견을 나눌 일이 생길 때면 "그냥 닥치고 있어야 하는" 사람인데, 내색하진 않았지만 굶어서 체중을 줄이려는 사람들을 비난했다. 그러나 더 깊은 속은 달랐다. 실은 지금보다 마른 몸을 갈망했다.

그런데 발레를 하니까 마른 몸에 대한 확실한 명분이 생겼다. 말라야 어디 가서 부끄럽지 않게 발레 이야기를 할 수 있다고 생각하기 시작했다. 나아가 무작정 굶는 게 아니라 닭 가슴살과 야채 같은 건강한 식단으로 체중을 줄이는 건 나쁘지 않은 일이라고 여겼고, 그렇게 먹고 지내면서 평일 저녁과 주말 일정을 쪼개 학원에 갔고 수업이 없는 날이면 발레 일기를 썼다.

그러던 어느 날 진영은 트위터를 통해 급진적 발레 폐기론을 접한다. 진영이 요약해준 해당 글의 주장은 대략 이렇다.

"더는 방직 공장에서 미성년자가 베틀을 돌리지 않는 것처럼 발레도 사라져야 마땅한 구시대 유물이다. 발레는 어린 여자아이들 굶기고 학대하면서 외모에 대한 기형적인 관념을 심어준다. 특히 러시아와 한국 너무 심하다. 애들 다 죽어나간다. 그러니 옛날에 이런 것이 있었다는 기록과 자료만 남겨놓고 없애야 한다."

4년간 학원을 드나들었던 발레 열정가 진영은 해당 글을 처음 본 날 기분이 좀 나빴다. 그동안 트위터와 블로그에 한참 썼던 발레 이야기며 발레에 투자한 시간과 고생이며 모든 게 송두리째 부정당하는 것 같았다. 진영이 그간 관찰해왔던 무용 전공생들은 더 날카롭게 반응했다. 그간 발레를 붙잡고 수년간 쏟았던 노력을 네가 아느냐 화를 내거나 글쓴이를 조롱했다.

그러나 당장 오늘 누군가 비슷한 내용을 트위터에 쓴다면 반응은 그때와 다를 것이다. 공감의 '알티'가 우수수 쏟아질지도 모른다. 트위터를 통해 각종 페미니즘 이슈가 확산되고 발전하는 방식이다. 처음엔 다수의 납득이 어려웠던 주장이 불과 몇 년 혹은 몇 달 만에 수용되어 기사화되기까지 한다. 이른바 '센 언니' 메이크업에 환호했던 시절을 지나 오늘의 페미니스트는 '탈코르셋'을 논한다. 그러나 그렇게 다수의 생각이 수정되는 결과를 얻기까지 길게든 짧게든 시간이 필요한 것은 사실이다. 진영이 두루 겪은 시간이다. 순간적으로 발레 열정가 진영의 기분을 망친 그 글은 결과적으로 페미니스트 진영에게 그간의 발레를 돌아보게 만들었다. 먼저 무대 위 숙련자의 발레부터 떠올랐다.

진영은 발레 공연을 많이 보러 다녔다. 무대 위 발레리나의 키는 보통 165cm 전후인데, 그런 체형이라면 43kg 정도여야 예뻐 보인다고 생각했다. 현실에서는 165cm의 여성이 60kg쯤 나갈 때 이상할 것이 전혀 없는데, 같은 키에 50kg쯤 나가는 발레리나가 무대에 오르면 아름답지 않다고 느끼곤 했다. 공연에 익숙해지면 관중의 관점과 시야도 그렇게 변한다. 그런 그림에 길들여진 우리의 눈을 정상이라 말할 수 있을까. 예술과 전통이라는 명분으로 극단적으로 마른 몸을 요구하는 것을 과연 당연하다고 말할 수 있을까.

발레리노의 체형을 따져보면 더 부당하다. 발레하는 남자는 그렇게까지 마를 필요가 없다. 발레에 대한 비판으로 등장한 현대 무용 또한 마찬가지다. 그렇게까지 남녀 역할을 구분하지도 않고 여성이 그렇게까지 마를 필요도 없다.

## 몸 의 기 능

진영의 관찰에 의하면 미국에서도 비슷한 문제의식을 나누고 있는 모양이다. 언제부턴가 근육질 발레리나가 무대에 등장하기 시작했다. 발레 아니고도 다양한 육체 활동 분야에서 자주 접하게 되는 페미니즘 관점의 대안이다. 근육 예찬론자들의 주장은 대략 이렇다. 마른 몸이 표준이 되어서는 안 된다. 다이어트 따위 그만두자. 대신 운동의 강도를 높이자. 그리고 근육으로부터 미를 발견하고 찬양하자.

진영은 여기서도 생각이 많아진다. 마른 몸에 대한 동경을 비판하는 것은 당연한데, 그렇다면 대안으로 근육으로 다져진 건강한 몸을 권장하는 것도 과연 당연할까. 그런 몸을 만드는 것도 쉬운 일이 아니다. 더 많은 사람이 그렇게까지 열심히 운동하지 않으며, 미학이나 예술에 몰입하는 삶을 살지도 않는다. 정확하게 말하자면 안 하는 게 아니라 못 하는 것이다. 그런 우리가 더 많은 시간 버텨야 하는 곳은 학원도 아니고 무대도 아닌 사무실이다. 극단적으로 마른 몸도 건강한 근육도 만들기 어려운 현장에서 우리는 일하면서 산다.

진영은 이제 장르가 요구하는 몸이 아닌, 몸이 가져야 할 마땅한 기능을 생각한다. 그리고 몸의 기능과 가치에 대해 우리가 얼마나 고민하는가를 생각한다. 오래 앉아 있어도 허리가 아프지 않은 사람, 열 시간씩 서 있어도 거뜬한 사람을 우리는 전혀 부러워할 줄 모른다. 이처럼 몸의 기능은 폄하된다. 반면 남자들의 체력 문화는 좀 다른 것 같다. 거긴 힘에 대한 동경과 서열이 작동하는 세계다. 그들은 무거운 거 번쩍 들 수 있는 사람을 부러워하는 한편 동료 직원이 생수통 안 간다고 우는소리를 한다.

발레 학원을 드나들면서 만난 강사 누구도 진영을 비롯한 수강생에게 노골적으로 체중 조절을 강요하지 않았다. 그러나 발레의 문화 안에서는 마른 몸에 대한 은근한 압박이 작용한다. 취미로 하는 사람조차도 학원을 드나들다 보면 어쩐지 강사 같은 몸을 만들어야 할 것 같다고 느낀다. 게다가 발레가 요구하는 몸의 기능은 우리의 삶에 있어 대단히 필수적인 것이 아니다. 우리는 과연 무대 위의 발레리나처럼 항상 고개를 바짝 세우고 컴퓨터 앞에 앉아야 하는가. 비 오는 날 물웅덩이를 발견하면 발레리나처럼 가볍게 폴짝 뛰어야 하는가. 게다가 발레하다가 무릎 다치고 허리 다치는 사람도 적지 않다. 익숙하지 않은 자세와 동작을 무리하게 따라 하다가 탈이 나는 것인데, 그렇게 다치면서도 말라서 아름다운 선생님을 보면서 내 몸에 문제가 있다고 느껴 음식부터 조절하는 수강생이 여럿이다. 진영도 다르지 않았다.

어쩌다 구두를 신고 일한 날 진영은 종일 피곤했고, 발레 수업에도 집중하지 못했다. 이처럼 몸의 기능에 이상이 생기면 일도 힘들고 퇴근한 뒤 누리는 취미 생활에도 지장이 생기는데, 몸 만들겠다고 덜 먹고 안 먹은 채 일하고 발레까지 하는 생활이 정상적일 리 없다.

진영은 4년 전으로 돌아가 발레의 시작을 생각한다. 애초에 체형을 바꾸려고 발레를 시도한 것이 아니었다. 몸이 아팠기 때문에 몸의 기능을 바꾸고자 발레 학원에 갔다.

## 발 레 와   건 강

진영은 10여 년 전 발목을 크게 다쳤다. 대학 시절 영어로 운영되는 교내 카페테리아가 생겼고, 오픈 파티에 가서 춤을 추다가 모르는 남자한테 왼쪽 발목을 밟혔다. 부어오른 부위가 가라앉고 통증이 가신 뒤에도 발목은 계속 헐렁거렸다. 발목이 헐렁하다는 게 무슨 뜻인지 이해하기 어려워 물었더니 진영은 부럽다면서 설명을 보탰다. 발을 둘러싼 뼈, 관절, 힘줄, 근육이 서로를 잡아주지 못해 휘청거리는 상태를 말한다. 전문 용어로 '만성 발목 관절 불안정성'이라 부른다. 진영은 수시로 발목을 삐었다. 평지를 걷다가도 계단을 오르내리다가도 자꾸 발목이 돌아갔다.

10년을 그렇게 살다가 2013년 겨울에야 작정하고 큰 정형외과에 찾아갔다. 의사는 진영더러 남들에게 없는 부주상골이 있다고 했다. 엄지발가락과 발목을 연결하는 부위에 손톱만 한 뼛조각 하나가 있어 힘줄의 활동을 방해하고 있다. 그래서 발목이 허약한 것이다. 부주상골이 있으면 평발이 되기 쉽다. 수술하려면 한 달은 깁스해야 하니 보통 키 다 큰 고등학생들 이 방학에 한다고 했다. 잊고 있던 남동생이 떠올랐다. 동생도 평발이었고, 미래의 군대 생활을 걱정한 부모는 진작 교정 치 료를 해줬다. 아버지도 비슷한 치료를 받았다.

의사는 당장 수술한다 해도 완치가 어렵다고 했다. 몸이 재산인 운동선수가 아니라면 수술 없이 재활하면서 그냥 매 사 주의하는 게 답이라고 했는데, 그때 '포인point-플렉스flex'라 는 운동을 권했다. 바닥에 다리를 뻗고 앉아 발끝을 폈다가 당 기는 동작으로, 마침 검색하다 발견한 취미 발레 홍보 포스트 가 포인 플렉스를 두고 발레의 기본 동작이자 발목 강화에 도 움이 되는 운동이라고 소개하고 있었다.

당시 정형외과에서 권한 것은 당장 발레 학원에 가라는 게 아니었다. 그냥 세라밴드 하나 장만해 집에서 발목 운동을 반 복하라는 것이었는데, 진영 표현에 따르면 "집에서 혼자 이런 걸 하고 있을 인간이 아니라서" 돈을 주고 시간에 대한 약속을 샀다. 2014년 1월부터 발레 학원에 나갔다.

1년간 기초반 수업을 들었다. 기초반 강사 대부분은 수강 생의 상태와 한계를 파악하고 있다. 주 2~3회쯤 학원에 출석하는 한 시간 말고는 운동할 여유가 없는 사람들이라는 것을 알고 스트레칭과 복근 운동 위주로 지도한다. 진짜 발레 동작도 포함되어 있기는 하지만 맛보기 정도다.

진영은 그것만으로도 효과를 봤다. 처음엔 온몸 구석구석이 쑤시고 아팠지만, 수업을 지속하니 언제부턴가 걷다가 넘어지는 일이 사라졌다. 발과 발목 전체가 단단해지고 균형감까지 생겼다. 꾸준히 해야 한다는 것도 함께 알게 됐다. 일이 바빠 한두 달 못 가면 발목은 다시 전처럼 헐거워졌다.

1년이 지나 수업에 익숙해지자 욕심이 생겨 중급반에 등록했다. 그냥 발목을 챙기는 수준에 만족하는 것이 옳았을까. 수업의 수준이 달라졌고 곧 무리가 왔다. 약한 발목으로 수업을 버티기가 어려워 늘 강사한테 발목의 상태를 설명하고 변명해야 했다. 되는 데까지만 하라는 강사도 있었지만 어떤 강사는 진영을 비롯한 수강생의 아우성에 전혀 응답해주지 않았다.

"여기 안 아픈 사람 없어요. 저도 아파요."

강사의 말은 사실이다. 누군가는 거북목 교정에 좋다고 해서, 누구는 허리 디스크 때문에 왔다. 누군가는 평발의 고통을 호소했다. 수업을 함께 듣는 전공생마저 늘 어딘가 아프다 했다. 강사도 알고 있었다. 이만큼 나이 먹은 성인이면 다들 한 군데 이상씩 아픈 게 당연하다 했다.

아픔의 종류도 저마다 다르다. 버틸 수 있는 아픔이 있는가 하면 도저히 수업을 따라갈 수 없는 아픔이 있다. 발목 아픈 걸 해결하러 발레 학원에 왔는데, 예술은 새로운 종류의 아픔을 요구했다. 특히나 발끝을 세우는 방법을 배우는 포인트 슈즈(토슈즈) 수업이 시작되면 어김없이 발목을 삐는 수강생이 나온다. 얼음 마사지를 하면서 이게 도대체 뭐 하는 짓인가를 한참 생각해봤을 사람들이다.

그러나 아프다고 안 나갔다간 다른 고통의 문이 열린다. 자기혐오다. 수업을 포기한 날이면 진영은 수업이 진행되는 시간 내내 이불을 뒤집어쓰고 괴로워했다. 그 고통을 아는 만큼 퇴근길 만원 버스에 시달리며 파김치가 된 몸을 이끌고 학원에 나갔고, 그러면서 서서히 중독됐다. 발레는 고통스럽다. 하지만 수업이 끝나면 몸이 가벼워진다. 가벼워지는 것이 몸인지 마음인지 잘 모르겠지만 어쨌든 가는 게 안 가는 것보다 훨씬 낫다.

한편 발레는 바르지 못한 자세 습관을 교정하는 과정이기도 했다. 대부분의 강사는 수강생의 자세를 수시로 지적했다. 단순히 발레 동작만 봐주는 게 아니라 몸의 움직임과 근육의 상태를 관찰한 뒤 어디가 발달했고 어디가 허약한지를, 나아가 걷기 방식에 문제가 있다면 왜 그렇게 됐는지를 짚어주는 것이다. 강사의 지적은 지금까지도 영향을 주고 있다. 진영은 요새 구부정하게 앉을 때마다 불편을 느낀다. 몸이 불편한 것인지 기분이 불편한 것인지 모르겠지만, 발레를 시작한 뒤로는 수시로 자세를 고쳐 앉게 되었다.


## 정 확 하 게   침 착 하 게

진영을 만나기 전, 발레 문외한인 나는 굉장히 멍청한 수준의 질문지를 먼저 보냈고 진영은 그런 내가 발레의 기본을 이해하는 데 참고할 수 있도록 유튜브 링크를 하나 전해주었다. 세계적인 발레 축제 '월드 발레 데이'를 앞두고 공개된 영국 로열 발레단의 한 시간 반짜리 수업이었다. 진영은 영상에 등장하는 사람들만큼 잘하지는 못하지만 영상과 비슷한 방식으로 배웠기 때문에 단원이 하는 동작을 다 흉내 낼 줄은 안다고 했다.

발레는 전공생 취미생 가릴 것 없이 교수법이 일정한 편이다. 진영의 설명에 따르면 초급반 이상 대부분의 발레 수업은 러시아식 바가노바 스타일, 혹은 로열 발레 아카데미의 RAD 스타일 가운데 택일해 진행된다. 중급반 이상이 되면 동작에 대한 설명 없이 지시만으로 수업이 진행되는 경우도 있어 관련 용어를 알아야 한다.

영상을 확인하자 물을 게 많아졌다. 일단 강사가 지시하는 동작을 정확하고 침착하게 따라가는 것이 수업의 핵심으로 보였다. 초보가 정확하기도 어렵지만 침착하기란 얼마나 어려울 것인가. 진영은 침착해질 수밖에 없다고 말했다. 수업을 제대로 따라가는 일이 벅차서 속도를 낼 수가 없다.

발레의 기본 동작 가운데 '턴아웃turnout'이라는 것이 있다. 진영이 벌떡 일어나 시범을 보이기를 양 발꿈치를 서로 붙인 뒤 양발을 좌우로 펼쳐 한 일(一) 자에 가까운 상태로 만드는 것인데, 가만히 서서 그 상태를 유지하기만 해도 땀이 뚝뚝 떨어진다. 그것만 해도 힘든데 수강생은 강사의 지시를 따라 무릎도 굽혔다 펴고 다리 한쪽도 들었다 내려놨다 해야 한다.

그 와중에 강사는 웃으라고 한다. 웃으려면 숨을 쉬어야 한다. 숨을 쉬면 배에 힘이 빠지고 턴아웃 자세가 무너진다. 그러면 혼난다. 그런 상태에서 동작을 빠르게 소화한다는 것은 당연히 어려운 일이다. 호흡은 초보뿐 아니라 전공생에게도 힘들어서 자세를 바꾸거나 점프할 때 숨을 쉰다고들 한다는데, 그런 여유를 초보한테까지 기대하는 건 무리다.

호흡도 버거운데 강사들은 늘 진영의 자세를 지적했다. 엉덩이를 너무 빼고 있다며 집어넣으라고 했다. 처음엔 그게 무슨 말인지도 몰랐지만, 시간이 흘러 마침내 엉덩이에 힘을 싣게 되자 허리와 배에까지 힘이 바짝 들어갔다. 써야 하는 근육이 늘자 버티기가 더 어려웠다. 시선도 늘 지적받았다. 정면을 노려보지 말고 2층 객석을 바라보라고 했다. 강사의 지시를 따라 엉덩이와 배에 힘을 싣고 동시에 시선을 위로 향하는 자세의 기대 수준이 어느 정도인가 하면, 목 바로 아래 가슴에 스마일 스티커를 하나 붙였다고 했을 때 스티커가 천장을 바라보고 웃고 있어야 한다고 진영은 설명했다. 그게 어렵다는 걸 강사도 모르지 않는다. 한국 여자라면 고개를 바짝 들고 시선을 높이 고정하는 것이 더 어렵다는 것을 안다고 어느 강사는 말했다. 보통 한국 여자에게 어려운 자세를 중급반 수강생이라면 한 시간 반 동안 유지해야 한다.

2년이 지났을 때 진영은 포인트슈즈 클래스를 신청했다. 수업을 통해 슈즈를 신고 발끝으로 서는 요령을 익히게 됐는데, 배우기 전까지 진영은 그게 기술인 줄 알았다. 그러나 이건 발끝으로 부리는 잔재주가 아니라는 것을 차차 깨달았다. 배에서 나오는 힘으로만 몸을 세우는 것이다. 하다 보면 발이 아픈 것이 아니라 그냥 몸 전체가 힘이 든다. 자세를 유지하려면 온몸 구석구석 긴장을 풀 수가 없기 때문이다.

배에 근육이 붙으면 거의 모든 동작이 수월해진다. 스트레칭이 끝나면 강사는 수강생더러 바닥에 손 짚지 말고 벌떡 일어나라고 한다. 코어 근육이 약해 겨우 몸을 일으키는 수강생과 달리 수강생보다 훨씬 마른 강사는 거의 "좀비처럼" 일어선다. 평생 발레한 사람과 평범한 우리의 근력은 같을 수 없다.

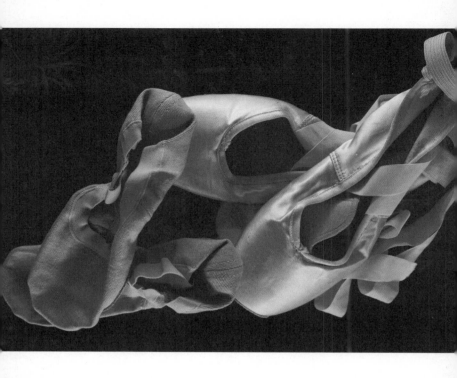

발레 열정가 진영은
수업을 듣기 시작한 지 2년이 지났을 때
포인트슈즈 클래스를 신청했다. 하다 보면
발만 아픈 것이 아니라
그냥 몸 전체가 힘이 든다고 말했다.

## 프 로 와  아 마 추 어

그렇게 해서 진영이 발레에 투자한 시간은 4년이다. 진영은 다른 단위도 쓴다. 300회 정도 레슨을 들었다고 말한다. 진영의 설명에 따르면 발레에 투자한 시간과 함께 수업에 몇 회나 참여했느냐도 중요하고, 똑같이 레슨을 300회 들었다 해도 그게 1년간 이루어진 것인가 4년간인가에 따라서 결과가 달라진다. 그래서 들인 시간과 경험한 레슨 횟수를 통해 종합적으로 역량을 판단하는 것이다. 그러나 취미 발레인 대부분은 진실을 말하지 않는다. 기대의 수준을 낮추기 위해서 줄여서 말한다.

한편 진영을 포함한 발레 열정가들은 <지젤> 같은 유명한 공연을 올리는 시즌이 되면 다들 공연을 보러 가고 함께 괴로워한다. 발레 열정가가 되면 다들 공연을 보면서 프로 발레리나와 자신을 동일시하고 슬퍼한다. 나는 왜 저렇게 하지 못할까. 1년 이상을 투자했고 레슨 횟수도 적지 않으며 발레 용어도 다 아는데. 무대 위의 발레리나가 하는 저 동작도 다 배워서 아는 것인데.

취미 발레인을 괴롭게 만드는 사람들이 또 있다. 다양한 유형의 '넘사벽'이다. 한때 진영이 드나들었던 규모가 좀 있는 학원에는 전공생반이 있었다. 개인 레슨을 받는 입시생도 있었다. 어릴 적에 전공을 목표로 발레를 했으나 그만둔 뒤 취미

삼아 발레 학원으로 돌아온 사람들도 있었는데, 의사나 변호사 같은 전문직이 많았다. 발레와 무관한 삶을 산다 해도 진작 쌓아둔 기초가 있어서 엄청 잘한다. 그런 사람들을 볼 때면 진영과 같은 평범한 직장인은 슬퍼진다. 저들은 발레도 잘하고 공부도 잘하고 일까지 잘하는데 나는 뭘까.

"발레를 포기한 뒤에 좋은 직업을 얻는 것도 결국 계급 맥락일까요?"

"그럼요. 발레는 일단 부모의 재력이 필요한 분야니까요."

진영은 발레를 시작한 뒤 이런저런 커뮤니티에 드나들면서 입시 발레 과정을 대략 알게 되었다. 그런 커뮤니티에는 취미로 하는 사람도 있고 전공생도 있지만 전공생의 부모도 있다. 어느 학부모가 말하기를 입시 발레는 적어도 월 삼사백이 든다고 한다. 발레라는 용어는 프랑스에서 왔고 교수법은 러시아 방식을 따르지만 콩쿠르를 휩쓰는 세계적인 인재는 한국에서도 많이 나온다고 하는데, 그렇게 투자하고 지원해 독하게 매달리니 못할 수가 없다. 발레를 포기해도 부모의 지원은 사라지지 않는다. 다른 공부로 향하는 다른 투자가 시작된다.

## 발레와 예술 그리고 여성혐오

　나는 책을 생각하기 한참 전에 트위터에서 진영을 발견했다. 트위터만 염탐한 게 아니라 블로그도 봤고 그 밖에 다른 기록까지 적당히 훑은 뒤 만남을 청했다. 그간 살펴봤던 진영의 발레 관련 기록 가운데 하나는 여성 생활 웹 매거진 <핀치>에 10회 연재했던 발레 공연 리뷰다. 관람한 공연은 더 많지만 "바닥이 드러날까 봐" 열 편만 쓰고 마무리했다고 말한다. 어쩌다 공연을 그렇게 연달아 보게 되었느냐 물었더니 진영은 공연을 보다가 취미 발레를 시작하는 사람이 꽤 많다는 답을 준다.

　한편 발레 학원을 다니다 보면 자연스럽게 공연을 접하게 된다. 강사가 발레단 소속인 경우가 많고, 그런 강사가 여는 수업은 공연 시즌이면 중단된다. 그 시기에 수강생은 강사의 무대를 보러 공연장에 간다. 이렇듯 발레를 하다 보면 공연 전반에 대한 정보가 생기기 마련이고, 그러다 어느 정도 궤도에 올라 특정 작품을 연습하다 보면 수준 높은 공연을 보고 싶어지기도 한다. 꾸준히 발레 학원에 드나드는 사람들을 살펴보면 공연장에 안 가는 경우가 드물다. 공연을 보러 일본에 가는 것도 대수롭지 않은 일이다.

　그러나 진영은 언제부턴가 공연이 불편해졌다. 처음에는 발레가 다 여자 것인 줄 알았다. 대부분의 발레 공연은 발레리나가 주인공이다. 발레리노가 등장하기도 하지만 눈에 잘 안 들어왔다. 진영의 표현을 그대로 옮기자면 발레리노는 "쫄쫄이 입고 나와서 리프트만 한다"고 생각했다. 순진했던 시절에는 무대가 그렇게 보였다. 국립발레단의 강수진과 유니버설발레단의 문훈숙을 보면서 더 그렇게 생각했다. 그러나 어느 순간 페미니즘에 눈을 뜨고 무대 뒤까지 들여다봤더니 발레는 은행 같았다. 창구는 여성이 지키지만 결국 남성의 자본으로 운영되는 방식이다. 발레단을 남자가 소유하는 경우가 많다. 세계적으로 유명한 안무가도 대부분 남자다. 즉 발레와 관련된 의사 결정권은 대부분 남자의 것이다.

발레는 안무가에 따라 내용이 달라지기도 한다. 내용은 물론 캐릭터의 성격까지 바뀐다. <잠자는 숲속의 공주>의 경우 오로라에게 저주를 내리는 악마를 남성이 연기할 수도 있고 여성이 할 때도 있다. 해석이 다양하니 가끔은 내용 이해가 어려워 원작을 살펴봐야겠다 싶었다. 그런데 뜯어보니 발레의 서사도 다 이상했다.

먼저 진영은 한국 발레 <심청>을 예로 들었다. 일명 '효도 발레'라 불리는 작품이고, 주로 가정의 달 5월에 무대에 올린다. 1막에선 심봉사와 심청이 춤을 춘다. 아버지는 어른이고, 심청은 "많이 부모화되긴 했지만" 어쨌든 아이다. 심봉사는 딸에 대한 사랑을 표현하면서 어딘가를 더듬더듬한다. 저게 사랑일까. 아무리 봐도 아이를 대상으로 하는 어른의 의존이고 착취인 것 같은데. 심청은 곧 인당수에 몸을 던진다. 진영 생각에 그건 자살이다. "더러워서 죽고 말지" 하는 체념의 행위에 가깝다. 마무리도 석연찮다. 아버지 때문에 고생했던 딸이 결국 새로운 남자를 만나 팔자가 폈다는 것이 발레 <심청>의 결말이다.

그렇다면 유럽의 발레 스토리는 당당한가. 진영 생각에 다 똑같다. 그 유명한 <백조의 호수>도 뜯어보면 여자를 새로 만들어서 말도 못 하게 만들어놓고 왕자가 집적거리는 이야기다. <지젤>의 주인공 지젤은 사기 결혼의 피해자다. 그런데도 죽어서까지 가해자인 왕자를 감싸준다. <호두까기 인형>은 여자아이 마리와 대부의 관계를 다루는데, 차마 그 둘을 사랑하는 관계로 만들 수 없었기 때문에 호두까기 인형이라는 매개를 동원한 것이라고 진영은 생각한다.

개선의 여지가 있을 것 같았다. 여성 안무가가 등장해 멋지게 재해석을 한다면 발레를 둘러싼 이 모든 여성혐오가 교정될 수 있지 않을까. 진영이 만난 어떤 강사가 현실을 말해줬다. 러시아에서 종종 그렇게 실험적인 시도를 한다. 그러나 관객이 없다. 베토벤 교향곡 공연은 객석이 꽉 차지만 현대 작곡가의 공연에는 그만한 호응이 따르지 않는 것처럼, 공연 대중이 원하는 것은 컨템퍼러리가 아니다.

## 발레와 퇴근

취미로 하는 사람에게 발레는 운동에 가깝다. 하지만 요가를 운동이 아닌 수련이라고 말하는 것처럼 발레 또한 운동이라 부르는 게 적절하지 않은 것 같아 발레의 장르와 범위를 물었다. 진영은 폭넓고 세밀한 답을 준다. 십 대 전공생들에게 발레는 입시다. 대학에 합격한 전공생들에게는 취업이다. 예술은 단원이 된 사람들에게 통하는 개념이다. 직장인에게는 그냥 취미다.

한편 나는 진영이 발레 일기를 기록해둔 블로그를 통해 신박한 표현을 알게 되었다. 직장인의 발레는 성인 발레 혹은 취미 발레라 불리기도 하지만, 더 정확하고 더 절박한 용어가 있다. 진영 편 제목에 명시한 "퇴근 발레"다. 그 말의 주인은 진영이다. 진영은 그 슬픈 이름을 똑같이 퇴근한 뒤 발레하는 블로그 이웃 모두가 좋아했다고 말했다.

이제 진영의 출퇴근을 말해야 할 때가 되었다.

"절대로 돈을 빌려주지 마시고 일숫돈을 쓰지 마십시오. 그럼 이만."

책의 기획 의도를 설명하고 만남을 청하고자 나는 진영의 블로그에 긴 댓글을 남겼고 곧 우리는 메신저로 넘어와 더 긴 말을 주고받았다. 방금 인용한 문장은 직업 이야기까지 오간 뒤에 진영이 남긴, 그래서 나를 쓰러뜨린 그날의 작별 인사였다. 진영의 직업은 앞서 말한 것처럼 공무원이고, 수사 기관 소속으로 범죄와 관련된 업무를 한다. 주로 남의 돈을 쓰고 갚지 않은 사람들을 만난다.

범죄자를 처벌하고 정의를 찾고 싶어서 선택한 직업은 아니다. 안정적인 상태를 중요하게 여기기도 했고, 각종 '미드'를 통해 수사 기관의 이모저모를 접하면서 아주 재미없지도 않을 것 같아 대학을 졸업한 뒤 2년쯤 학원 강사로 일하면서 준비했던 일이다. 2008년 시험에 합격한 진영은 첫 발령을 독립의 기회라 여기고 고향과 작별한 뒤 곧 서울로 왔다.

일터가 수사 기관이라고 하니 미디어를 통해 접한 정보가 전부라 물을 것이 많아진다. 일로 만나는 다양한 사람들에 대한 감정을 묻자 진영은 다른 직장인이 동료나 거래처 사람 만나는 것과 크게 다르지 않다 했다. 해야 할 일도 많다. 각종 수사물에선 선과 악이 분명해 보이는 거대한 사건 하나를 다루지만, 진영은 "월평균 백여 명의 민원인으로부터 무언의 재촉을 계속 받고 있는" 상태다. 히어로물의 주인공을 꿈꾸기에 공무원의 일터는 너무 바쁘다.

진영은 출근하는 사무실을 "방"이라 불렀다. 진영을 포함해 한 방을 쓰는 동료 넷 가운데 하나만 남자인데, 같은 일로 긴 경력을 쌓아온 그는 가끔 격세지감을 이야기한다. 예전에는 더 많은 남자와 방을 썼다. 요새는 출근하면 다 여자고 병원에 가도 여자고 동사무소 직원도 여자다. 멀쩡한 자리에서 일하는 사람은 다 여자라는 것이다. 그럼 남자는 어디에 있을까. 구치소에 가면 있다고 그는 말했다.

나는 몇 달 전쯤 트위터에서 돌고 돌던 어떤 번역 문서를 통해 진영을 발견했다. 분량이 꽤 되는 글이었다. 진영이 번역한 것이다. 진영은 영문과 출신이다. 번역 수준이 상당하니 조금 더 깊게 파볼 생각 없느냐 묻자 진영은 언어를 둘러싸고 가장 큰 흥미를 느끼는 분야를 말한다. 인터넷에 필요한 영어다. 조금 더 정확하게 말하자면 '덕질'에 필요한 영어다. 뭔가에 꽂히면 자료를 찾기 마련이고, 그럴 때면 영어로 검색해야 더 수준 높은 결과를 얻을 수 있다. 여기에는 단순한 해석 능력 이상으로 키워드 센스가 요구된다. 그렇게 해서 진영은 발레와 관련된 다양한 문서를 찾고 번역해 '랜선' 발레 친구들과 적극적으로 나누곤 했다.

## 발 레 와  이 별 하 기

진영은 공무원이지만 출퇴근 시간이 일정하지 않다. 한때는 새벽에 출근했다. 발레하던 시절에는 운 좋게 일주일에 한번쯤 정시 퇴근하고 집에 들어오면 여덟시였다. 그런 날이면 고양이 밥을 챙기고 화장실까지 치운 뒤 밤 아홉시에 시작되는 수업을 들었고, 토요일 정오에 시작되는 주말반 수업에도 참여했다. 주말 수업은 인기가 좋다. 인원이 차면 마감되기 때문에 오전 열한시까지 가서 대기해야 했다. 따라서 주말이라고 늦잠 자는 건 꿈도 못 꿨다.

진영은 더 숨 가쁘게 발레하는 친구 이야기를 들려주었다. 집은 강남이고 학원은 마포인데, 2년째 일주일 내내 학원에 간다고 했다. 전문직 종사자로 업무량이 적지도 않은 친구다. 나는 여기서 말을 잘라야 했다.

"그 친구 설마 혼자 살아요?"

"부모님이랑 같이 살아요. 제가 그렇게 발레를 한다면 집이 개판이 될걸요."

수업이 있는 날이면 진영은 발레에 약 세 시간을 썼다. 발레는 복장을 갖추는 일에도 시간이 필요하고, 수업 전후로 몸도 풀어줘야 한다. 여기에 30분 이상을 썼다. 수업은 한 시간 반 진행된다. 수업이 끝나면 빨래가 기다린다. 땀에 젖은 빨랫감을 들고 집에 돌아오면 고양이는 쫄쫄 굶고 있고 청소와 장보기, 설거지까지 집안일은 하나도 안 되어 있다. 다음 날 입고 나갈 옷도 없다. 게다가 진영은 운동하고 나면 진이 빠져서 밥도 잘 못 먹고 잠도 잘 못 잔다. 언제부턴가 도저히 지쳐서 버틸 수가 없었다.

얼마 전부터 동거인이 생기면서 몇 가지 문제가 해결되기는 했다. 지금은 공무원이 된 동거인이 한때 '취준생'이었던 까닭에 진영이 퇴근하고 집에 돌아오면 청소는 물론 밥까지 다 되어 있어 "밥줘충"이 된 기분까지 느꼈다. 그런 동거인에게 발레 좀 하겠다고 저녁 일과 가운데 세 시간이나 혼자 써버리는 것은 예의가 아니라고 생각했다. 그런 날이면 둘이 밥도 같이 못 먹는다. 진영 몫의 집안일도 동거인이 다 해야 한다. 그런 이유로 진영은 2018년 2월 발레를 중단했다.

하던 운동 내려놓기 아깝다는 생각에 요가로 갔다. 회사 바로 옆에 요가원이 있어 야근을 하더라도 잠깐 다녀올 수 있을 것 같아 택했는데, 수영장이 가까웠다면 같은 이유에서 수영으로 돌아갔을지도 모른다. 발레와 비교하면 요가든 수영이든 들이는 시간이 훨씬 짧다. 마치고 집에 돌아와 씻는 시간까지 포함해 한 시간 반 정도만 쓰면 된다.

막 요가를 시작하면서 진영은 지금이야 바빠서 시간을 덜 쓰는 다른 운동을 하고 있지만, 언제든 발레로 복귀할 수 있을 거라고 생각했다. 그런데 영영 돌아가지 못할 몇 가지 이유가 생겼다.

생각보다 요가가 재미있었다. 발레처럼 정해진 규칙과 순서를 따르는 아쉬탕가에 매혹됐다. 지도자한테도 애정이 생겼다. 회사와 가깝다는 단순한 이유로 택한 요가원이 알고 보니 수업의 질이 높기로 꽤 유명한 곳이기도 했다.

그러는 사이 페미니즘을 둘러싸고 꾸밈 노동에 대한 비판과 성찰에 이어 탈코르셋 논의가 시작되었다. 고민도 늘었고 생각도 달라졌다. 아름답게 자신을 가꾼 여성을 정면으로 바라보는 게 이제는 전과 달리 아주 많이 힘들다. 발레 공연은 더 힘들어졌다. 발레는 의상부터가 고통스럽다. 말 그대로 코르셋처럼 몸을 죄는 옷을 입어야 하는 장르다.

진영은 2018년 4월 요가 회원권을 6개월로 연장하는 것으로 발레를 완전히 내려놓기로 했다. 그 김에 옷장도 정리했다. 다시 발레가 생각나면 언제든 돌려주겠다 말하는 친구에게 몇 번 입지 않은 레오타드(상하의 일체형 발레 전용 복장)와 스커트를, 그리고 포장도 뜯지 않은 레깅스를 선물했다.

진영은 얼마 전 극장에 갔다가 현대 무용을 주제로 연출한 에어팟 광고를 봤다. 자유롭게 춤추는 모델을 대형 스크린으로 마주한 순간 기쁨과 슬픔을 동시에 느꼈다. 한없이 아름다웠지만 공격받는 느낌이기도 했다. 동거인과 함께 스포츠 용품을 사러 갔다가 탈의실에서 세계적인 발레리나 미스티 코플랜드의 화보를 우연히 봤을 때도 그랬고, 요가원 지도자가 특정 요가 동작을 발레에 비유할 때도 그랬다. 그러나 이제는 그 기쁨과 슬픔도 어느 정도 정리됐다.

"아쉽지 않아요?"

"4년쯤 했으면 뽕을 뽑았다고 생각해요."

발레는 사라졌지만 그래도 4년간 지속했다는 소중한 성취감은 남았다. 그렇게 시간을 투자한 덕분에 발레를 할까 말까 고민하는 이들에게 상담도 해줄 수 있다. 이만하면 됐다고 진영은 생각한다.

현재 진영의 옷장엔 레오타드 한 벌이 걸려 있다. 검은색에 붉은색 꽃을 수놓은 것인데, 나는 확인하지 못했지만 진영은 아름다운 옷이라고 말했다. 이것만큼은 정리하기 어렵다. 발레에 대한 미련 때문이 아니다. 다른 건 몰라도 이건 엄청 비싸게 주고 산 것이기 때문이다.

2018년 5월

# 운동을 싫어한다고 생각했는데

최지은 | 자전거 열정가 | 3개월 차

· 1980년생이다.

· 2017년 서울자전거 따릉이를 만났고, 잠시 소원했다가 2018년 5월부
  터 다시 탔다.

· 평일 오후 세시 무렵 한강변에서 한 시간 가량 탄다.

· 매월 따릉이 정기권을 결제한다. 매일 두 시간 기준 월 7천원이다.

· 온라인 연예 매체 기자로 11년 일했고, 2017년 봄부터 프리랜서가
  되었다. 글을 쓰고 강연을 한다.

· 기상과 취침 시간이 매우 자유로운 편이다.

· 생활권은 서울이다. 집 바로 앞에 따릉이 거치대가 있고, 한강 자전
  거 도로까지도 금방이다.

· 배우자와 함께 살고 있다.

yoga
futsal
swing dance
strongfirst
jiu-jitsu
boxing
running
ballet

**cycle**

swimming

그동안 만났던 운동 열정가에게 늘 평균 출퇴근 시간을 물었다. 집에서 일하는 프리랜서 작가 최지은에게는 다른 질문이 필요했다. 평균 기상 및 취침 시간을 물었고, 밤 서너시에 잠들어 열두시나 한시에 일어난다는 답을 얻었다. 마주보고 앉아 묻고 듣기 전까지 내가 예상했던 최지은의 하루는 그런 것이 아니었다. 아침 일찍 일어나 글을 쓰고 분량을 뽑은 뒤에 오후에 자전거를 타러 나가는 어느 작가의 알차고 건강한 일과를 상상했다. 운동을 방해하는 요인은 40~50℃에 육박하는 끔찍한 '겨름' 연교차뿐일 것이다.

　　그렇게 믿을 만한 몇 가지 이유가 있었다. 내가 만남을 청했을 때 어느 평일 오전 열한시에 보자고 답했던 최지은은 몇백 혹은 몇천짜리 MTB가 아니라 서울특별시 공공 자전거 서비스 따릉이 얘기를 들려줄 사람이기 때문이다. 따릉이는 선택하는 시간에 따라 가격이 달라지긴 해도 꽤 저렴한 편이다. 월 5천원(매일 한 시간)에서 7천원(매일 두 시간) 정도만 쓰면 된다. 이 모든 단서를 종합해 무라카미 하루키의 글쓰기와 달리기처럼 규칙, 능동, 효율, 합리 같은 개념을 기대했다. 얻은 답은 달랐다.

최지은은 자전거를 타면 좋다는 말도 몇 번 했지만, 어릴 적부터 운동을 싫어했다고 더 많이 말했다. 그리고 오전 열한 시면 보통 집에 누워 있지 이렇게 시내 한복판에 나와 있는 날은 매우 드물다고 했다. 듣느라 바빠 내색하지 못했는데, 예상이 빗나갈 때마다 사실 많이 기뻤다. 아침형 인간의 생산성, 규칙적인 일과의 중요성, 적당한 운동의 필요성 같은 것을 우리는 모르지 않는다. 그러나 더 많은 우리의 마음을 제대로 여는 이야기는 그런 것이 아니라고 나는 믿는다.


## 초 여 름 오 후 세 시 한 강

스토커처럼 보일까 봐 걱정하면서 쓴다. 나는 최지은의 따릉이 주행 기록을 조금 알고 있었다. 2018년 5월 28일 68분 13.87km, 5월 29일 62분 13.48km, 5월 30일 82분 14.8km, 6월 28일 26분 2.69km. 7월의 기록은 몰랐다. 8월의 사정도 마찬가지일 것이라 생각했다. 아무리 자전거에 과몰입하는 사람이라 해도 2018년 여름과 맞선다는 것은 위험한 일이었다. 나는 그 괴로웠던 여름에 최지은을 만났다.

만남을 앞두고 사전 조사에 참고한 자료는 최지은의 첫 책 <괜찮지 않습니다>였고 네이버에서 검색되는 다양한 대중문화 관련 기사였으며 8년 운영한 트위터였다. 5~6월의 따릉이 일지를 캡처해 올려 둔 다른 SNS 계정도 유용했다. 이 같은 참고 자료를 기반으로 내가 파악한 최지은의 삶은 다음과 같이 요약되었다. 지난 11년간 다양한 온라인 연예 매체에서 기자로 일했다. 그러다 이력을 바탕으로 책을 썼는데, 그 책은 여성주의적 관점에서 대중 매체와 엔터테인먼트 산업을 관찰하고 논평한 결과이다. 그리고 2018년 5월 따릉이를 만나 초여름까지 탔다. 매일 타진 않았지만 일단 앉으면 평균 한 시간 이상을 달렸다.

그런 최지은과 마주 앉은 뒤에 나는 초기에 확보한 정보를 조금 더 보충하고 수정할 수 있었다. 최지은은 2017년 따릉이를 처음 접했고, 스스로 기억하지 못하는 이유로 중단했다가 2018년 초여름 "계속 이렇게 살아선 안 되겠다"는 이유로 재회했다. 다시 따릉이에 오른 최지은은 오후 세시 무렵부터 한강변 자전거 도로를 달렸다. 회사를 그만둔 지 1년 넘은 프리랜서 작가라서 가능했던 일과였다. 내가 듣고 받아 적은 표현을 그대로 옮기자면 하루 가운데 최지은의 세시는 이런 시간이다.

"새벽 세시쯤에 자서 오후 한시쯤에 일어나 점심을 먹고 적당히 쉬다가, 너무 배부르지 않은 상태에서 내가 너무 쓰레기 같이 살았구나 싶어서 따릉이라도 타야지 하고 나가는 시간이었던 것 같아요."

최지은은 이어서 내가 묻지 않은 진실도 실토했다. 최지은의 SNS를 통해 내가 확인했던 따릉이 이용 시간은 순수하게 페달을 밟았던 기록이 아니다. 한강은 직선 코스라서 적당히 달리면 돌아와야 한다. 갔던 길을 따라 돌아가기로 마음먹으면 좀 쉬어야 한다. 따릉이 어플리케이션은 대여한 시간만 인지할 뿐 휴식까지 계산해주진 않는다. 즉 기록된 것보다 덜 탄 것이다.

나는 최지은으로부터 기록에 따르는 영웅담보다 따릉이에 대한 애착을 더 많이 들었다. 끔찍한 더위가 시작된 7월부터 SNS에 올릴 만한 기록은 안 나왔지만 계속 타긴 했다. 한시간씩 한강변을 왕복할 수 없는 계절에도 따릉이는 만족할 만한 용도가 있었다. 걷기에도 버스를 타기에도 애매한 도서관, 마트, 병원까지 늘 따릉이가 데려다주었다. 나가는 게 귀찮아도 따릉이를 타고 간다고 생각하면 기대가 되고 신나는 게 있다.

나를 만난 날 최지은은 따릉이 정기권이 전날 끝났지만 매일 안 타더라도 계속 끊을 것이며 더 오래 달릴 수 있는 가을을 기다리고 있다고 했다. 따릉이 사업이 적자라는 소문을 접할 때마다 걱정스러우며 지금보다 가격을 좀 더 올려도 탈 의향이 있다고도 말했다. 충청도에도 비슷한 서비스 '타슈'가 있다고 듣긴 했지만, 서울 사람이라서 이런 저렴한 혜택을 누린다는 것을 인지할 때마다 미안한 마음이 든다고 덧붙였다.

## 따릉이가 선택된 이유

최지은한테는 따릉이만큼 사랑받지 못한 자전거가 있다. 10년 전쯤 회사 동료한테서 중고로 산 것인데, 사놓고 바빠서 못 타다가 시간이 생겨서 끌고 나가봤더니 아파트 엘리베이터로 자전거를 내리는 것부터 쉽지 않았다. 아파트 단지를 빠져나온 뒤에 인도와 차도를 두루 지나 자전거 전용 도로까지 진입하는 과정 또한 꽤 고달프다는 것도 알게 되었다. 10년쯤 방치된 자전거에 할 말이 더 많은 사람은 집에서 더 많은 시간을 보내야 하는 최지은의 부모일 것이다.

그런 자전거를 두고 집을 떠났더니 다른 자전거가 여러 대 나타났다. 결혼과 함께 독립한 집 앞에 1년 전 따릉이 거치대가 놓였고 자전거가 잔뜩 들어왔다. 회사를 그만두자 시간이 많아졌고, 누군가 그냥 어플리케이션 하나 깔고 빌리면 된다더라 했던 게 생각났다. 하루 한 시간을 타느냐 두 시간을 타느냐에 따라 가격이 달라지지만, 아무리 욕심부려 타겠다 해도 따릉이는 이용자에게 아주 많은 돈을 요구하지 않는다. 한 달 만원 안쪽이다. 결정적으로 따릉이 거치대는 최지은의 집 앞에 있고 거치대로부터 자전거 도로까지도 금방이다. 간단하고 안전하다. 최지은의 표현에 따르자면 따릉이 앞에서는 핑계를 댈 수가 없다.

"아파트에서 자전거 끌고 나가는 거 진짜 귀찮거든요. 운동 싫어하는 사람한테는 사전 단계를 최소화하는 게 정말 중요해요."

자전거를 타는 최지은과 자전거를 안 타는 최지은은 다르다. 들은 내용을 그대로 적자면 최지은은 넷플릭스를 켜두고 휴대폰으로 게임을 하다가 트위터를 하는 "산만한 사람"이다. 한 번에 여러 가지 일을 하며 잡다한 정보를 흡수하고 잊고 하는데, 자전거에 오를 때면 "그 모든 딴짓"을 할 수가 없다. 생각만 해야 한다.

그렇게 생각에만 갇혀 있는 걸 싫어하는 사람이라서 러닝머신에 오를 때 특히 정말 싫다. 자전거를 타도 생각만 해야 하는 것은 마찬가지이지만 그래도 시시각각 풍경이 변하고 사람이 나타나고 사라지고 한다. 보이는 게 달라지면 생각도 전환된다. 운동의 좋은 점은 자신에게 집중할 수 있다는 것이지만, 최지은에게 자전거의 좋은 점은 자신한테만 온전히 집중할 수 없다는 것이다.

길 위에서 마주친 어떤 사람은 그냥 스쳐 가지만, 어떤 사람들은 조금 더 긴 관찰과 상념의 대상이 된다. 몇십 km씩 타는 어르신을 볼 때마다 연골이 남아날까 걱정하는 한편 복장만 보고도 먼 길을 달려온 동호회 무리라는 걸 단번에 알아볼 수 있게 되면서, 최지은은 자전거도 달리기와 마찬가지로 어느 순간을 넘으면 '하이'가 온다는 걸 조금은 이해하게 되었다. 하이에 취해 내리지 않고 계속 달렸다간 '봉크bonk'가 올 수도 있는데, 몸이 상하는 줄도 모르고 너무 달린 탓에 혈당 수치가 떨어져 의식 저하에 이른 상태를 말한다. 최지은이 아직 경험한 것 같지는 않지만 봉크까지 가지 않아도 달리는 자의 절정과 탈진을 말할 수는 있다.

달리기와 자전거는 다르다. 달리기는 하이까지 가려면 전신을 다 써야 한다. 폐가 너무 힘들고 지쳐서 나가떨어지는 순간이 금방 온다. 자전거는 체력의 고갈이 달리기보다 훨씬 늦게 온다. 게다가 자전거는 혼자 하는 힘들고 지루한 투쟁이 아니다. 그리고 인간의 다리보다 빠르다. 자신이 가진 속도 이상을 낼 수 있다. 운동 좋아하는 사람들 대다수가 짠 것처럼 자기한테 맞는 운동 찾는 게 중요하다고들 하는데, 그런 의미에서 자전거는 걷는 것도 달리는 것도 싫어하는 데다 지루한 걸 잘 견디지 못하는 최지은에게 맞았다.

이렇게 강점이 많다고 해도 따릉이가 완벽한 운동 수단이라고 말하기는 어렵다는 것을 최지은은 인정한다. 아직 성능을 논할 만큼 자전거를 알지 못하지만 비싼 자전거를 타면 아마도 이것보다 잘 나가겠구나 생각할 때가 있다. 게다가 따릉이의 성능은 무작위다. 매일 똑같은 따릉이를 탈 수는 없다. 운이 따라야 어제보다 상태가 괜찮은 따릉이를 만난다. 그리고 운동 효과에 대해서도 아직 확신하기 어렵다. 이는 따릉이의 문제가 아니라 투자한 시간 탓이다. 효과를 말할 수 있을 만큼 아직 길게 타지 않았다.

그러나 최지은은 따릉이의 한계보다 따릉이를 통해 이룬 변화에 대해 할 말이 더 많다. 초여름까지 달렸던 기록을 두고 자진해서 몸을 움직이는 일을 오래 거부해왔던 자신에게 엄청 큰 변화라고 말했다. 직접 들려준 표현을 옮기자면 자신은 "나가지 않을 수 있으면 안 나가고, 걷지 않을 수 있으면 안 걷는 사람"이기 때문이다.

다른 변화도 있었다. 최지은은 언제부턴가 자전거 도로와 인도가 나란히 붙어 있는 길을 걸을 때면 인도로만 다니려고 신경을 쓴다. 횡단보도에서 턱이 없는 곳은 자전거, 유아차, 휠체어처럼 바퀴 달린 것을 타는 사람이 쓰도록 비켜선다. 꽤 오

자전거 열정가 최지은은
따릉이를 계속해서 칭찬했다.
걷기에도 버스를 타기에도 애매한 모든 곳에
늘 따릉이가 데려다주었다고 말했다.

랜 시간 성인 비장애인 보행자 기준으로만 살아왔는데, 상황
이 바뀌니 시야까지 달라졌다.


## 자 전 거 와  곱 창  그 리 고  사 랑

첫 따릉이 기록을 SNS에 올린 날 최지은은 운동 뒤에 먹
은 것도 같이 올렸다. 곱창이었다. 따릉이를 타고 나면 오늘의
할 일을 다 마친 것 같다고 했다. 그래서 맛있는 걸 먹을 자격
이 있다고 느낀다는 최지은에게 나는 좀 뻔한 것을 물었다. 그
렇게 힘들게 운동하고 그렇게 기름진 걸 먹는 게 좀 아깝지 않
았느냐 했다.

그런데 나는 뻔한 질문으로부터 기대하지 못했던 많은 것
을 얻었다. 최지은이 들려준 답변의 핵심은 사랑이었다. 그리
고 사랑을 전후로 얻은, 몸에 대한 전과 다른 인식이었다. 곱창
얘기는 매우 짧았다. 나는 대신 최지은의 삶과 인연을 조금 더
들여다볼 수 있었다.

약 5년 전의 최지은이라면 '운동 후 곱창'에 상당한 죄의식
이 따랐을 것이다. 그 무렵 최지은은 어느 다이어트 한약이 효
과가 좋더라는 정보를 접하고 회사 동료들과 함께 사다 먹은
일이 있다. 그 시절을 돌아보면서 최지은은 먹는 것을 의식하
기 시작하면 눈뜨고 잠들기까지 하루가 통째로 괴로워지고,

배고픈 것도 짜증나는데 억제하면 더 피곤하다고 말했다. 이십 대부터 삼십 대 초반까지만 해도 최지은도 체중 압박에 길게 시달렸다. 그때만 해도 다이어트 약을 먹는다는 결정까지 가는 길이 아주 어렵지 않았다. 그런데 어느 순간 다 내려놓게 되었다.

일단 나이를 먹으니 젊은 여자로서 성적으로 대상화될 일이 줄었다. 이어서 연애와 결혼을 거치면서 불특정 다수에게 예뻐 보여야 한다는 강박도 사라졌다. 먹는 습관도 변했다. 먹는 것을 덜 고민하자 오히려 폭식과 과식도 덜 하게 되었고, 이제는 운동과 체중을 연결해서 생각하지도 않는다. 이는 사랑을 통해 얻은 것이다.

신체와 체중에 대한 인식을 바꾸는 데 특히 중요한 역할을 한 대상이 배우자라고 최지은이 솔직하게 말했을 때, 나는 동지를 얻은 것처럼 기뻤다. 사실은 좀 슬펐다. 나도 그랬다. 늘 여성의 해방과 주체적인 삶을 주장하고 있는데, 그 해방은 과연 무엇으로부터 획득한 것인가. 이성애자 기혼자 여성이 남성 다수를 신경 쓰지 않게 되기까지 아주 특별하고 강력한 한 명의 배우자 남성과 그로 인한 마음의 평화가 필요했다는 사실을 인정하기가 조금 힘이 든다.

최지은도 같은 고민을 한다. 사랑하는 사람을 만났고, 그는 최지은의 모든 것을 있는 그대로 받아들였다. 이제는 모든 사람에게 예뻐 보이지 않아도 되고, 그럴 필요도 없다는 것을 안다. 자신의 모든 것을 긍정하는 사람을 좋아할 줄 알게 된 덕분이라고 최지은은 말했다.

"내가 잘나서 자유로워진 것이 아니니까요."

한편 최지은은 배우자 말고도 시간의 흐름 속에서 얻은 다른 가치를 이야기했다. 경력이다. 최지은은 "이십 대의 3분의 2를 무엇을 해야 할지 헤매다가" 스물일곱 살에 기자가 되었다. 정신없이 일하다 보니 어느새 삼십 대 중반이 되었고, 나이 말고도 성과라 말할 수 있을 만한 것들이 쌓였다. 글이 재미있다, 좋다, 글을 잘 쓴다 하는 이야기도 들었고, 평판과 함께 일도 늘었으며 어떤 일은 선택할 수 있게 되었다. 기자라는 직업은 기록을 쌓는 일이고, 10년 일한 끝에 책도 한 권 나왔다. 수중의 돈도 예금과 적금을 넘어 전세 보증금을 이야기할 수 있을 만큼 전보다는 늘었다. 최지은의 표현을 빌리자면 "외모가 아니더라도 가진 것이 몇 가지는" 생겼다.

"그러니 젊은 여성은 더더욱 외모에 기대게 되고, 외모가 권력이라 생각할 가능성이 높은 것 같아요. 젊어서 어리석어서 그런 게 아니라 아직 젊어서 가진 게 아무것도 없는 상태이기 때문에. 어떠한 일을 오래 했는데 그게 내 것으로 남지 않는다면 과연 우리는 무엇으로 결핍이나 허기를 채울 수 있을지도 생각해보게 되네요."

최지은은 최근 집을 청소하다가 10여 년 전에 발리로 놀러 가서 친구들과 찍은 폴라로이드 사진을 발견했다. "차림새는 조금 촌스러웠지만" 지금보다 화사하고 밝은 자신이 거기 있었다. 과거의 자신이 지금보다 아름답다는 생각도 했다. 하지만 최지은은 그때로 돌아가고 싶지 않다. 이제는 늙었다고, 그래서 예쁘지 않다고 말하는 것으로 논의를 끝내고 싶지도 않다. 나이로 인해 얻게 되는 것, 그리고 나이와 함께 무감해지는 어떤 것을 더 많이 말하고 싶다.

사실 곱창에서 시작된 이 이야기의 일부는 전혀 기대하지 못했다. 인터뷰를 청하기 전부터 최지은의 배우자가 훌륭한 사람이라는 것, 그리고 연애와 결혼을 통해 얻은 변화를 조금 알기는 했다. 이름을 알고 하는 일을 알고 근황을 가끔씩 들을 수 있어서 내가 아는 건 딱 여기까지였다. 최지은은 내 친밀한 친구의 친구다. 그렇게 만난 최지은과 나는 운동 이상으로 더 많은 것을 나누게 되었다.


## 44와 55 사이에서

운동으로 시작한 우리의 이야기는 곧 몸과 외모로 전환되었다. 최지은은 자신의 몸을 부정하는 일에 익숙했던 과거로 갔다. 바지는 진작부터 문제였다. 오래전 바지 정장을 사야 했을 때 상의와 하의 사이즈가 같지 못했다. 최지은의 몸을 대강 살핀 점원이 내어준 청바지 앞에서 더 큰 사이즈를 달라고 말해야 할 때마다 자존심이 상했다. 이십 대 시절에는 그랬다. 그렇다고 상체를 사랑하지도 못했다. 자신의 넓은 어깨가 여자답지 못하다고 생각했던 시간이 길었다.

최지은은 이어서 쓸데없이 엄격한 평가가 따르는 미디어 속 여성의 몸을 이야기했다. 아무리 아름다운 여성 연예인도 "어깨가 넓다" "허리가 통짜" 따위의 폄하를 피하지는 못한다는 것이다. 여성 연예인에게 허락되는 체형은 "가냘픈 요정"과 "늘씬한 여신" 두 종류이며, 어느 쪽에 속하더라도 신체의 어느 한 부분 이상은 아쉽다거나 부족하다는 평가를 받는다. 이처럼 유명한 여성의 몸을 부위별로 쪼개서 품평하는 그릇된 문화에 길들여진 까닭에 평범한 여성도 44와 55 사이즈 사이에 있지 않다는 이유로 "나는 너무 큰 여자야" 하고 생각하면서 몸을 줄일 여러 가지 노력을 한다. 여자 각각의 몸 얘기는 여자 모두의 몸 얘기가 된다.

"얼굴은 바꿀 수 없지만 몸은 바꿀 수 있다고 착각하기 때문에 우리는 그렇게 다이어트에 집착해왔던 것일까요?"

"저도 그랬던 것 같아요. 몸은 노력하고 가꾸면 된다고 생각했던 것 같아요. 그래서 이삼십 대 어느 시점에 그렇게 다이어트를 열심히 했던 것 같아요."

몸에 관한 젊은 여성의 고민은 간단하게 끝나지 않는다. 최지은은 소개팅이 끝나면 상대가 내 맘에 들고 안 들고를 떠나서 애프터가 없으면 "내가 매력이 없어서" "내가 날씬하지 않아서"라고 생각했다. 아기 낳고 나면 체중이 더 는다는데 그땐 어떡해야 할까. 애인도 없고 결혼도 안 했고 아이를 낳을지 안 낳을지 모르던 시절에도, 최지은은 미래의 몸을 생각하고 또 걱정했다.

신체와 체중에 관한 긴 이야기가 길게 이어지자 최지은과 다르지 않았던 나도 그만 못난 이십 대로 가버리고 말았다. 그리고 거기서 빠져나오지 못한 채로 우리가 이처럼 몸에 관한 이야기를 더 솔직하게 할수록 몸을 사랑하고 긍정하라는 구호가 얼마나 공허한가를 생각했다. 주어진 몸을 이렇게 오랜 시간 부정하면서 살아온 우리가 실천할 수 있는 최선은 남의 몸에 대해 함부로 말하지 않는 태도뿐이다. 사실 이것도 충분하지 않다. 우리는 여기서 더 나아가야 한다.

최지은은 글을 쓰는 기자이자 작가이면서 이따금씩 강연도 하고 행사 진행도 한다. 몇 해 전 한국여성민우회에서 출간한 책 <뚱뚱해서 죄송합니까?>의 북토크를 진행했는데, 최지은은 그날 반바지를 입고 가서 자신의 다리에 대해 웃긴 얘기를 하는 것으로 행사를 시작했다. 돌아보니 부적절한 농담이었다고 느낀다. 우리는 무심결에 외모 이야기를 너무나 많이 한다. 이를 차단하려면 나의 몸에 대해 느끼는 복잡한 감정 앞에서 먼저 침묵이 필요하다고 최지은은 생각한다.


## 외 모 와  꾸 밈

유명한 여성과 이를 둘러싼 문제의식은 많다. 그런 주제로 필요한 말과 글을 고민하는 것이 최지은의 직업이다. 몸에 대한 말을 아예 안 해야 할 이유를 설명하기 위해 최지은은 유명한 여성의 몸을 말하기 시작했다.

시작은 이영자였다. 자신의 몸을 농담의 소재로 삼았던 예전이나 '먹방'계 신성으로 부상한 지금이나 이영자는 여전히 직업적 카테고리 안에서 "많이 먹어도 되는" 예외적인 여성으로 받아들여진다. 그러나 더 많은 여성 연예인의 사정은 다르다. 최지은의 표현을 그대로 옮기자면 그들은 "존나 많이 먹어도 항상 날씬해야" 한다. 스무 살 전후 여성 아이돌이 대표적이다.

우리는 잘 먹는 어린 여성 아이돌이 사랑스럽다고 느낀다. 군대 밥 잘 먹던 <진짜 사나이>의 혜리를 재발견했고, 마마무의 멤버 화사가 곱창을 먹자 '곱창 대란'이 일었다. 최지은은 이제 이런 사례가 전혀 웃기지 않다. 기만적이라 느낀다. 그렇게 먹어도 몸의 변화가 따르지 않기 때문에 박수를 치는 것

뿐이다. 최지은에 따르면 이는 "이중 구속"이다. 잘 먹어야 한다. 그런데 살찌면 안 된다. 활동 기간 중에 몸이 달라지면 자기 관리 못하고 직업에 대한 자긍심도 책임감도 없는 사람으로 취급된다.

화면에는 실제보다 몸이 크게 나온다고 들었다. 남성 연예인은 아이돌 아니고서야 그렇게 화면 속 자신을 의식하면서 극도로 말라야 하는 경우가 굉장히 드물다. 그러나 그래야 하는 여성 연예인은 대다수라 말해도 될 만큼 많다. 여성 연예인의 몸의 규격은 이처럼 통일되어 있지만, 남성 연예인의 외모와 체형과 꾸밈의 격차는 정말로 크다. 연예인까지 가지 않더라도 매체에 등장하는 소위 전문가 남성들조차 외모도 체형도 나이도 모두 천차만별이다. 하다못해 공익 광고에 등장하는 '일반인' 콘셉트의 남녀 모델 사이에서도 명백한 외모 격차가 느껴진다.

반면 여성 전문가는 준연예인급 외모를 갖춰야 출연 기회가 생기고 늘어날 수 있다. 언제부턴가 잡지 에디터와 기자가 방송에 등장하기 시작했는데, 최지은은 화면 속 자신을 마주한 뒤 체중 조절을 시작한 여성 동료 몇을 알고 있다. 한때 최지은이 복용했던 다이어트 한약 정보도 그들로부터 나왔다. 최지은 또한 '탈코르셋' 운동을 지지하지만, 꾸밈노동을 완전히 버리기 어렵다는 사실 앞에서 갈등하곤 한다. 최지은도 방

송 출연 경험이 있고, 그럴 때면 메이크업을 받고 머리를 새로 해야 한다는 강박을 느낀다. 외모에 대한 공격은 더는 두렵지 않지만, 불특정 다수에게 더 잘 보이고 싶다는 생각으로부터 완전히 자유롭기는 어렵다.

미디어 속 성별에 따른 외모 격차를 인지하기 시작하자 최지은은 그동안 진행했던 여성 아이돌 인터뷰가 자꾸 떠올라 괴롭다. 자신이 그간 묻고 들은 내용 가운데 저런 절박한 고민이 있었을까. 지금이라도 다시 만나 질문을 달리 한다면 그들이 일과 평판 사이에서 느끼는 현실적인 고충을 기자에게 토로해줄까. 어쩌다 그런 얘길 진솔하게 듣는 기회를 얻는다 해도 아이돌의 소속사가 과연 공개를 허용할까. 그동안 발행했던 글을 돌아보기가 몹시 힘든데 혹시 네이버를 폭파하는 방법은 없는 것일까.

당장 여성 연예인으로부터 몸의 강박에 관한 진실한 고민을 이끌어내기 어렵다 해도 최지은은 할 수 있는 일을 하려 한다. 외모 얘길 아예 시작하지 않는 것이다. 연예인의 아름다움을 완전히 버릴 수는 없지만 그보다 더 중요한 것이 많음을 먼저, 그리고 더 많이 말하는 것으로 외모 논의에 대해 의식적으로 무뎌지려 한다.

## 유명한 여성의 운동

여성 연예인의 몸에 이어 나는 유명한 여성의 운동을 물었다. 본론이 시작되기 전에 최지은은 십 대 시절로 나를 잠깐 데려갔다.

어릴 적부터 운동을 싫어했지만 십 대가 된 최지은은 <슬램덩크>를 접한 뒤로 농구가 하고 싶어졌다. 그래서 교장실에 찾아가 페미니즘을 시도했다. 특별 활동에 농구반이 있었지만 남학생만 받았고, 그게 부당하다고 느껴서 그랬다. 지금 생각해보면 어떻게 그렇게 대범할 수 있었을까 싶은데, 어쨌든 최지은은 여학생 농구반을 만들어달라고 요구했고 교장도 이를 받아들였다. 공을 던질 때 느꼈던 좋은 감정이 여전히 기억에 있지만, 어렵게 얻어낸 농구부 활동이 체육을 원래 싫어하던 학생을 송두리째 바꾸지는 못했다. 뜀틀은 높이가 무서워 늘 넘지 못했다. 피구는 공에 맞을까 봐 두려웠다. 발야구는 어려웠다. 운동장에 나가면 그늘에서 놀고만 싶었다.

그 시절의 체육 수업 시간을 돌아보는 여성 다수의 경험이 크게 다르지 않을 것 같다. 이처럼 여자아이는 운동으로부터 즐거울 수 있는 기회를 좀처럼 얻지 못한다. 그러다 삼십 대 중반쯤 되어 "이렇게 살다가 죽겠구나" 싶어져야 운동을 시작한다. 아니면 다이어트용 운동을 한다. 개인 운동까지 가는 길도 이렇게 먼데, 운동하는 무리로부터 배제되어도 별 탈 없이 성장해왔던 여성이 팀 운동 경험의 즐거움을 학습한다는 것은 더 어려운 일이다. 어쩌면 그래서 우리가 2018 평창동계올림픽 컬링 여자 대표팀 '팀 킴'에 그렇게 열광했을지도 모른다고 최지은은 보고 있다.

여자 배구와 여자 농구에 어느 정도 인기가 따르긴 했어도, 전까지 우리가 봤던 가장 멋진 여성 스포츠 스타는 김연아였다. 김연아의 성취는 개인의 천재성, 그리고 개인의 피나는 노력으로 이룬 것이다. 그러다 팀 킴이 나타났다. 팀 운동을 하는 여성 각각의 캐릭터, 그들 모두의 관계성이 이렇게 매력적일 수 있다는 것을 우리는 뒤늦게 알게 되었다. 한시적인 동계 올림픽 종목을 넘어 축구가 됐든 풋살이 됐든 몸을 함께 부딪치면서 하는 여성의 팀 운동이 더 많이 대중화되면 좋겠다고 최지은은 생각한다.

하지만 그게 얼마나 힘든지도 최지은은 안다. 우리는 과연 조기 축구회를 결성하고 탈 없이 유지할 수 있을까. 사회인 야구 같은 것도 잘 운영할 수 있을까. 격렬하게 몸을 부딪치는 팀 활동이면서 개인 각각의 역할이 주어지는 무리 운동을 기혼 유자녀 남성이 즐기며 팀 워크를 공고하게 다질 때, 조건이 같은 여성은 어디서 어떤 역할과 의무를 수행하고 있을까.

## 글 쓰는 사람의 체력

나는 긴장하고 있다. 나는 이 원고를 다 쓴 뒤에 최지은에게 보여줘야 한다. 전직 기자이자 작가의 검토가 필요하다는 것이다. 나는 겁을 먹고 있으면서도 한편으로는 나의 직업적 불안과 고충을 어느 정도 이해할 수 있는 사람을 만났다고 믿고 있다.

나는 각각 선택한 운동에 1년, 2년, 4년을 투자한 운동 열정가를 만난 뒤에 따릉이 3개월 차 최지은에게 연락해 인터뷰를 제안했고, 거절도 염두에 두고 있었다. 자신의 운동을 시시하게 여길까 봐 걱정했던 것과 달리 최지은은 바로 응해주었는데, 나중에 이유를 물어보니 섭외가 얼마나 힘든지를 알기 때문이라 말했다. 나는 여기서 또 동지 의식을 느꼈고, 내 처지를 이해하는 최지은에게 글 쓰는 사람의 체력 문제를 묻기로 했다.

이제는 일에 체력이 필요하다는 걸 알지만, 체력의 중요성을 모르던 시절 최지은은 가진 에너지 전부를 일에 다 썼다. 밤을 새워 '열일'하면서 보람을 찾기도 했지만, 사실 그런 날이면 퇴근하고 집에 돌아와 아무것도 할 수 없었다. 밥도 먹기 귀찮았고 그냥 누워만 있어야지 싶었다. 그런 날들이 쌓이고 쌓여 프리랜서가 된 현재 최지은은 집중력과 체력의 문제를 동시에 느낀다.

최지은은 이를 충전에 비유했다. 체력이 "풀 충전" 상태라면 어떤 활동이든 쭉 이어서 할 수 있다. 그런데 최지은은 아무리 쉬어도 30% 정도만 충전되는 것 같다. 그러면 금방 닳아 전원이 꺼진다. 일을 잘하고 싶다는 마음은 있는데 실행할 육체적 에너지가 모자란 상태다. 마감을 앞두고 책상에 앉았다가도 버티기가 힘드니 써야 할 것이 흩어진다. 그러면 마감이 늦어지고 짜증이 난다. 밤새워서 일한다는 게 좋을 리 없다는 걸 잘 아는 것과 별개로 이제는 안 하는 게 아니라 못 하는 상태다.

최지은의 배우자도 비슷한 이력을 쌓아왔다. 한때는 매체에서 일했고, 지금은 집에서 글을 쓴다. 그러나 둘의 기초 체력은 다르다. 최지은은 동종업계 동료 가운데 이렇게까지 운동하는 경우를 본 적이 없다. 배우자는 이른바 '홈트'의 달인이다. 중학교 시절부터 스스로 운동하는 습관을 들였고, 지금도 달리기를 하면 7km를 뛰고 뛰기 전에 3km를 걷는다. 달리기를 하지 않으면 턱걸이와 평행봉을 하고, 집에 있으면 팔굽혀 펴기와 덤벨 운동을 혼자서 몇 세트씩 한다. 최근 배우자는 모래가 들어 있는 중량 조끼를 샀다. 최지은도 운동 기구를 산 적이 있다. 모델 한혜진이 집에서 운동하는 것을 보고 보수볼(반구 모양의 공으로, 주로 균형 잡기 운동을 할 때 쓴다)을 충동적으로 샀다. 배우자는 중량 조끼를 잘 쓰고 있다. 최지은은 보수볼에 대해 용도가 아닌 집에서 차지하는 크기와 면적을 말했다.

최지은은 누가 시키는 것도 아닌데 그렇게 운동하는 배우자가 신기하다고 늘 말해왔다. 배우자는 최지은에게 운동하는 것이 좋겠다고 계속 말해왔다. "그래 할게" "이것만 끝나고 할게" 하다가 같이 산 지 3년이 지났다. 배우자는 최지은보다 운동량만 많은 것이 아니다. 똑같이 누워도 더 깊게 잔다. 최지은은 불면증에 오래 시달렸고, 일찍 눈을 떴다. 눈을 뜨면 다시 졸린 상태가 되었다. 배우자는 길게 써야 하는 글 앞에서 때때로 밤을 새우지만 딱히 힘들어 죽겠다 토로하지 않는다.

배우자 말고도 운동에 관한 영향력을 행사한 인물이 또 있다. 미국 사람이다. 최지은은 2018년 여성영화제를 통해 <RBG>라는 작품을 봤다. 미국 연방대법원의 여성 대법관 루스 베이더 긴즈버그에 관한 다큐멘터리다. 루스 베이더 긴즈버그는 1933년생으로, 1999년부터 운동을 시작해 팔십 대 중반인 지금까지도 계속하고 있다. 작품 속에서 루스 베이더 긴즈버그가 팔굽혀펴기를 하던 장면을 최지은은 잊을 수 없다. 그렇게 위대한 사람까진 못 되더라도, 사회적으로 가치 있는 일을 계속하려면 체력이 필요하다고 깨달았다.

마침 작은 사고도 하나 겪었다. 얼마 전 설거지를 하다가 등을 삐었다. 알 수 없는 말이라고 느꼈다. 등을 삘 수가 있나? 하여간 그날의 사고는 파스타 때문이었다. 면을 삶은 물을 쏟아 버리려고 냄비를 들었다가 갑자기 등 근육이 놀라 등뼈까지 움직인 것이다. 설마 주물 냄비에 면을 삶은 것이냐 물었더니 등 근육이 너무 없어서 일반 냄비를 드는 것마저 버거운 지경에 이르렀다는 답이 돌아왔다. 그날 최지은은 평균 수명이 두려워졌다. 사람이 이제 너무 오래 사는데, 부실한 상태로 사는 건 고통이다. 지금까지 오래 방치해왔지만 더는 안 될 것 같아 몸을 쓰기로 했다. 따릉이를 경험했으나 중단했던 기간에 일어난 일이다. 냄비 사건을 계기로 최지은은 따릉이와 재회하게 되었다.

몸이 힘들면 당장 일이 버겁고 밥 먹고 치우다가 등을 삔다는 것이 무엇인지를 알게 된다. 그것 말고도 최지은에게는 몸을 돌보고 체력을 강화해야 할 이유가 생겼다. 결혼을 통해 미래를 바라보면서다. 부부는 오늘의 생활을 꾸려가는 동시에 내일을 같이 대비해야 하는 긴밀한 공동체다. 그런데 한쪽의 체력이 약하면 다른 한쪽이 할 일이 많아진다. 이러다 더 아파지면 배우자에게 너무 많은 짐을 지우게 되지 않을까를 최지은은 걱정하기 시작했다. 게다가 우리는 원하지 않아도 너무 오래 사는 시대를 살고 있다. 앞으로 40년 이상은 살게 될 텐데 최소한 내 몸 간수는 해야 할 것 같다고 느꼈고, 결국 "양심 때문에" 운동을 결심하게 되었다.

사실 운동은 진작부터 필요했다. 어린 시절부터 자세가 좋지 않았다. 거북목 증상은 갈수록 심해지고 있다. 많은 운동이 코어 근육을 강화하는 일이고, 자전거보다 요가나 필라테스 같은 체계적인 운동이 더 효과적이라는 것도 알고 있다. 수입이 더 늘면 조금 더 결정이 쉽지 않을까 막연하게 생각했는데, 체력은 냄비 사건 이후로 구체적인 현실이 되었다. 가격이 부담스럽기는 하지만, 어릴 때 양심 없이 빼먹던 학원과는 다를 것이라는 기대가 이제는 있다. 당분간은 따릉이지만 언젠가는 학원으로 갈지도 모른다. 그럴 날이 언제가 될지 아직 명확하게 정해지지는 않았다.

## 운 동 할  시 간

그동안 만난 모든 운동 열정가에게 직업과 함께 평균 출퇴근 시간을 물었고, 회사와 집으로부터 체육관이든 학원이든 운동의 현장까지 얼마나 멀리 떨어져 있는지를 물었다. 나아가 가구 형태와 가사노동 분담의 방식을 물었고, 어린 날의 체육 활동과 성인이 된 뒤에 시도했던 운동의 시행착오를 고루 물었다. 이 모든 요인이 운동의 지속 가능성에 영향을 준다고 생각했기 때문이다.

마찬가지로 이 모든 질문을 통과한 최지은은 사실상 가장 유리한 조건에 있다. 기혼 무자녀 여성이며, 상대에 대한 존중을 아는 사람과 함께 산다. 집안일도 민주적이다. 눈에 거슬리는 것이 있을 때면 먼저 불편을 느끼는 사람이 움직인다. 특히 최지은은 분리수거에 철저하고, 생필품이 떨어지지 않는 상태가 유지될 때 평온을 느낀다. 배우자와 전혀 마찰 없이 알아서 가사노동을 분담할 수 있는 배경을 두고 최지은은 "둘 다 엄청나게 바쁘지 않기 때문"이라고 말했다.

따라서 그들 부부는 운동에 관한 한 시간의 압박을 심하게 받지 않는다. 게다가 배우자는 강제 없이 스스로 운동하는 습관을 진작부터 들여왔고, 따라서 운동에 있어 긍정적인 영향력을 행사할 수 있는 사람이다. 그리고 최지은의 따릉이는 집 바로 앞에 여러 개나 있다. 최지은은 그런 따릉이를 몰고 나가는 시간이 평일 오후 세시여도 되는 사람이다.

프리랜서의 삶을 선택한 뒤에 얻은 것과 잃은 것을 물었을 때도 비슷한 답이 돌아왔다. 잃은 것은 규칙적인 입금이고 얻은 것은 "이렇게 낭비하면서 살아도 되는 걸까 싶을 정도로" 풍요로운 시간이다. 지키지 못하는 날이 더 많았지만 2018년의 목표 가운데 하나는 자정 전에 자고 정오 전에 일어나는 것이었다. 게다가 최지은과 배우자는 아이 생각을 하지 않고 있다. 아이가 생기고 자라면서 들여야 하는 비용을 생각하면 직업을 바꿔야 할지도 모르지만, 당분간은 원하는 일만 하고 싶고 현재 그래도 괜찮은 상태다.

어린 시절 이야기가 다시 나왔다. 최지은은 고무줄놀이에 조차 흥미가 없었을 만큼 밖에 나가 노는 것보다 집에서 책 보는 걸 더 좋아하던 아이였다. 부모가 걱정해 자전거를 가르쳤고, 겨우 밖에 나가면 꼬마 최지은은 그네에 앉아 책을 읽었다. 그렇게 성장한 아이가 삼십 대 후반이 되어 삶에 운동 습관을 겨우 정착시키려면 운동의 즐거움을 논하기 이전에 여태 말해왔던 것처럼 몇 가지 피로한 과정이 따른다. 이렇게 일하다 죽겠구나, 혹은 이렇게 몸을 돌보지 않고 살다가는 사랑하는 누군가에게 짐이 될 수도 있구나 하고 깨닫는 결정적인 사건으로부터 각성이 시작된다. 자신한테 맞는 운동을 찾기까지 소모적인 시행착오도 필요하고, 운동에 영향을 줄 수 있는 대상도 가까운 곳에 있어야 유리하다. 그리고 운동하러 나가기까지 거쳐야 하는 길고 성가신 사전 단계를 최소화할 궁리도 해야 한다.

나는 지금 운동에 관한 책을 만들고자 다양한 운동 열정가를 만나고 있지만, 이 책의 궁극적인 목표는 운동 권장이기 전에 다른 데 있다. 우리가 운동을 지속한다면 그럴 수 있었던 배경이 무엇이었는지를 살펴보고자, 그러기 위해 포기한 가치가 무엇이었는지를 찾고자 시작한 일이다. 반대 효과도 함께 기대했다. 우리가 운동을 지속하는 일에 실패한다면 분명한 이유가 있어서임을 나누고자 했다.

나는 의도에 부합하는 아주 좋은 모델을 만났다고 생각했다. 우리는 운동을 할 만한 확실한 조건과 필요가 주어져도 운동을 안 할 수 있다. 운동은 겨우 해내는 어려운 일이 될 수도 있다. 누가 옆에서 잔소리하지 않아도 우리는 운동의 효과를 정말 잘 알고 있다. 그러나 더 많은 우리가 더 길게 나눌 수 있는 말은 그런 것이 아니라고 나는 믿는다.


2018년 7월

# 남자를 이길 수 있는 순간

황신혜 | 수영 열정가 | 1년 차

- 1987년생이다.

- 2017년 11월 수영과 재회했다. 수영 선수 출신이다. 여덟 살에 시작해 열다섯 살까지 했다.

- 퇴근한 뒤 매일 두 시간 이상 수영한다. 주말에도 한다.

- 강습을 포함한 수영장 이용료(8만원가량), 대회 준비 훈련팀 정기 모임 비용(1만원), 지속적인 수영복 및 수영 장비 지출(10만원 전후), 영양 보조제(3만원 전후)에 이르기까지 운동에 월 20만원 이상 쓰고 있다.

- 2019년 광주에서 열리는 세계 수영 대회 '월드 마스터즈'를 준비하고 있다.


- 디자이너다. 병원 마케팅실 소속으로 브랜드 이미지를 구축한다.

- '나인 투 식스'를 준수하는 직장에서 일한다.

- 생활권은 서울이다. 집에서 회사까지 대중교통으로 약 30분, 회사에서 수영장까지 약 10분을 쓴다.

- 고양이 벼루와 살고 있다.

yoga
futsal
swing dance
strongfirst
jiu-jitsu
boxing
running
ballet
cycle

## swimming

일반적으로 수영장은 평일 밤 열시까지 운영된다. 매일 저녁 일곱시 반에서 여덟시 사이에 시작해 두 시간, 혹은 그 이상 수영하는 황신혜도 그때 맞춰서 수영장을 떠난다. 일요일이면 조금 더 일찍 움직여야 한다. 수영장이 여섯시에 문을 닫는 날이기 때문이다.

어느 일요일 오후 나를 만난 황신혜는 그날 수영을 하지 못했다. 전날 참여했던 어느 행사의 여파로 늦게 일어났더니 나랑 약속한 시간이 되어 수영장에 못 갔다. 그 행사 준비하느라 토요일에도 수영장에 못 갔다. 행사도 인터뷰도 각각 의미가 있지만 황신혜는 수영 생각만 하면 마음이 아프다고 했다. 이틀 연속으로 수영장에 못 간 건 사고로 인한 부상을 제외하고 지난 10개월간 없었던 일이다.

우리는 9월 초에 만났다. 황신혜는 명절에도 수영장에 갈 예정이라고 말했다. 수영 커뮤니티 사이에서 그런 날 문을 여는 수영장 정보가 공유된다. 황신혜만큼 꼬박꼬박 수영장에 나가는 또 다른 수영 열정가들이 해당 수영장에 전화까지 해서 확인해준 덕분에 황신혜는 지난 설과 추석에도 수영을 쉬지 않을 수 있었다.

황신혜는 수영장에 가면 일반적으로 두 시간 이상을 쓴다. 매일 저녁의 일과이고, 특별한 약속이 없다면 주말에도 예외 없이 지속되는 일이다. 사실 더 특별한 주말 일정은 따로 있다. 월 2회 일요일마다 이루어지는 특별 훈련이다. 황신혜는 2019년 광주에서 열리는 세계 수영 대회 제18회 '월드 마스터즈'를 준비하고 있다. 대회를 주관하는 단체는 스위스 취리히에 본부를 두고 있는 국제 수영 연맹 피나FINA(Fédération Internationale de Natation)로, 2년 주기로 전 세계 프로 선수와 아마추어 선수를 대상으로 국제 대회를 연다. 2년 전에는 헝가리 부다페스트에서, 4년 전에는 러시아 카잔에서 열렸다.

내년 광주 대회를 앞두고 황신혜가 준비하는 종목은 아마추어 평영 여자 50m다. 얼마 전 출전했던 지역 대회 기록은 46초다. 같은 코스로 자유형을 선택했을 때 무려 37초까지 당길 수 있지만 "자유형은 원래 그런 것"이고 더 빠른 사람도 많은 종목이라고 황신혜는 말했다. 이 같은 기록은 십 대 시절에 이미 어느 정도 획득한 능력이다. 정리하자면 황신혜는 내가 만난 운동 열정가 가운데 하루 네 시간 춤추는 스윙댄스 열정 가 오새날 다음으로 운동에 시간을 많이 투자하는 사람이면서, 국제 대회를 준비할 만한 역량을 갖춘 사람이다. 그리고 유일한 '선출'이다.

## 다 시  찾 은  수 영 장 에 서

황신혜는 예나 지금이나 디자이너로 일한다. 지금은 병원 마케팅실 소속으로 브랜드 이미지 구축을 담당하고 있고, 한때는 포스터, 현수막, 리플릿과 도록, 미술 잡지 편집에 이르기까지 미술관과 전시를 둘러싸고 이루어지는 모든 이미지를 기획하고 구현했다. 그리고 병원과 갤러리 사이에 프리랜서 시절이 1년 있다. 낮에는 의뢰받은 편집 작업을 했고 저녁이면 펍에서 일했다. 갤러리 시절에는 늘 마감을 앞두고 밤샘하다가 수면 장애까지 겪었는데, 프리랜서가 되면서 원하는 시간에 잘 수 있게 됐지만 자야 할 시간에 자려고 하지 않았다. 대신 술을 마셨다. 좋아해서 마셨고 많이 마셨다. 1L짜리 대용량 위스키를 앉은 자리에서 비우곤 했다. 건강이 나빠졌다. 체중도 늘었다.

"아무개가 걱정하던데?"

술로 인해 달라진 황신혜의 몸을 두고 누군가 아무 고민 없이 뱉은 말을 당시 남자친구가 전했다. 걱정이랍시고 남의 몸의 변화에 이러쿵저러쿵하는 타인도, 그런 말이 뭐가 잘못됐는지도 모르고 그냥 옮기고 있는 당시 남자친구도 지금 생각하니 대단히 적절하지 않았다. 세게 받아쳤어야 했지만, 그때는 할 말을 찾지 못했다. 그런 말에 심각한 위기를 느끼고 몸을 바꿔야 한다는 생각만 급했다.

그래서 홈트레이닝을 시작했다. 헬스장에 가서 PT를 받는 게 보다 효과적이라는 것을 알긴 했지만 엄두가 안 났다. 비용이 만만치 않기도 하거니와 그걸 하려면 몸에 밀착한 옷을 입고 이상한 자세를 취해야 할 텐데, 그런 자신을 두고 트레이너와 다른 회원들이 무슨 생각을 할지가 먼저 걱정이었다.

'홈트'는 8개월 지속됐다. 매일 동영상을 보면서 한 시간씩 꼬박꼬박 했다. 식단 조절도 병행했다. 어쩌다 술 마시고 집으로 돌아가는 길이면 편의점에 들러 구운 계란을 몇 개 사면서 친구 손에도 쥐여줬다. 친구들이 웃었다. 술자리가 파하고 헤어지는 길이면 늘 라면이 손에 들려 있던 친구라는 걸 아주 잘 아는 관계이기 때문이다.

꾸준한 홈트와 건강식으로 체중을 바꾸는 목표를 어느 정도는 달성했지만, 집에서 홀로 몰입하기에 8개월은 짧은 시간이 아니다. 집중력이 떨어지기 시작했고 정체가 왔다. 식단도 무너져 더는 계란 같은 것을 챙기지 않았다. 요요까지 왔다. 체중은 운동을 시작했을 때보다 더 늘었다. 운동을 바꿔야 한다고 생각했다.

혹시나 하는 마음으로 집 앞 수영장을 찾았다. 17년 만이었다. 첫날은 15분 동안 25m 레인 여섯 바퀴를 돌고 바로 쓰러졌지만, 다음 날부터는 이 좋은 걸 왜 진작 안 했을까 싶어졌다. 다시 만난 수영은 17년 전과 아주 달랐다. 그때 배운 습관을 몸이 아주 잘 기억하고 있었지만 그때와 달리 강제가 없었다. 매일 나갈 만큼 즐거웠고, 목표는 계속해서 갱신되어 이제는 국제 대회 출전을 준비하는 단계까지 왔다.

몸도 가벼워졌다. 몇 달 새 8kg이 빠졌는데, 운동량 때문이라기보다는 운동하느라 술을 마실 시간이 사라져서 그런 것 같다고 황신혜는 생각한다. 시간이 흘러 운동량이 더 늘면서 전보다 많이 먹게 되자 다시 체중이 회복되기 시작했지만 이제는 다른 것을 원한다. 전과 다른 체중이 아닌 전에 없었던 근육이 필요하다고 느낀다.

## 십 대 선수 황신혜

황신혜는 '아기 스포츠단' 출신이다. 여덟 살에 어머니를 따라 지역 수영장 유아풀에서 발차기부터 배우기 시작했고, 1년이 지나자 성인풀에서 마스터즈 훈련을 받았다. 그렇게 시작된 수준 높은 수영은 열다섯 살까지 지속되었고, 매일 방과 후 수영장으로 출석해 지역 대회를 준비하곤 했다. 지도 교사 없는 날은 혼자 하면서 훈련 시간을 채웠다. 다른 아이들과 마찬가지로 물놀이를 좋아했지만 그런 건 좀처럼 허락되지 않았다. 기록이 더 중요했다. 황신혜는 수영인들 사이에서 '오리발'로 불리는 핀을 볼 때면 어린 날의 체벌을 떠올린다. 황신혜는 십 대 수영 선수였다.

나는 십 대 선수가 아닌 삼십 대 수영 열정가 황신혜가 수영하는 걸 동영상으로 본 적이 있다. 그래서 기량을 대강이나마 안다. 서른 넘어 수영을 시작한 나는 지난 5년간 수영장에 드나들면서 선수 출신으로 추정되는, 황신혜 같은 남다른 사람들을 종종 관찰하곤 했다. 그리고 나는 선출을 마주한 지금이 그간 수영장에서 스쳐 간 '존잘'에게 늘 궁금했던 바를 물을 기회라 생각했다.

"어릴 적에 수영 배운다고 다 선수가 되지는 않아요. 즉 선수가 될 만한 기량이 만들어지지는 않아요. 월등해야 결국 선수 훈련 제안을 받게 되는 것일 텐데, 신혜 씨는 어떤 점에서 남달랐던 걸까요?"

"수영도 그렇고 피겨 스케이팅도 그렇고 현역 선수들 살펴보면 다 어릴 적부터 해요. 어릴 적에 시작해서 그만두지 않고 쭉 하면 선수 훈련을 받게 돼요. 어릴 때 배우면 잘할 수밖에 없어요. 몸이 다르고 가르치는 사람의 통제력이 다르니까요. 저도 그랬어요. 여덟 살에 같이 수영 배웠던 친구들이랑 아홉 살부터 선수 수업을 받기 시작했거든요. 뭘 모르는 애들한테 소리지르고 때리면서 가르치면 다 그렇게 돼요. 흥미를 잃거나 사정이 생기면 그만두는 것이고, 수준별로 종목별로 똑같이 집중 훈련을 꾸준히 하다가 그 사이에서 유독 잘하면 엘리트 교육 제안을 받게 되는 것이고요."

시간이 많이 흘러서일까. 왜 선수 활동을 중단하게 되었는지 황신혜는 명확하게 기억하지 못했다. 중학교를 충북에서 나왔는데 그 시절 황신혜는 학교에서 수영을 가장 잘했다. 엘리트 코스 제안도 받았다. 그 교육을 감당하려면 돈이 너무 들어 어머니가 결정을 내리기 힘들었던 것일 수도 있고, 그 시절 수영 말고도 다른 재능이 많았던 게 이유였을 수도 있다. 어린 날의 황신혜는 각종 사생 대회와 경시 대회에 꼬박꼬박 참여했고, 그 과거는 수많은 상장으로 본가에 남아 있다. 그 모든 성과가 외동딸과 어머니의 관계에서 비롯되지 않았을까 황신혜는 생각한다. 그런 어머니는 어린 딸보다 수영을 잘했고 같이 수영하는 날도 많았으며 그런 날이면 황신혜를 먼저 출발시킨 뒤에 뒤에서 바짝 따라오곤 했다. 행복하지 않았다. 시간이 조금 더 흘러서야 어머니는 모든 것을 잘할 수 없고 좋아하

는 것은 따로 있다는 딸의 솔직한 말에 귀를 기울였다. 황신혜
는 미대에 갔다.


## 남자를 이길 수 있다

"뭐? 지금 수영하러 간다고?"

모든 운동이 그런 것처럼 수영도 힘든 운동이다. 그러나
오늘의 황신혜에게 수영은 안 하면 더 힘든 운동이다. 요새 황
신혜는 친구들이 잔뜩 모이는 날이면 한참 놀다가도 무리의
원성을 외면하고 부리나케 수영장으로 달려가 몇 바퀴 돌고
나온다. 늦은 시간이라 수영장 문 닫기까지 십 분밖에 남지 않
았다 해도 간다. 그 열정을 모두가 안다 해도 친구 앞에서 하
루 종일 수영 타령만 할 수 없다는 걸 아는 황신혜는 나를 만
나 이렇게 긴 이야기를 잘 들어줘서 고맙다고 말했다. 이처럼
17년 만에 수영과 재회한 황신혜는 강제 없이 매일 수영장에
드나들고 있고, 따라서 수영의 기쁨을 길고 명확하게 말할 수
있는 상태다.

나는 내 수준에서 수영의 명확한 기쁨을 방해하는 사소한
요인을 물었다. 운동하는 현장에는 전문 강사 말고도 무수히
많은 비공식 선생이 있다. 자신의 실력과는 별개로 이런 자세
가 문제고 이런 폼이 잘못됐다고, 특히 젊은 여성에게 참견하

는 남자 타인들을 말한다. 선출 황신혜도 그렇게 교정에 목마른 사람들을 만날까. 만난다.

하지만 그런 사람들은 황신혜가 누리는 수영의 기쁨을 전혀 방해하지 않는다. 오히려 기록 단축에 중요한 역할을 한다. 황신혜와 교감하는 사람들은 내게 다가왔던 피곤한 '설명충'이 아니다. 자유형 50m 37초, 평영 50m 46초 기록의 황신혜는 이미 '넘사'라서 맨스플레인의 여지를 주지 않는 것 같다. 대신 황신혜는 한때 자신과 비슷한 시절을 보냈을 강사들, 혹은 자신과 비슷하거나 그보다 나은 기록을 찍어 본 사람들과 구체적이고 세부적인 기술을 효과적으로 나누고 있다. 그렇게 해서 킥에 있어 발목을 쓰는 방법을 최근 바꿨고, 누군가의 조언을 새겨듣고 리듬이 중요한 접영도 전과 다른 박을 타고 있다.

황신혜는 주 2회 강습을 받고, 남은 날은 강습 없이 자유 수영을 한다. 자유 수영을 할 때면 전날 강습에서 배운 것을 복습한다. 혹은 수영장 가는 길에 그날그날 필요한 목표를 세워 프로그램을 짠다. 황신혜가 "잡기"라고 표현했던 턴이나 스타트를 집중적으로 연습하는 날도 있다. 어느 날은 1200~1500m 자유형 계획을 세우고, 다른 어느 날은 접영에 필요한 돌핀킥 연습을 집중적으로 한다.

때로는 많이 하는 연습보다 정확하게 하는 연습이 더 중요할 수 있다. 그런 연습이 필요하다고 느끼는 날이면 25m 레인을 왕복해 50m 평영 기록을 잰다. 이런 날은 주의를 많이 기울여야 한다. 기록을 정확하게 재려면 중간에 공백이 없어야 한다. 즉 레인을 오가는 동안 부딪힐 사람이 없는 타이밍을 노려야 한다. 황신혜는 일반 수영인과 함께 레인을 쓰지만 그들보다 월등하게 빠르다. 일반인은 황신혜한테 금방 잡힌다. 목표로 한 연습이 실패하는 날이다. 그런 날이 쌓이고 쌓여 요새는 불가능한 꿈을 꾼다. 황신혜의 표현을 빌리자면 "물질에 욕심이 별로 없는" 사람인데 요새는 개인 수영장을 갖고 싶다.

그렇게 잘하는 사람은 보통 상급반 강습을 듣고, 수업 시작과 함께 레인을 몇 바퀴씩 돌 때 보통 선두에 선다. 황신혜의 자리다. 어떤 날은 두 번째 자리에 선다. 사실 그게 더 편하다. 리더의 발만 바라보고 따라가면 된다. 리더가 되면 자신과 타인이 동시에 감당할 수 있는 속도와 페이스의 기준을 세우고 뒤따라오는 모든 사람들을 이끌고 몇 바퀴를 돌아야 한다. 그만큼 부담스러운 자리라 몸이 좀 무거운 날이면 이른바 '1빠'를 다른 회원에게 양보하고 있는데, 그럴 때마다 선두 자리를 회복한 사람이 좋아 죽는 표정을 황신혜는 알고 있다. 남자의 표정이다.

수영 강습 상급반의 선두는 관행상 남자의 자리다. 황신혜는 그게 문제라는 것을 알고 비웃을 줄도 안다. 황신혜의 표현을 빌리면 수영장 한복판에서 "이 새끼를 이겨야지" 하는 생각으로 집중할 때가 많다. 우리는 즐거워서 취미 활동을 시작하지만 하다 보면 마음대로 안 될 때가 많은데, 취미의 속성과 인간의 한계를 황신혜도 알지만 여기서는 예외다. 수영만큼은 황신혜가 남자와 대등한 목표를 세우고 달성할 수 있는 분야다.

황신혜는 요새 "사람 옷은 안 사고" 수영복만 사고 있다. 어떤 수영복은 이미 비행기를 탔다. 몰입하다 보니 없던 물욕이 생겨 계속해서 수영복과 각종 수영 장비를 직구로 잔뜩 '지르고' 있다는 것인데, 수영복 말고 수영모도 많다. 자주 쓰는 어떤 모자에는 '익스큐즈'라고 쓰여 있다. 그나마 타협한 결과다. '노 머시'라고 쓰여 있는 것도 있지만 너무 전투적으로 보일까 봐 아직 착용하지 않았다. 개시하지 않았다 해도 그게 진심이다. 남자와 붙을 때는 자비 따위가 없다.

황신혜는 수영장의 다른 성비도 본다. 어느 수영장이든 여성 강사가 많지 않다. 몇 안 되는 여성 강사, 그것도 젊은 여성 강사는 대부분 유아를 가르친다. 유치원 선생님 대부분이 젊은 여성인 것과 관계가 있지 않을까 생각하는 황신혜는 수영장 전문 인력 채용에 있어서 과연 여성 강사와 남성 강사에게 동등한 기준이 적용될까 의심스럽다. 대부분의 성인 회원 또한 체력이 더 좋고 기량도 더 뛰어날 것이라는 기대로 남자 수영 강사를 보다 신뢰하는 것 같다. 그럴 때마다 황신혜는 십

수영 열정가 황신혜는
수영인들 사이에서 '오리발'로 불리는 핀을 볼 때면
어린 날의 체벌을 떠올린다.
황신혜는 십 대 수영 선수였다.

대 시절 똑같은 강도로 함께 훈련을 소화했던 친구들을 떠올린다. 그렇게 수영 잘하던 친구들이 지금은 무엇을 하고 있을까. 친구 말고도 그 많던 여자 선수들은 어디로 갔을까.

## 여 성 수 영 클 럽

"안녕하세요. 제가 여성수영클럽을 만들고 싶은데요, 처음부터 거창할 건 없고 실력과 상관없이 월 1회 만나(사정에 따라 융통성 있게) 레인 대여해서 수영+담소(선택)를 할 것입니다. 시작은 제 지인 한정으로 할 것인데요(동반 1인 가능), 이거 뭐 마무리를 어떻게 하는지 모르겠네."

2018년 7월 황신혜가 트위터에 남긴 글이다. 400건 이상의 '알티'가 이루어진 그 글은 내 타임라인에도 보였고, 나는 곧장 황신혜에게 메시지를 보내 책의 취지를 설명하고 만남을 청했다. 바라던 답이 돌아와 9월 황신혜를 만난 나는 여성수영클럽 결성의 배경과 진행 과정을 물었다.

400건의 알티와 함께 무수히 많은 쪽지를 받는 바람에 이 폭풍을 감당하려면 "장충체육관을 빌리고 확성기를 들어야 할 것 같아서" 공식적인 일정을 밝히지는 못했다. 현재까지도 황신혜의 여성수영클럽은 비공식적으로 운영된다. 모이는 날과 인원이 그때그때 다른 이 비공식 클럽에는 황신혜의 '실친'

이 참여하기도 하고 '트친'이 나타나기도 한다. 그렇게 해서 안면을 트게 된 새로운 회원은 현재까지 열 명가량이다.

수영을 배우고자 하는 데에는 저마다 다양한 이유가 있지만 그 가운데 하나는 체중 감량이다. 그런데 수영을 하려면 수영복을 입어야 한다. 즉 당장 인정하기 어려운 몸을 작은 수영복에 구겨 넣어야 하고 동시에 타인의 시선까지 의식해야 한다. 몸을 바꾸고자 수영을 하고 싶은데, 수영복을 입을 용기를 얻으려면 몸을 바꿔야 하는 것이다. 그러니 "수영장 가자고? 살 빼야 되는데?" 하는 반응이 돌아오는 것이다. 게다가 수영장의 강사 대부분은 남자고, 수강생의 절반 또한 남자다. 지난날 7년이나 수영장을 드나들었던 황신혜조차도 같은 이유에서 운동을 시작하려 했지만 운동이 요구하는 복장에 대한 부담 때문에 PT를 염두에 두지 않았다. 시선은 황신혜가 여성수영클럽을 제안한 이유 가운데 하나다. 이는 여자만 모인 곳에서 여자가 지도하면 해결되는 문제일 수 있다.

수영은 할 줄 안다고 해도 저마다 실력과 수준이 다르고, 물이라는 환경에서 누리고자 하는 활동이 다르다. 숙련된 수영인은 자세를 교정하거나 속도를 끌어올리고 싶을 수 있고, 그저 수영을 선망하는 사람은 물에 대한 공포로부터 해방되는 낮은 수준의 목표를 세울 수도 있다. 이처럼 수영장에서 얻고자 하는 각각의 '니즈'가 다른데, 강습하러 가면 수질을 확신할 수 없는 풀에서 나한테 맞는 사람인지도 모를 강사가 열 명 가량을 레인에 던져놓고 동일한 방식으로 가르친다.

마침 황신혜는 친구로부터 책을 선물받았다. 바바라 J. 지트워의 <J. M. 배리 여성수영클럽>이라는 소설인데, "아직 다 읽지는 않았지만" 50년 넘게 야외 연못에서 매일 함께 수영했던 여성들의 이야기를 다룬다. 수영을 오래 했고 또 오래 쉬었으며, 물과 수영에 대한 다양한 인식과 기대는 물론 체중에 대한 강박부터 남성의 시선에 대한 부담까지 두루 이해하는 황신혜는 여기서 힌트를 얻어 "님의 장기적인 수영 생활을 응원하기 위해" 여성수영클럽을 결성한 것이다.

클럽의 결성 배경을 쭉 듣고 나니 황신혜의 역할은 리더이자 강사인 것 같았다. 이를 확인하고자 역할을 물으니 쑥스러운지 즉답을 안 하고 자꾸 향후 계획을 말한다. 지금은 일정이 맞는 사람들과 함께 수영장에 드나들면서 서로의 자세를 봐주고 있는 정도지만 앞으로는 프로그램을 구체화할 생각이다. 어느 날은 강사를 부를 수도 있고 어느 날은 자신이 직접 턴이나 스타트 같은 기술을 가르칠 수도 있다. 어느 날은 생존 수영 클래스를 열 수도 있다. 여러 가지 프로그램을 제시하면 해당 수업이 필요한 사람이 일정을 따라 참여하는 방식을 기획하고 있는 것이다. 직함에 대해 부담을 느끼는 것 같지만 어쨌든 이 모든 수업을 구상해 실현하고 때때로 가르치기까지 하는 것은 황신혜의 역할이다.

한편 황신혜는 이 비공식 클럽을 운영하면서 몸에 대한 경계가 허물어지는 순간을 보고 있다. 수영을 하려면 수영복을 입어야 하고 모두가 같이 쓰는 물의 수질 관리를 위해 각각 사전에 샤워도 해야 한다. 한때 어떤 친구와 갔을 때는 알몸을 드러내는 게 쑥스러워 적당히 시간 차를 두고 따로따로 샤워실로 들어갔다. 이제는 같이 들어간다. 그런 샤워장에서 황신혜는 자신의 몸과 친구의 몸 말고도 다양한 연령대 여성의 몸을 본다. 노인의 근육을 보기도 하고 골반이 발달한 사람을 보기도 하며 때때로 외국인의 몸을 본다. 내게는 황신혜가 대답하는 방식이 꽤 인상적이었는데, 이런저런 몸을 나열하는 가운데 체형에 대한 직관적인 묘사가 전혀 없었다. 누군가의 몸을 평가하지 않으려 노력하는 태도라고 생각했다.

이어서 황신혜는 그런 몸들을 두고 말했다. 손바닥만 한 거울 속 세상만 사느라, 아름답다고 인식되는 연예인 기준부터 떠올리느라 바빠서 몰랐던 다양한 몸이 곧 우리의 몸이다.


## 전국 대회를 마치고

2018년 가을 황신혜는 경기도에서 열린 어느 수영 대회에 나갔다. 일전에 지역 대회에 나간 적이 있지만 훨씬 규모가 큰 전국 대회였다. 대회 전에 발행한 출전자 대진표의 두께가 2cm는 되었다. 사회자가 있었으며 박태환이 사인회를 하고 어느 풀에서는 원 포인트 레슨이 이루어지고 있었다.

경기를 기다리는 동안 황신혜는 다양한 출전자들과 그들을 응원하는 사람들을 보았다. 자신보다 나이가 훨씬 많은 여성이 자신과 비슷한 기록을 찍는 것도 보았다. 포기하는 사람도 봤지만, 이미 꼴찌가 확정된 상태로 겨우겨우 터치패드를 향해 가는 사람도 봤다. 최선을 다하는 사람들에게 쏟아지는 엄청난 함성도 들었다. 뭉클해졌다. 그런데 사람들이 응원하는 소리가 물속에서 과연 들릴까. 들리는 사람도 있다는데 황신혜는 그날 경기를 치르면서 객석을 전혀 의식하지 못했다. 극도로 긴장한 날이라서 그랬던 것 같다.

그날 황신혜는 세시 경기가 예정되어 있었지만 전광판이 고장 나는 바람에 네시에 했다. 오전 일곱시부터 웜업을 시작한다길래 아침부터 나갔는데, 그리 오래 대기하는 내내 긴장이 풀리지 않아 밥도 제대로 안 넘어갔다. 점심을 반도 못 먹은 채로 시간이 흐르니 배가 고파졌고 계속 화장실에 가고 싶었다. 그날 소화한 종목은 자유형 50m와 평영 50m다. 자유형은 1초 줄었고 평영은 1초 늘었다. 자유형 기록을 단축했다는 기쁨 앞에서는 이상하게 무덤덤한데, 평영 기록이 전과 같지 않다는 것에는 신경이 많이 쓰인다. 입수한 뒤 바로 이루어지는 초반의 수중 동작에 약간의 실수가 있었고, 그 실수가 기록에 반영되었기 때문이다. 앞으로는 없어야 할 실수다.

그날 경기 십 분쯤을 남겨놓고 누군가 다가와 "이거 드세요" 했다. 에너지 젤이었다. 레드불이나 핫식스와 성분이 비슷한 농축 카페인이다. 돌이켜보니 맛없는 것이었지만 그때는 무슨 맛인지도 잘 몰랐다. 그런 걸 먹으면 일시적으로 심박이 빨라진다. 프로 선수들이 입수 직전에 살갗이 빨개지도록 자신의 가슴을 세게 때리는 것과 같은 이치다. 수영은 명상이 아니고 순간에 집중하는 분야라서 이런 '부스터'를 복용하면 어떤 경우에 잠시나마 추진력을 얻을 수 있다. 아마추어 대회라서 도핑 테스트 같은 게 없는 걸까, 그런 걸 먹고 경기를 해도 되는 걸까 물으니 잘 모르겠다고 한다. 지나치게 긴장한 탓에 약물 비슷한 것의 효과를 봤는지 못 봤는지도 기억나지 않는다.

황신혜는 사실 그런 순간적 효과가 아닌 다른 것을 원한다. '벌크업'이다. "미용 체중이나 보디빌더 같은" 목표는 불가능하다 해도 대회를 치르기 위한 자기 관리가 필요한 상태라고 느낀다. 그래서 웨이트 트레이닝을 겸할 수 있는, 짐과 풀 설비를 동시에 갖춘 다른 체육관으로 옮길 생각도 한다. 앞서 말한 것처럼 황신혜는 내년에 열리는 아마추어 세계 선수권 대회를 준비하고 있다. 올해 지역 대회에 이어 전국 대회에 나간 것도 다 미래 준비의 일환이다. 기록을 관리하고 대회를 경험할수록 황신혜는 근육을 키우고 싶다. 더 힘이 센 여성이 되고 싶다.

황신혜는 한때 체중이 줄었을 만큼 많이 운동하고 있고, 줄어든 체중이 다시 회복됐을 만큼 밥도 많이 먹고 있다. 한때는 체중을 바꾸고 싶어 운동을 결심했지만, 운동에 몰입하고 있는 이제는 변화된 몸을 긍정할 수 있는 상태다. 그러다 대회라는 목표를 세운 뒤부터는 필요한 만큼 먹되 아무거나 먹지 말아야 한다고 인식하게 되었다. 내가 수영에 들이는 월 단위 비용을 물었을 때 황신혜는 강습을 포함한 수영장 이용료(8만 원대), 월 2회 이루어지는 대회 준비 특훈 비용(1만원), 계속 사고 있는 수영복(10만원 전후)과 함께 최근 먹기 시작한 맛없는 영양 보조제를 계산에 넣었다. 단백질과 아미노산이다. 맛은 없어도 꾸준히 복용해 몸에 더 좋은 것을 채우려 한다. 체력이 보장되면 지금보다 나은 기록을 얻을 수 있을지도 모른다.

## 세 계 선 수 권 대 회 로

앞서 황신혜의 대회 기록이 평영 50m 46초라고 썼다. 내게는 엄청난 기록으로 느껴지지만, 황신혜에 따르면 그 46초는 2017년 헝가리 부다페스트에서 열린 지난 월드 마스터즈 대

회 아마추어 평영 50m 여성 출전자 가운데 꼴찌가 얻은 성적
이다. 즉 메달 확률이 매우 낮다. 그러나 메달이 없다 해도 기
록은 남는다.

황신혜가 목표로 하는 대회는 국제 경기다. 대회가 운영하
는 공식 홈페이지에 가면 출전한 전 세계 아마추어 선수의 이
름과 함께 기록이 남아 있고, 전 세계인 누구든 해당 기록지를
pdf 파일로 열람할 수 있다. 황신혜의 목표는 메달을 거는 것
이 아니라 그 명예로운 대회에 참여해 기록지에 이름을 남기
는 것이다. 경기의 마무리는 목표 거리를 주파한 뒤에 터치패
드를 손으로 찍는 것인데, 이 과정에 실패하면 실격으로 처리
되어 기록지에 이름을 남기지 못한다. 터치패드와 실격은 어
릴 때부터 배웠고 지금까지도 유념하고 있는 중요한 규칙이
다.

그러나 목표 의식은 그때와 다르다. 어린 선수 시절에는
시키는 대로 훈련했고 대회에 나갔다. 대회라고 해서 엄청 욕
심을 부리지도 않았고 평소에 하던 대로 하면 성적이 나왔다.
타인의 강제와 작별하고 홀로 수영으로부터 진정한 즐거움을
누리는 요새는 대회 앞에서 극도로 긴장하고, 대회를 준비하
면서 수만 가지 시나리오를 짠다. 이미 충분히 훈련하고 있고
대회는 내년이지만 그 시간마저 짧다고 느낀다.

황신혜는 앞으로도 계속 수영을 할 것 같지만 강도 높은

훈련을 하고 기록을 재는 건 지금 아니면 할 수 없을 것 같다고 생각한다. 그래서 1년 정도 투자해 매달리고 있는 것이다. 내년까지만 물불 가리지 않고 몰입하고 대회만 끝나면 쉬엄쉬엄해야지 했는데, 그러나 얼마 남지 않은 시간 동안 마음껏 열심히 하기도 어렵다. 그렇게 몸을 사리지 않으니 자꾸 다치고 어딘가는 아프다. 몇 달 전 어쩔 수 없이 한 달간 수영을 쉬었다. 평소에는 늘 주위를 살피면서 하는데 그날따라 앞을 안 보고 사정없이 달리다가 마주 오는 사람과 세게 부딪쳐 손가락이 부러졌기 때문이다. 요새는 어깨 한쪽이 많이 욱신거린다. 왼쪽 허리뼈는 걸을 때마다 진동이 느껴진다. 그러나 황신혜는 이 위험한 신호를 애써 모른 척하고 있는 중이다. 병원에 갈 용기가 없다.

거의 모든 프로 선수는 부상을 달고 산다. 그렇게 운동하는데 어딘가 안 아플 수가 없다. 그러나 프로 선수이기 때문에 몸의 문제를 해결하는 방식이 다르다. 박태환이나 김서영 정도 레벨이라면 전문 의료팀이 따라다니는 만큼 연습에 지장을 주지 않는 선에서 몸을 돌볼 수 있을 테지만, 아마추어 선수가 병원에 가서 수영하다 이렇게 됐다 말하면 수영장 나가지 말라는 얘기부터 나올 것이다. 그 말이 무서워 황신혜는 병원에 안 가고 있다.

## 병 원 과 수 영 장 사 이 에 서

　대신 황신혜는 다른 병원에 나간다. 황신혜의 직장이다. 황신혜가 이렇게 열심히 수영하는 걸 원장을 포함한 병원 식구들이 다 알고 있다. 내년 대회 정보도 알고 심지어 이 인터뷰까지도 다 안다. 그런 동료들은 요새 대회용 수영복에 스폰서십처럼 병원 이름을 적을 생각이 없느냐 묻는다. 이 인터뷰에도 병원 이름이 특정되기를 바랄 수도 있다. 황신혜는 그런 대화가 가능할 만큼 수평적인 직장에서 일하고 있다.

　병원 마케팅실 소속 디자이너 황신혜의 역할은 병원 내에서 "못생긴 것을 최대한 안 보이게 만드는" 일이다. 작게는 화장실에 필요한 안내문 작업부터 기업 홍보에 필요한 각종 이미지를 기획하는 업무다. 그만큼 브랜드 이미지와 내부 환경에 신경을 많이 쓰고 있고, 여러 의료인이 함께 일하고 있지만 흔히들 말하는 '태움' 같은 것이 없는 병원이기도 하다.

　과거 갤러리 시절에는 우아한 예술계에서 우아하지 않게 노동했다. 한 달의 절반가량은 밤샘하는 날이었고, 수면 장애까지 겪을 만큼 숨 가쁘게 일했어도 타당한 보상이 돌아오지 않았다. 평화로운 업무 분위기와 보수 이상으로 현재 직장에서 느끼는 만족은 규정 업무 시간을 칼 같이 따른다는 것이다. 아홉시에 출근해 여섯시 조금 넘어 퇴근한다. 일 마치고 저녁을 챙기면 수영장 갈 시간이 된다. 수영이 끝나고 집에 돌아오면 열시가 조금 넘는다. 황신혜는 5년 이력 최초로 근로기준법에 의거한 노동을 하고 동시에 '저녁이 있는 삶'을 누리고 있다.

아침을 수영으로 여는 사람이 많다. 하루에 두 시간씩 수영하는 황신혜에게 아침 일찍 일어나 수영장에 갔다가 출근하는 것이 그리 어려운 일로 보이지는 않았다. 게다가 황신혜가 획득한 저녁이 있는 삶은 실은 수영만 있는 삶에 가깝다. 아침에 수영한다면 저녁 시간을 조금 더 풍요롭게 쓸 수 있지 않을까. 수영과 17년 만에 재회한 프리랜서 시절 적절한 수질과 시간대를 찾아 여러 수영장 투어를 이미 마쳤기 때문에 황신혜도 아침 수영의 효과를 잘 알고 있다. 일찍부터 수영장에 다녀오는 날이면 하루 종일 몸이 깨어 있는 것 같았다. 그러나 그런 시간대는 지역사회 어르신에게도 대단히 매력적이다. 속도가 나오지 않는 사람이 많으면 훈련에 지장이 따른다. 전진을 할 수가 없다. 그래서 어쩔 수 없이 저녁에 가고 있지만 하다 보니 저녁 수영의 또 다른 효과도 보고 있다. 이제는 수영하느라 바빠 술 마실 시간이 별로 없다.

마땅한 수영장과 시간대를 찾은 뒤에도 황신혜의 수영장 투어는 계속되었다. 주말이나 휴가를 이용해 여름에는 한강변 야외 수영장에 자주 드나들었고, 때로는 수영장이 있는 호텔에 찾아가곤 했다. 황신혜 표현을 빌리자면 "호텔병"에 걸렸기 때문이고, 그런 날이면 친구들이 "병문안"을 왔다. 그렇게 해서 "분수에 맞지 않는" 수영장까지 이따금씩 드나들고 있다. 황신혜에게 쉬는 날이란 곧 새로운 수영 환경을 찾는 날이다.

## 열 정 의  배 경

이처럼 황신혜는 현재 운동과 여가를 원하는 방식으로 설계할 수 있는 상태다.

그럴 수 있을 만한 배경 하나는 앞서 말한 것처럼 큰 스트레스가 따르지 않는 데다 퇴근 시간이 보장되는 직장 생활이다. 수영 이전에 홈트레이닝 과정이 있었고, 두 가지 운동 모두 지금보다 여유롭던 프리랜서 시절 자신에게 맞는 운동을 찾고자 거쳤던 실험이다. 즉 운동을 탐색할 시간이 있었고, 전보다는 풍요롭지 않다 해도 발견한 운동에 몰입할 충분한 시간이 지금도 있다.

일정한 시간을 운동에 투자할 수 있는 또 다른 배경 하나는 적당히 무심한 가족이다. 함께 사는 고양이 벼루는 집사의 열정에 별 관심이 없다. 모빌 놀이 같은 역동적인 교감을 3분 이상 원하지 않는 조금 게으른 친구다. 그런 벼루는 움직이는 것보다 그냥 반려인과 같이 퍼져 있는 평온한 시간을 좋아한다. 수영을 마치고 돌아온 황신혜는 벼루와 함께 누워 휴대폰을 만지며 놀다가 한시쯤에 잔다.

그리고 황신혜에게는 명확한 운동의 동기가 있었다. 술로 인해 건강이 나빠졌고 체중을 줄이고자 했다. 시간이 흘러 체중은 별것 아닌 것이 되었고 대회와 근육 같은 새로운 목표로 대체되었는데, 초기 동기가 사라지고 목표가 구체화되자 운동은 더 즐거워졌다. 그냥 즐거운 게 아니라 몸이 상하는 것마저 외면하면서 하루 두 시간 이상 훈련을 소화하는 한편 여성수영클럽을 조직할 만큼 현재 수영에 몰입하고 있는 상태다.

나는 여기에 일반인과 구분되는 황신혜의 기본적인 운동 능력이 큰 역할을 했다고 보고 있다. 일찍부터 물을 만나 선수 시절을 통과한 덕분에 승부욕과 쾌감을 연결할 줄 알았고, 저마다 수준이 다른 새로운 수영 동지들과 나눌 만한 상당한 경험과 지식도 있었다. 심지어 체격 조건이 다른 남성과 붙었을 때 절대로 밀리지 않을 자비 없는 자신감까지 갖추고 있다. 따라서 삼십 대 초반의 황신혜는 운동을 발견한 것이 아니다. 재회한 것이다.


2018년 9월

# 보통 여자 보통 운동

1판 1쇄 펴냄 2018년 12월 30일
1판 2쇄 펴냄 2019년 04월 10일

발행 | 산디
글 | 이민희
편집 | 다미안
디자인 | 이아립

출판신고 | 2017년 5월 15일 제2017-000125호
전화 | 02 336 9808
팩스 | 02 6455 7052
sandi@sandi.co.kr
instagram.com/sandi.books
twitter.com/sandi_books

ISBN | 979-11-962013-5-7

이 도서의 국립중앙도서관 출판예정도서목록(CIP)은 서지정보유통지원시스템 홈페이
지(http://seoji.nl.go.kr)와 국가자료종합목록시스템(http://www.nl.go.kr/kolisnet)에서 이
용하실 수 있습니다. (CIP제어번호 : CIP2018039674)